로쟈의
러시아 문학 강의

로쟈의 러시아 문학 강의 19세기

초판 1쇄 발행 2014년 1월 10일
　　6쇄 발행 2022년 3월 10일

지은이 | 이현우
펴낸이 | 조미현

편집주간 | 김현림
교정교열 | 이상희
디자인 | 나윤영
일러스트 | 조성민

펴낸곳 | (주)현암사
등록 | 1951년 12월 24일 · 제10-126호
주소 | 04029 서울시 마포구 동교로12안길 35
전화 | 365-5051 · 팩스 | 313-2729

전자우편 | editor@hyeonamsa.com
홈페이지 | www.hyeonamsa.com

ISBN 978-89-323-1691-8　03800

*지은이와 협의하여 인지를 생략합니다.
*책값은 뒤표지에 있습니다. 잘못된 책은 바꾸어 드립니다.

로쟈의
러시아 문학 강의

19세기

푸슈킨에서 체호프까지

문학의 황금시대를 만나다

이현우 지음

ㅎ 현암사

일러두기

- 외국 인명 및 지명 표기는 외래어 표기 규정에 따르되, 러시아어는 대부분의 매체에서 통용되는 관용적인 표현을 살린 경우가 많다.
- 마지막 쪽에 본문에서 인용한 책의 서지사항을 밝혀두었다. 인용한 부분과 본문의 인명 표기가 다를 경우, 본문에 맞춰 통일했다.
- 단행본, 장편, 작품집 등은 『 』, 단편, 논문, 시 등은 「 」, 미술 작품, 영화 등은 〈 〉, 신문, 잡지 등은 《 》로 표기했다.

러시아는 이성으로 이해할 수 없네
보편의 자로 잴 수도 없네
그에겐 특이한 무엇이 있으니
러시아는 오직 믿음뿐

— 표도르 튜체프

그동안 러시아 문학에 대해 강의한 내용을 책으로 엮었습니다. 푸슈킨에서 체호프까지 19세기 러시아 문학의 거장들을 다루면서 그들의 삶과 전반적인 문학세계를 소개하고 대표작에 대한 해설을 붙였습니다. 러시아 문학에 관심이 있는 독자가 전반적 흐름을 일별하고 거장들의 세계에 입문하는 계기이자 길잡이가 되면 좋겠다는 바람으로 꾸몄습니다.

'러시아 문학개론'과 '러시아 문학사'란 이름을 달고 있는 책이 국내에 몇 권 소개돼 있지만 대개는 대학 전공자들의 입문서입니다. 반면에 『로쟈의 러시아 문학강의』는 애초에 일반인을 위한 강의라는 점에서 좀더 많은 청중과 독자를 염두에 두었습니다. 그것은 러시아 문학 강의를 대학에서뿐만 아니라 대학 바깥에서도 꾸준히 해온 제 경력과 관계가 있습니다.

1996년쯤 한 독서대학에서 도스토예프스키의 『카라마조프가의 형제들』과 톨스토이의 『부활』 등을 강의한 게 시작이었던 듯싶습니다. 대학에서는 1998년부터 '러시아 명작의 이해'나 '러시아 문학과 사상' 등의 교양과 전공 과목을 맡아서 몇 년간 강의할 기회가 있었습니다. 이후 대학은 물론이고 여러 독서모임과 도서관, 문화센터 등에서 일반 청중을 상대로 러시아 문학 강의를 적잖이 진행했습니다. 러시아 문학 전도사 역할을 해왔다고 할까요. 얼마만큼 성공적이었는지는 알 수 없지만, 강의에서 핵심적으로 전달하고자 했던 내용은 이제 이 책에 담기게 됐습니다. 당연히 러시아 문학의 모든 것을 담지는 않았지만, 러시아 문학으로 가는 길을 열어줄 수 있다면 기쁘겠습니다.

첫 강의에서는 러시아라는 나라의 역사와 지리적 특성 그리고 러시아 문학사 전반의 특징을 말씀드렸습니다. 일종의 개관입니다. 그것이 개별 작가들의 작품 이해에 필수적이진 않더라도 유익하다고는 생각합니다. 이어지는 일곱 차례 강의에서는 푸슈킨, 레르몬토프, 고골, 투르게네프, 도스토예프스키, 톨스토이, 체호프의 작품 세계를 각각 다루었습니다. 작가당 대표작 한 작품씩을 할당했지만 투르게네프와 도스토예프스키의 경우 두 작품을 해설했습니다.

작품 소개와 해설에서 중요하게 생각한 것은 역시나 규모입니다. 너무 빈곤해서도 너무 상세해서도 곤란한 것이 입문 강의입니다. 적당한 분량으로 핵심을 설명하고 관심을 유도하는 기술이 필요한데, 제게 특별한 기술이 있는 건 아니지만 다행히 시간 제약으로 분량은 얼추 맞출 수 있었습니다. 각 장은 두 시간 분량의 강의를 추리고 정돈했는데, 대략 80분 안팎의 강의 분량이 되리라고 짐작합니다.

모든 일이 그렇지만 우리는 대상을 자기 수준으로 볼 수밖에 없습니다. 러시아 대표 작가의 대표 작품들을 대상으로 반복적으로 강의하면서 이들 작가와 작품에 대해 저대로의 관점을 갖게 됐습니다. '아무리 읽어도 모르겠다'가 아닌 이상 그렇게 될 수밖에 없지요. 그런 주관적 관점과 견해가 이 강의에는 얼마간 반영돼 있습니다. 그것이 한계일 수 있지만 또 한편으론 인식의 조건이기도 합니다. 따라서 이 강의는 러시아 문학에 대한 적절한 소개를 지향하지만 동시에 제 개인적 인식과 이해를 담고 있습니다. '러시아 문학 강의' 앞에 붙은 '로쟈의'란 수식어는 그런 의미를 갖는 걸로 이해해주시면 되겠습니다.

제법 오랫동안 러시아 문학을 강의해오면서 한번은 매듭을 짓고 싶었습니다. 그런 기회가 찾아왔고, 강의한 내용을 책으로 내는 일이 그렇게 어렵게 생각되지는 않았지만, 일은 상당히 더디게 진행됐습니다. 다른 일정에 밀리기도 했고 제 게으름에 발부리가 채이기도 했습니다. 그 모든 과정을 인내를 갖고 기다려준 현암사 김수한 편집주간과 김예지 편집자, 나윤영 디자이너에게 감사를 표합니다. 초고를 정리해준 김정선 교정자께도, 모니터를 해준 동학의 김혜영 석사에게도 인사를 전합니다. 강의는 제가 했지만 책을 만드는 데는 그들의 품이 더 컸다는 걸 잘 알고 있습니다. 부족하더라도 일단 오래 기억하는 걸로 사례를 대신하겠습니다. 이와 더불어 바라건대, 학부와 대학원에서 러시아 문학을 가르쳐주신 여러 선생님께 이 책이 특별한 자랑은 아닐지언정 근심거리는 되지 않았으면 좋겠습니다. 아, 그동안 강의를 들어준 모든 분께 이 자리를 빌려 감사를 전합니다. 이 책을 손에 든 독자들께도 감사를!

2013년 12월

이 현 우

차례

러시아 문학으로의 초대

지구상에서 맞붙어 있는 육지가 두 대륙에 걸쳐 나뉜 경우는 러시아 말고는 거의 없다. 러시아는 한 몸체에 아시아와 유럽이란 두 얼굴을 하고 있는 나라다. 이 독특한 현상을 역사는 외면하지 않았다. 그 정체성을 놓고 예나 지금이나 이러쿵저러쿵 말들이 무성하다.

러시아, 그 광활한 영혼 속으로 들어가볼까요?

우리는 루시인이다

오늘은 첫 시간으로 러시아 문학의 세계로 들어서기 전에 러시아라는 나라에 대해서, 그리고 러시아 문학사에 대해서 개괄적으로 소개하겠습니다.

잘 아시겠지만, 러시아는 유럽에서 아시아에 걸쳐 있어 영토가 광대한 나라입니다. 동쪽의 블라디보스토크부터 서쪽의 페테르부르크까지 광활합니다. 소비에트 초기에 만들어진 영화 제목처럼, 딱 '세계의 6분의 1'입니다. 연방이 해체된 지금의 러시아만 하더라도 세계의 8분의 1 정도입니다. 이 지리적 광활함을 머릿속에 그리기 위해서는 상상력을 발휘해야 합니다. 학교 다닐 때 많이 그려본 한반도와는 규모가 다르기 때문이죠. 실제 러시아 사람들은 어떤지 모르겠지만, 러시아 정도의 크기라면 머릿속에 다 안 들어옵니다. 시베리아 횡단철도가 빨리 달려서 2주 정도 걸린다고 하죠. 그래서 경계의 문제가 생겨납니다. 자기 정체성이란 게 나와 남의 경계 구획을 전제로 하는 것인데, 그 경계가 모호하다면 나의 정체성도 불확실하게 되겠죠.

방대한 러시아의 영토

광활함이라는 주제는 도스토예프스키 작품에도 자주 나옵니다. 도스토예프스키는 '러시아적 영혼의 광활함'을 작품의 주제로 다루었는데, 그 영혼의 광활함은 지리적 광활함에 상응합니다. 우리가 그런 광활함을 꿈꾼다면 망상이라고 할 거예요. 현실적인 대응물이 없으니까요. 하지만 러시아에서는 그게 가능합니다. 광활함을 직접 경험할 수 있고 그것이 실제니까요. 저는 이게 러시아의 특징이자 특권이라고 생각합니다.

러시아의 역사는 그다지 길지 않습니다. 우리보다 상당히 짧지요. 우리는 믿거나 말거나 반만년이라고 하지만 러시아는 천 년 조금 넘습니다. 9세기에 국가가 성립된 걸로 알려져 있습니다. 키예프 시대가 맨 처음이죠. 지금 키예프는 우크라이나의 수도가 되었습니다. 러시아 국가의 발상지이기는 하지만 러시아와 우크라이나가 갈라진 뒤로는 두 나라가 다소 불편한 관계죠. 해마다 겨울이면 가스 분쟁이 일어나기도 했고요.

최초의 국가를 키예프 루시라고 합니다. '루시'가 '러시아'의 어원입니다. 자기들을 지칭할 때 "우리는 루시인이다" 이렇게 얘기하거든요. 루시가 나중에 모스크바 시대에 '러시아'로 바뀝니다. 재미있는 것은 러시아 스킨헤드들의 구호가 '루시 만세'라는 것입니다. 그러니까 '순수한 러시아'라는 뜻이죠. 러시아의 기원이자 진정한 러시아가 루시라는 주장입니다. 그들에 따르면, 루시는 러시아에서 이민족, 즉 이질적인 존재를 뺀 것입니다.

그다음 13세기에서 15세기까지, 더 정확하게는 1240년에서 1480년까지가 몽골 지배기입니다. 타타르 러시아라고 불리는 시기입니다. 러시아에서는 몽골을 타타르라고 부르는데, 타타르는 의성어입니다. 타타르, 타타르 하고 말 타고 달려왔다고 해서 타타르가 된 거죠. 타타르는 러시아 사람들에게는 대단한 공포의 대상이었습니다. 그 당시 칭기즈칸의 대제국이 건설되면서 몽골군이 서진해온 것인데요. 러시아인의 자부심은 자신들이 그들을 온몸으로 막았다는 데서 시작된 겁니다. 러시아가 이들을 막아주지 않았다면 서유럽도 붕괴됐을 것이다, 이게 러시아인의 은근한 자부심입니다. 당시 독일 동부 지역까지 공격을 받았는데, 그쪽 부적에 몽골인 초상 같은 걸 그려놓는답니다. 귀신을 쫓기 위해서죠. 그 정도로 몽골은 공포의 대상이었습니다.

몽골민족은 유목민족으로, 농사를 짓지 않습니다. 그러니까 전쟁할 때 포로가 필요 없어요. 농경민족은 포로를 데려다가 노예로 씁니다. 인력이 중요하니까요. 하지만 유목민족은 농사를 짓지 않으니 굳이 인력이 필요 없습니다. 게다가 포로를 데리고 다닐 수도 없죠. 먹여줘야 하니까. 그래서 다 죽이다 보니 이들이 한번 지나가면 완전히 초토화되는 겁니다. 남김없이 다 불태우고 죽이고 쑥대밭을 만들어놓고 갑니다. 그게 이른바 유목민족의 정복전쟁이죠. 사실 그렇게 죽나 노예로 뼈빠지게 일하다 죽나 별 차이는 없습니다. 결과적으로 비참하게 죽는 건 똑같은데 인상은 더 공포스럽죠. 유목민족이 더 못돼서 그런 건 아니고 다만 필요가 있느냐 없느냐의 차이라고 봐야겠죠.

러시아의 노르만설 vs 슬라브 기원설

몽골의 대제국은 칭기즈칸 이후 사한국으로 나뉘어 분할 통치되죠. 러시아는 킵차크한국의 지배 아래 놓이게 됩니다. 그러다 15세기 후반 몽골 세력이 약화될 무렵 모스크바 공국 시대가 열립니다. 키예프나 노브고로드를 비롯한 몇몇 공국이 러시아 지역의 주도권을 쥐고 있었는데 그 주도권이 몽골 지배기에 모스크바로 넘어온 것입니다. 몽골의 칸에게 잘 보여서 그리된 것이죠. 몽골 제국은 그 지역 사람 중 충성을 바칠 만한 인물에게 위임장을 주어서 간접적으로 통치했습니다. 모스크바 공국의 대공은 러시아를 지배하지만 몽골의 칸에게 충성하며, 매년 공물을 보냈어요. 흔히 러시아의 강력한 전제주의 체제를 몽골 지배의 가장 큰 정치적 유산이라고 합니다. 중앙집권적 정치체제면서 러시아 민중과는 이해관계가 상반되는 체제죠. 국가로서의 러시아가 있고, 민중의 러시아가 따로 있는 겁니다. 국가의 토대가 만들어질 때 이미 이해관계가 상치했기 때문이죠.

거슬러 올라가면 사실 키예프도 그랬다는 설이 있습니다. 키예프 루시가 최초로 성립된 것과 관련해서 서구 학계에서는 노르만설을 제기합니다. 노르만 계열의 바랴그, 즉 바이킹이 러시아의 원주민인 슬라브족을 유목민족에게서 보호해주며 지배했다는 것이 노르만설입니다. 슬라브족은 원래 농경민족입니다. 그런데 주변 유목민족이 이들의 생산물을 약탈해가는 바람에 고통을 당하죠. 유목민족이 원래 도둑들이잖아요. 직접 식량을 생산하지 않고 말젖이나 양젖으로 연명하니까요. 그러면서 주변 농경민족을 약탈하며 살게 됩니다. 유목민족에게는 약탈이 기본 시스템입니다. 슬라브민족은 농경민족으로, 주변의 유목민족한테 자주 침략을 당하니까 전사부족, 즉 바이킹들과 계약을 맺은 거죠. 너희가 와서 좀 봐줘라, 그 대신 우리가 상납하겠다. 이렇게 해서 전사부족인 바랴그가 지배층이 되고, 슬라브족이 피지배민족이 되어 국가가 성립됐다는 것이 노르만설입니다. 물론 러시아 학계에서는 인정하지 않습니다. 당연하겠죠.

러시아의 슬라브 기원설은 슬라브 민족이 스스로 국가를 만들었다고 주장합니다. 자기들이 필요에 따라서 국가를 만들었다는 얘긴데, 고대 국가라는 것이 원래 지배와 피지배 관계가 성립돼야 생길 수 있는 것이죠. 보통은 전쟁으로 병합되고 흡수되면서 생기기 마련입니다. 공동체에서는 국가가 생기지 않습니다. 공동체는 평등한 구성원들로 이루어지기 때문이죠.

손꼽히는 러시아인의 인내심

사실 러시아는 무척 강한 공동체 전통을 갖고 있습니다. 농민 공동체인데, 러시아어로 '미르'라고 합니다. 미르는 뜻이 조금 복합적입니다. '세계'라는 뜻도 있고, '평화'라는 뜻도 있습니다. 우주 정거장 이름으로 쓰이기도 했죠. 이 미르가 농민 공동체를 가리키는 말입니다. 그런데 미르는 결속력이 상당히 강해요.

러시아에 왜 이렇게 강한 공동체 정신이 남아 있을까요? 그들의 심성이 좋아서가 아니라 땅이 척박해서 그렇습니다. 땅이 척박해서 혼자서는 도저히 농사를 제대로 지을 수가 없어요. 그래서 품앗이를 해야 합니다. 서로 도와야 생존할 수 있는 거죠. 가령 겨울에 추우면 붙어 지내는 것과 비슷합니다. 그걸 보고 사람들 심성이 착해서 그렇다고 말하는 것은 무리죠. 더운 나라라면 그렇게 할 수 없겠죠. 척박하고 살기 어려우니까 붙어 지낸 겁니다. 그러다 보니 개인주의는 러시아 전통에서 볼 때 상당히 낯선 것입니다. 그래서 개인이라든가 사생활 개념이 좀 약합니다. 서구식 문화와는 차이가 있는 거죠.

러시아 민중은 '나로드'라고 하는데, 인민(人民)이라고 번역됩니다. 사회주의 국가인 중국이나 북한에서 쓰는 바로 그 인민입니다. 사회주의 용어다 보니 우리나라에서는 쓰지 못했는데, 이제 조금씩 학술어로 씁니다. 영어로는 피플(people)입니다. 나로드와 대립되는 말로 '나치아(국가)'가 있습니다. 나로드와 나치아의 대립이 러시아 정치사의 한 전통입니다. 몽골 지배의 부정적 유산이라고 보지요. 아무래도 240년 동안이나 지배를 받았으니까요.

러시아 사람들은 세계에서 인내심이 가장 강한 민족으로도 꼽힙니다. 또 러시아는 몹시 폭력적인 군대를 가지고 있는 나라 중 하나입니다. 이렇게 폭력적인 문화가 많이 남아 있는 것도 러시아 사람들이 잘 참기 때문입니다. 사소한 폭력에도 발끈하면서 더는 맞고 살 수 없어, 하고 맞서는 것이 아니라 웬만큼 맞아서는 그런가 보다 합니다. 이민족의 오랜 지배 아래에서 또는 위임 권력 아래에서 살아왔기 때문에 갖게 된 인내심입니다. 그래서 러시아 연구자 중 한 사람은 러시아인을 '노예의 영혼'이

〈붉은 군대의 행진〉(콘스탄틴 유온, 1923)

라고 부르기도 했습니다. 그만큼 인내심이 강합니다.

　사실 최초로 사회주의 혁명이 일어난 나라지만, 러시아 혁명의 교훈은 어지간해서는 혁명이 일어나기 어렵다는 겁니다. 1917년에 일어난 혁명이 성공했지만 제1차 세계대전과 식량난 때문에 길거리에서 사람들이

〈트로이카〉(바실리 페로프, 1866)

굶어 죽어가지 않았다면 혁명은 일어나지 않았을지도 모릅니다. 러시아 사람들이 그토록 인내심이 강한 이유는 유럽에서 가장 가혹한 지배체제 아래에서 살아남았기 때문입니다. 굉장히 험난하게 살아온 사람들의 역사, 그게 바로 러시아의 역사입니다.

러시아를 만든 사람들

타타르 세력이 약화되자 러시아는 그들을 쫓아내고 모스크바 공국 시대를 엽니다. 그러면서 영토를 끊임없이 확장하기 시작합니다. 러시아가 처음부터 방대한 영토를 차지한 게 아니라, 수백 년 동안 지속적으로 영토를 확장한 겁니다.

모스크바 공국 시대는 '제정러시아 시대'라고 하는데, 보통 '표트르 러시아'라고도 합니다. 표트르 대제가 세운 러시아라는 말입니다. 영어로는 '피터 더 그레이트(Peter the Great)'라고 부릅니다. 표트르 대제는 17세기 후반부터 18세기 초에 근대 러시아를 만듭니다. 러시아사 시대 구분은 단순한데 18세기 이후를 모던(modern) 러시아, 즉 근대 러시아라고 하고 그 이전을 올드(old) 러시아, 즉 고대 러시아라고 합니다. 러시아는 고대와 중세를 따로 구분하지 않습니다. 사실 9세기부터 17세기까지면 서유럽 기준으로는 중세인데 러시아에서는 중세라는 말을 잘 쓰지 않고 그냥 고대라고 합니다. 그러니까 고대 러시아와 중세 러시아가 시기적으로 같은 겁니다. 같은 시기를 가리키는데 학자마다 고대 러시아라고도 하고 중세 러시아라고도 합니다.

그 시기가 17세기까지인데 서유럽에 비해서 상당히 뒤처진 겁니다. 18세기에 들어와 표트르 대제가 그걸 만회합니다. 러시아사를 크게 보면

'주인'이라고 할 만한 군주가 둘 있습니다. 한 사람은 근대 러시아를 만든 표트르 대제이고, 또 한 사람은 소비에트 러시아를 건설한 스탈린입니다. 거기에 한 명 더 꼽자면 이반 뇌제가 있습니다. 영어로는 '이반 더 테러블 (Ivan the Terrible)'입니다. 〈폭군 이반〉이라는 에이젠슈테인의 유명한 영화가 바로 이반 뇌제를 다룹니다. 그렇게 이반 뇌제, 표트르 대제, 스탈린이 러시아사의 '주인'입니다. 러시아를 만든 사람들입니다.

〈폭군 이반〉의 한 장면(에이젠슈테인 감독, 1944~1946)

이반 뇌제는 이른바 전제군주의 절대 권력을 확립합니다. 피바람이 불었죠. 고대 국가는 다 그렇지만 원래 군주라는 게 실권이 강하지 않았죠. 귀족들 중에서 나이가 많거나 조금 세력이 있으면 군주가 되고, 조금 약화되면 쫓겨나기도 했는데 이반 뇌제가 차르의 권력을 절대화합니다. 그

과정에서 귀족들을 대거 숙청하고 자기 친위대를 만듭니다. 소비에트 시대의 비밀경찰인 KGB 같은 것의 전신이라고 할 만합니다. 귀족들의 일거수일투족을 감시하고 조금이라도 반란의 기미가 있으면 바로 숙청하면서 강력한 일인 지배 체제를 만듭니다. 지금의 푸틴이 그런 권력을 누리고 있지요. 그게 러시아의 전통이 됩니다.

그다음 또 한 번 권력을 강화한 이가 표트르 대제입니다. 표트르 대제는 키도 2미터가 넘었다고 그래요. 페테르부르크에 가면 에르미타주박물관에 데스마스크가 보존되어 있습니다. 기골이 장대하고 무척 명석했던 인물이죠. 표트르 대제에 대해서는 책이 많이 나와 있습니다. 얘깃거리가 많은 황제인데, 최초로 해군을 창설하기도 합니다.

표트르 대제는 농경 국가로, 후진적이고 전근대적인 경제체제를 유지하던 러시아를 무역 국가로 만들겠다는 야심을 품었습니다. 무역 국가를 만들려면 항구가 있어야 합니다. 그런데 러시아에는 항구가 없었어요. 중상주의 국가가 될 수밖에 없었던 미국과는 큰 차이죠. 미국은 태평양과 대서양으로 열려 있는 반면 러시아는 어딜 가도 마땅한 항구가 없었습니다. 표트르 대제에게는 특히 부동항, 즉 겨울에 얼지 않는 항구를 만드는 것이 숙원사업이었습니다. 스웨덴과 싸워 발트해 연안으로 진출하겠다는 야심을 품었죠. 당시 스웨덴 왕 카를 12세는 군신이라는 별명이 붙었을 만큼 전쟁광이었습니다. 러시아로서는 대적할 수 없는 상대였죠. 그런데 표트르 대제가 유럽에서 처음으로 사관학교도 세우고 해군도 만들면서 러시아 군대를 재편합니다. 그리고 마침내 스웨덴과 싸워 승리를 거둡니다. 이른바 북방전쟁에서 그렇게 승리하면서 어느 정도 교두보를 확보합니다. 더 적극적으로 서유럽 쪽으로 진출하기 위해 수도를 모스크바에서 페테르부르크로 옮깁니다.

신화적 공간 페테르부르크

페테르부르크는 순수한 인공도시, 계획도시입니다. 네바 강 연안의 늪지대에 표트르 대제가 새로운 도시를 건설한 것이죠. 1703년에 첫 삽을 떠서 1712년에 완공합니다. 그러니까 페테르부르크는 18세기의 신도시입니다. 18세기에는 유럽 전체에서 가장 세련된 도시, 새로운 도시였는데 지금은 가장 고풍적인 도시가 되었습니다. 유네스코 문화유산으로도 지정되었을 정도입니다.

이 페테르부르크라는 이름에 표트르가 들어 있습니다. '부르크'라는 말은 독일어로 도시를 뜻합니다. 그러니까 페테르부르크는 표트르의 도시라는 뜻입니다. 표트르라는 말은 어원적으로는 베드로라는 뜻이기 때문에 '상트페테르부르크' 하면 성 베드로의 도시가 됩니다. 의미가 이중적이죠. 모스크바가 목조도시라면 페테르부르크는 석조도시입니다. 늪지에 건설해서 종종 큰 홍수가 났어요. 1824년에도 굉장히 큰 홍수가 났습니다. 푸슈킨의 유명한 서사시 『청동 기마상』이 이 홍수를 배경으로 쓴 작품인데, 청동 기마상은 표트르 대제의 동상입니다.

실제로 청동 기마상은 페테르부르크의 가장 유명한 기념물입니다. 그래서 페테르부르크에서 결혼한 신랑신부들이 주로 여기 와서 사진을 찍습니다. 명소이기도 한데, 실제로 가보면 생각했던 것만큼 거대하지는 않습니다. 팔코네라는 조각가가 18세기 후반 예카테리나 2세의 분부로 만들었습니다. 여기엔 뒷이야기도 있습니다. 예카테리나 2세는 독일계로, 남편을 독살하고 황제가 되었습니다. 그래서 권력 기반이 약했어요. 자기의 권력을 강화하는 방편으로 표트르 대제와 연결점을 만들려고 했어요.
그래서 건립한 게 표트르 대제를 기념하는 동상입니다.

페테르부르크에 있는 표트르 대제 청동 기마상

표트르 대제가 페테르부르크를 건설해서 수도가 모스크바에서 페테
르부르크로 옮겨가자 제정러시아 시대 귀족들은 두 집 살림을 하게 됩니
다. 황제가 있는 페테르부르크에도 집이 있고 여유가 있으면 모스크바에
도 집이 있습니다. 모스크바는 제정러시아 시대의 유서 깊은 러시아식 전
통을 대표하는 도시이고, 페테르부르크는 유럽풍의 도시입니다. 그래서
도시 성격이 상당히 다릅니다. 톨스토이의 『전쟁과 평화』를 보면 모스크
바의 귀족들은 다 점잖고 품위가 있습니다. 반면 페테르부르크의 귀족들
은 다 야비하고 음흉하게 그려집니다.

페테르부르크를 건설하는 과정에서 수천 명이 희생됐습니다. 큰 토목
공사였고 공사 과정이 험난했기 때문이죠. 그래서 '뼈 위에 세워진 도시'
혹은 '악마의 도시'라고 불렸습니다. 게다가 표트르 대제에 대해서도 적

그리스도라는 말까지 돌았습니다. 그게 러시아 문학이나 문화사의 '페테르부르크 신화'입니다. 도시 자체가 하나의 신화적 공간이 되어버린 것입니다. 그런 신화의 시작이 푸슈킨의 『청동 기마상』이고 그다음 이어진 게 고골의 '페테르부르크 연작'입니다. 그런 작품들의 정점에 오르는 것이 도스토예프스키의 『죄와 벌』이죠. 이게 20세기에는 안드레이 벨리의 소설 『페테르부르크』까지 이어지게 됩니다. 하나의 도시 공간 자체가 신화적 상상력을 불러일으키고 여러 작품에서 소재 이상의 의미를 갖게 된 경우입니다.

역사적 경험, '수난'을 공유하다

표트르 대제는 서구를 배우기 위해 직접 사절단을 거느리고 독일, 네덜란드, 영국, 프랑스 등지를 돌아다닙니다. 특히 배 만드는 일에 관심이 많아서 네덜란드 조선소에 가서는 직접 망치질을 했습니다. 황제가 망치질까지 하면 좀 그러니까 신분을 속였지만 다 알았다고 하네요. 키가 수행원들보다 머리 하나쯤 더 컸기 때문이죠. 표트르 대제는 손이 황제의 손이 아니라 노동자의 손 같았습니다. 반면 그의 아들인 황태자 알렉세이는 무척 유약했어요. 그런 부자간에 의견 충돌이 잦았습니다. 주변의 귀족들은 황제가 너무 강한 데다 지나치게 서구화를 밀어붙이니 황태자를 꼬드겨서 그걸 막고 싶어했어요. 결국 황태자는 아버지 뜻에 맞서다가 죽습니다. 러시아에서 군주의 권력을 강하게 확립했던 이반 뇌제나 표트르 대제 모두 아들을 죽인 비운의 황제였습니다.

이 표트르 대제의 러시아가 이른바 제정러시아입니다. 1917년 2월에 2월 혁명이 일어나고 마지막 황제 니콜라이 2세가 자리에서 물러납니다.

그게 제정러시아의 끝입니다. 그 이듬해에 황제 가족이 전부 처형당합니다. 막내딸 아나스타샤가 살아남았다는 전설이 돌기도 했죠. 살아남아서 서유럽으로 갔다고 해서 만화의 소재가 되기도 했습니다. 그런 의혹 때문에 나중에 DNA 검사까지 했는데 모두 죽은 걸로 결론이 났습니다.

러시아사의 역사는 수난의 역사입니다. 함석헌 선생의 『뜻으로 본 한국역사』를 보면 한국 역사를 길거리 거지 처녀의 역사, 창녀의 역사로 비유하는데, 러시아도 비슷합니다. 다만 규모가 좀 다릅니다. 우리가 35년간 일제강점기를 경험했다면 러시아는 240년간 몽골 지배를 경험했거든요. 그런 역사적 경험을 공유한 점에서 비슷하고, 정서적으로도 비슷한 점이 있어요. 그래서 한국 독자들이 가장 접하기 쉬운, 일체감을 느끼기 쉬운 문학이 러시아 문학이라고 생각합니다. 실제로 그래왔고요. 서구 문학이 처음 유입되어 소개되었을 때, 압도적으로 많이 읽힌 것이 러

〈알렉세이 황태자를 심문하는 표트르 대제〉(니콜라이 게, 1871)

시아 문학입니다. 일본을 거쳐서 들어오기도 하고 직접 들어오기도 했는데, 1920년대 식민지 조선에서 가장 많이 읽힌 3대 작가가 이광수, 톨스토이, 투르게네프 세 사람이었다고 해요. 러시아 문학은 그 정도로 우리에겐 친숙하고 뭔가 잘 통하면서 쉽게 이해되었던 문학입니다. 오늘날 조금 거리감을 갖게 된 것은 소비에트 시기를 거치면서 이념적으로 적대 관계에 놓였기 때문이죠. 소련 문학이 공식적으로 국내에 소개될 기회가 없었습니다. 소련 현대 문학 작품이 한국에서 공식적으로 출간된 것은 수교 이후거든요. 1990년 이후에 '소련동구문학 전집'이라고 30권짜리가 나온 적이 있습니다. 20권이 소련 현대 문학이었고 10권이 동유럽 문학이었어요. 겨우 20여 년 전의 일입니다. 그런 현대사의 특수성 때문에 거리감을 갖게 됐지만 실상은 우리가 친근하게 접근할 수 있는 문학이 러시아 문학입니다.

본격적으로 살펴보는 러시아 문학의 계보

'러시아적' 정체성

소비에트 러시아의 역사는 1991년 소비에트 연방이 해체되면서 끝나게 되죠. 그 이후를 보통 '포스트 소비에트'라고 부릅니다. 러시아 연방 시대라는 표현을 쓰기도 하는 모양입니다. 그러니까 지금은 문학사적으로는 포스트 소비에트 문학 시대인 셈입니다. 정치사와 나란히 가는 겁니다. 키예프부터 따지면 여섯 개 시대, 즉 키예프 러시아, 타타르 러시아,

모스크바 러시아, 표트르 러시아(제정러시아), 소비에트 러시아, 포스트 소비에트 러시아(러시아 연방) 이렇게 시대 구분이 됩니다. 그렇게 복잡하지 않습니다. 단출합니다.

러시아 연방을 상징하는 문장은 '쌍두 독수리'인데 제정러시아 때인 15세기에 들어왔다고 하죠. 러시아는 모스크바가 로마와 비잔티움을 뒤이은 제3의 로마라는, 이를테면 기독교 선민사상을 갖고 있었습니다. 그래서 비잔티움의 문장을 갖다 쓰기도 했는데 쌍두 독수리가 그런 기원을 갖고 있죠. 요즘은 러시아의 이중적인 정체성, 즉 지리적으로 아시아와 유럽에 걸쳐 있으며, 문화적으로도 유럽적인 것과 아시아적인 것이 섞여 있는 이중성을 보여주는 상징이 바로 쌍두 독수리입니다.

러시아의 국가 문장인 쌍두 독수리

게다가 머리 둘 달린 독수리처럼 러시아는 기본적으로 분열적입니다. 그런 러시아적 정체성을 잘 대변하는 작가가 도스토예프스키 같은 작가라고 생각합니다. 톨스토이도 러시아의 거장이지만 톨스토이 문학이 상대적으로 유럽 공통 문학, 보편 문학적인 성격을 갖고 있다면, 도스토예프스키 문학은 러시아에서만 나올 수 있어요. 고골도 마찬가집니다.

러시아 작가의 계보는 푸슈킨에서 시작합니다. 38세에 결투로 죽었기 때문에 톨스토이나 도스토예프스키보다 연배가 낮은 걸로 혼동하기 쉬운데, 선배 작가입니다. 그다음 고골이고, 한 사람 더 들면 레르몬토프가 있습니다. 이 3대 작가가 러시아 근대 문학의 토대를 만듭니다. 이들이 활동했던 시기는 1820년에서 1840년 정노까지입니다. 물론 고골은 그 이후에 더 활동하죠. 이때가 러시아 낭만주의 시기입니다.

그다음에 한 다리 건너뛰어서 러시아 사실주의 문학, 리얼리즘 문학의 3대 작가가 투르게네프, 톨스토이, 도스토예프스키입니다. 이들 작가가 주로 활동했던 시기가 1856년에서 1880년까지입니다. 이 25년간이 좁게 말해서 러시아 사실주의 문학, 리얼리즘 문학 시대에 해당합니다. 따라서 앞서 말한 낭만주의 시대 세 작가와 사실주의 시대 세 작가, 이렇게 여섯 작가에 대해 순서대로 강의할 생각입니다.

마지막이 체호프입니다. 체호프는 19세기를 마감하는 작가입니다. 별명도 '황혼의 작가'입니다. '가을의 작가'이기도 하고요. 그리고 체호프의 몇 년 후배가 막심 고리키입니다. 20세기 러시아 문학을 시작하는 작가입니다. 고리키부터 20세기 작가로 치면 됩니다. 체호프의 문학적인 활동이 끝나고 고리키의 활동이 시작되면서 19세기와 20세기가 엇갈리게 됩니다.

책 읽을 줄 '아는' 인텔리겐치아

러시아 문학은 달리 말하면 인텔리겐치아의 문학이었습니다. 러시아의 지식인 계급을 '인텔리겐치아'라고 합니다. 해방 이전에는 우리나라에서도 많이 쓰던 말입니다. 영어의 인텔렉추얼(Intellectual)하고 다릅니다. 인텔렉추얼은 말 그대로 전문 지식을 갖고 있는 사람이죠. 러시아 인텔리겐치아는 지식인이되 비판적 지식인을 말합니다. 대학생도 다 인텔리겐치아입니다. 제정러시아 시대에는 사실 대학생 자체가 희소했고 특권 계층이었죠. 책을 읽을 줄 알면 인텔리겐치아 자격으로 충분했습니다. 90퍼센트 이상이 문맹이어서 책을 읽을 수 있는 독자층이 그렇게 넓지 않았기 때문입니다. 소비에트 시대에 와서야 비로소 국가 기관에서 제대로 된 보통교육을 실시하면서 문맹이 타파됩니다.

인텔리겐치아는 출신에 따라 귀족과 잡계급이 있었습니다. 잡계급은 귀족도 아니고 농민도 아닌 부류인데, 대개는 성직자나 상인이나 의사 같은 직종의 사람들이 잡계급을 구성합니다. 도스토예프스키가 가장 대표적인 잡계급 출신의 작가입니다. 인텔리겐치아가 사회적 계급 또는 세력으로 대두되는 시기가 1830~1840년대입니다. 정확히 말하면 1836년부터죠. 1836년에 중요한 사건이 일어나는데, 러시아 최초의 철학자로 불리는 표트르 차다예프가 「철학 서한」을 발표합니다. '철학적 편지'라고 옮기기도 하는데 관례적으로는 철학 서한이라고 합니다. 첫 번째 편지가 《망원경》이라는 잡지에 발표되는데 이게 일대 스캔들을 불러일으키게 됩니다. 그래서 글을 쓴 차다예프는 연금되고, 편집자는 시베리아로 유형을 갑니다.

「철학 서한」은 원래 프랑스어로 썼습니다. 프랑스어로 쓴 것을 러시아어로 옮겨서 발표했어요. 차다예프는 이 편지에서 러시아가 인류 사회, 즉 유럽 문명사회에서 일탈한 고아이고, 사생아다, 이렇게 주장합니다. 유럽 문명사의 주류가 가톨릭인데 러시아는 키예프 루시 시대인 988년에 세례를 받고 정교 국가가 됩니다. 이로써 서유럽과는 단절이 생깁니다.

간단히 말하면 표트르 대제 때까지도 러시아에는 '문명'이 없었어요. 표트르의 사절단이 유럽을 일주하면서 지나가는 곳마다 다 쑥대밭을 만들었다고 합니다. 밤마다 먹고 마시며 광란의 밤을 보낸 거죠. 황실이 그 정도였어요. 게다가 몽골의 침입과 지배 때문에 러시아는 르네상스를 경험하지 못했어요. 그래서 유럽 사회와는 다른 길로 빠지게 된 겁니다. 그러니 러시아가 사생아다, 고아다라는 주장이 나온 거지요.

표트르 차다예프의 초상

듣기 좋은 소리는 아니었죠. 황제 니콜라이 1세는 화가 나서 차다예프를 정신병자로 몰아버립니다. 시베리아로 유형을 보내자니 사상범으로 인정하는 꼴이 되는데 그건 용납할 수가 없었죠. 그래서 정신감정을 하고 자택에 연금합니다. 1년 후에 차다예프가 「광인의 변명」이라는 글을 발표합니다. 자신이 러시아를 고아라고 한 것은 욕보이려고 한 게 아니라 좋은 뜻인데, 우리는 유럽보다 늦게 출발했지만 후발주자의 이점이 있다, 유럽은 앞서가다 보니 시행착오를 겪게 되지만, 러시아는 뒤따라가기 때문에 시행착오 없이 앞서갈 수 있다는 요지로 얘기합니다. 표트르 대제의 서구화 개혁이 러시아가 고아 상태를 벗어나는 첫걸음이었고, 이를 계승해야 한다는 게 차다예프의 핵심 주장이었는데, 이는 곧바로 찬반양론을 불러오게 됩니다.

차다예프의 주장에 찬성하는 쪽은 앞서가는 유럽을 늦게라도 뒤따라가야 한다고 주장합니다. 반면, 반대하는 쪽은 러시아는 유럽과는 다른 독자적인 전통이 있다, 러시아의 길은 유럽의 길과는 다르다고 주장합니다. 이들을 각각 서구파와 슬라브파, 이렇게 부릅니다. 자연스럽게 러시아 인텔리겐치아는 1830년대 후반을 기점으로 서구파와 슬라브파로 나뉘게 됩니다. 둘 다 기본적으로는 러시아를 사랑합니다. 다만 러시아를 어떻게 보느냐로 나뉠 뿐이죠. 서구파는 러시아를 '아이'로 봅니다. 잘 돌보고 훈육해야 하는 아이로 보는 거죠. 이때 서구파에게 중요한 건 미래입니다. 우리가 러시아를 미래에 어떤 나라로 만들어야 할 것인가? 유럽을 모델로 하자는 거죠. 반면 슬라브파는 러시아를 어머니로 봅니다. 중요한 건 러시아의 과거이고 전통입니다. 유럽 문명은 오염되고 타락했지만 러시아는 아직 순수성을 가지고 있다는 것이고, 이런 독자적 가치를 보존해나가야 한다는 게 슬라브파의 주장입니다.

작가들도 견해가 나뉩니다. 고골은 나중에 대단한 보수주의자가 되는

데, 슬라브파를 지지합니다. 러시아는 유럽과 길이 다르다고 보는 쪽입니다. 반면 투르게네프는 대표적인 서구파입니다. 투르게네프는 귀족 출신으로, 서구적 교양이 물씬 풍기는 독일 유학파에다 명예박사 학위도 갖고 있던 작가입니다. 한마디로 가방끈이 긴 작가죠. 참고로 도스토예프스키는 골수 슬라브파입니다.

푸슈킨 공동체로서의 러시아

러시아 사람들은 어릴 때부터 푸슈킨의 시를 읽습니다. 거의 이유식 같아요. 러시아는 중등 교육 과정이 11년인데 이 기간에 배웁니다. 그래서 『예브게니 오네긴』 전체를 암송하는 사람도 있다고 해요. 소비에트식 교육을 받은 사람들은 어지간한 푸슈킨의 시를 다 암송합니다. 일상 대화에서도 많이 씁니다. 공산주의 교육이 그런 건 좋아요. 러시아의 문학 시험은 작문 시험입니다. 인용을 해야 해요. 그러려면 시를 외워야죠. 그게 러시아식 교양의 토대입니다. 그런데 그런 전통이 지금도 계속 유지되고 있는지는 의문이에요.

러시아도 독서력이 현저하게 떨어지고 있어요. 그래서 하는 것이 고전 문학 작품을 영화화하는 겁니다. 고골과 도스토예프스키, 불가코프, 파스테르나크 등 거장들의 작품이 텔레비전 영화로 다시 만들어졌어요. 그 이유 중 하나는 젊은 세대가 문학 작품을 읽지 않기 때문이죠. 러시아인으로서의 정체성이 희박해져 가는 겁니다.

거꾸로 러시아 문학이 정체성을 정립하는 역할을 해줍니다. 그중에서도 핵심은 푸슈킨입니다. 아예 '푸슈킨 공동체'라는 말도 가능해요. 러시아인이 누구냐 할 때, 푸슈킨 공동체, 톨스토이 공동체, 도스토예프스키

공동체라고 말할 수 있습니다. 왜냐하면 그 작품을 읽은 경험을 공유하고 있으니까요. 그 작품에 대한 기억, 그게 교양입니다. 미국의 한 인문학자가 재미있는 얘기를 했는데, 모든 학생에게 공통적인 인문교양 교육이 왜 중요한가 하는 질문에 "다 잊어먹어도 같은 작품을 잊어먹는 게 되지 않느냐?"라고 대답했어요. 기억이 안 나도 같은 작품을 잊어먹은 거니까 공동체가 되잖아요. 그런 공동체도 가능합니다. 그게 하나의 끈으로 묶어주는 겁니다. 푸슈킨이 그런 역할을 해줍니다. 러시아 사람들의 일용할 양식인 수프 같은 겁니다. 그것을 가능하게 해준 것이 '푸슈킨 신화'입니다. 우리가 접하는 푸슈킨은 이미 신화화된 푸슈킨입니다. 그 신화화는 여러 단계에 걸쳐 이루어졌습니다. '러시아 국민문학의 아버지'라는 위상은 푸슈킨 당대에 생긴 게 아니라 사후에 여러 가지 굴곡을 거쳐서 형성된 겁니다. 우리가 접하는 푸슈킨은 바로 그런 신화화한 결과물입니다.

러시아 작가들은 '나의 푸슈킨'이라고 얘기해요. 각자가 생각하는 자기만의 푸슈킨이 있어요. 자기의 경험, 내가 읽었던 푸슈킨을 시인·작가들이 다 하나씩 씁니다. 재미있는 건 러시아 작가의 경우 '나와 푸슈킨의 관계'를 입증해야 인정을 받는다는 겁니다. 나와 푸슈킨의 커넥션이 어떻다는 것, 그게 바로 자기 존재 증명이에요. 이에 대비되는 것이 '우리의 푸슈킨'인데 이건 국가 이데올로기로서 신화 작업의 소산입니다. 우리의, 공동의 푸슈킨도 있고, 나만의 푸슈킨도 있습니다.

가령 나보코프는 1899년에 태어났습니다. 푸슈킨이 1799년생이니까 푸슈킨 탄생 100주년에 태어난 것입니다. 나보코프의 주장은, 이게 우연인 줄 아느냐, 이겁니다. 물론 옆 사람이 보기에는 우연이지만 나보코프로서는 뭔가 의미심장한 연결고리가 있는 겁니다. 러시아 문학은 푸슈킨에서 시작해서 자신에게서 끝난다는 것이 나보코프의 생각입니다. 그래서 나보코프가 푸슈킨의 대표작 『예브게니 오네긴』을 영어로 번역했어요.

나보코프는 러시아 작가지만 망명 작가입니다. 미국에 망명해서 쓴 『롤리타』가 베스트셀러가 되자 스위스로 이주했습니다. 러시아 작가 중에 가장 부유한 작가였죠. 이런 나보코프가 가장 자부심을 갖고 있었던 게 『예브게니 오네긴』의 번역이었습니다. 두꺼운 주석서도 썼어요. 그러니까 영어권 독자들은 푸슈킨의 대표작인 『예브게니 오네긴』을 나보코프의 언어를 통해서만, 그의 해석을 통해서만 읽을 수 있도록 한 것이죠. 말하자면 나보코프는 영어권의 푸슈킨인 셈이에요. 그 자부심이 대단히 컸습니다. 러시아 문학은 소비에트 시대에 와서는 전통이 끊어졌고 대신에 자신이 그 적통이라고 생각했던 것이죠.

그다음에 안드레이 비토프라는 작가가 있습니다. 아직 살아 있고 노벨 문학상 물망에도 가끔 오르는 작가입니다. 대표작이 『푸슈킨의 집』인데 이는 페테르부르크에 있는 푸슈킨 연구소를 가리키는 말이기도 합니다. 이른바 러시아 포스트모더니즘의 대표작 가운데 하나입니다. 이 작가는 1937년생입니다. 푸슈킨이 1837년에 죽었으니 사망 100주기에 태어난 거예요. 이게 우연이겠느냐는 게 비토프의 생각입니다. 그래서 자기 작품 쓰기에도 바쁠 시간에 푸슈킨에 대해서 쓰고 또 쓰고, 푸슈킨 작품집 편집에도 관여합니다.

그리고 20세기 최고 시인으로 안나 아흐마토바가 있습니다. 여성 시인인데 아흐마토바는 푸슈킨이 학창시절을 보낸 곳에서 어린 시절을 보냈어요. 이게 자부심입니다. 그래서 어린 시절에 대한 회상을 아주 자랑스럽게 "푸슈킨이 뛰놀던 정원에서 내가 거닐었노라"라고 말합니다. 그런 식으로 어떻게 해서든 연관을 만드는 겁니다. 그게 러시아 시인과 작가들이 하는 겁니다. 도스토예프스키도 대표적이에요. 도스토예프스키의 가장 대표적 연설이 죽기 바로 직전에 푸슈킨 동상 제막식에서 한 것입니다. 1880년에 푸슈킨 동상이 처음 만들어지면서 제막 기념 축제가 벌어질 때였는데, 이때 연설한 것이 도스토예프스키의 마지막 공식 활동입니다. 도스토예프스키는 연설에서 푸슈킨을 그냥 뛰어난 작가가 아니라 '러시아의 예언자'라고 얘기했습니다. 셰익스피어, 괴테와 어깨를 나란히 한 작가이고 어쩌면 그들을 넘어서는 작가라고 치켜세웁니다. 그래서 청중을 감동의 도가니로 몰고 갑니다. 연설이 끝나자 다들 우리 푸슈킨, 우리 러시아를 외치며 서로 껴안고 눈물 흘렸다고 해요. 앙숙이던 투르게네프도 찾아와 화해의 악수를 청했습니다.

　이만하면 우리의 강의도 푸슈킨부터 시작하는 것이 지극히 당연해보입니다. 그럼 다음 시간에는 푸슈킨과 그의 대표작 『예브게니 오네긴』에 대해서 살펴보겠습니다.

러시아 영혼의 정수

푸슈킨의 『예브게니 오네긴』 읽기

오, 운명은 많고 많은 것을 앗아갔느니!
가득 찬 술잔을 비우지도 못한 채
인생의 축제를 일찌감치 떠나간 자,
내가 지금 오네긴과 헤어지듯,
인생의 소설을 다 읽기도 전에
돌연히 작별을 고할 수 있었던 자,
행복하여라.

『예브게니 오네긴』 가운데서

푸슈킨에 대해서

　오늘은 푸슈킨 이야기를 하겠습니다.

　러시아 문학을 처음 접하는 독자들이 가장 어려워하는 것이 러시아 인명입니다. 너무 길죠. 고등학교 때 생물 선생님이 이런 말씀을 하시더군요. 러시아 소설은 진짜 읽을 수가 없다, 주인공이 몇 명인지 알 수가 없다! 이름 자체도 길지만 같은 이름이 애칭, 별칭 등 여러 가지로 불리니까 도대체 누가 누구인지 혼동되고 소설을 읽어나가기도 힘들죠. 일단은 이 단계를 넘어서야 합니다.

　'푸슈킨'은 성입니다. 그러니 이 집안사람들은 다 푸슈킨이겠죠. 아버지도 푸슈킨, 할아버지도 푸슈킨. 여자들은 여성형 어미가 붙어서 '푸슈키나'가 됩니다. 그러니 집에서 '푸슈킨!' 하고 불렀을 리는 없겠죠. 문학사에 남은 푸슈킨은 마치 고유명사처럼 불리지만 전체 이름은 알렉산드르 세르게예비치 푸슈킨입니다. 푸슈킨 가의 세르게이의 아들, 알렉산드르라는 뜻입니다.

　그렇다고 집에서 '알렉산드르!'라고 부르지도 않아요. '사샤'라는 애칭으로 부릅니다. 여성 이름인 '알렉산드라'의 애칭도 사샤예요. 남자 이름이나 여자 이름이나 애칭 사샤는 똑같습니다. 그렇게 가까운 사람들은 '사샤'라고 부르고, 공식적인 자리에서는 '알렉산드르 세르게예비치'라고 부르는 게 일반적입니다.

〈시인 알렉산드르 푸슈킨의 초상〉(오레스트 키프렌스키, 1827)

러시아 최초의 '전업' 작가

푸슈킨은 1799년에 태어났습니다. 귀족 가문 출신인데, 가계가 좀 특이합니다. 푸슈킨은 러시아에서 600년 이상 된 가계라는 자부심을 가졌습니다. 그런 자부심은 있을지 몰라도 실제로는 가세가 좀 기운 귀족 가문입니다. 18세기 초 표트르 대제의 관료제 개혁 이후에 세습귀족의 지위가 약화되는데, 푸슈킨 가문이 거기에 해당합니다. 명색이 귀족이었지만, 사치스러운 생활을 감당할 돈은 점점 줄어가던 집안이었어요.

그런 경제적 사정과 무관하지 않게도, 푸슈킨은 러시아 최초의 '전업 작가'였습니다. 원고료 수입이 생계에서 큰 비중을 차지한 최초의 작가죠. 다른 귀족 작가들, 예컨대 톨스토이나 투르게네프는 작품을 쓰지 않아도 생계에는 지장이 없었어요. 하지만 푸슈킨은 사정이 달랐습니다. 자기가 쓴 원고 매수까지 꼬박꼬박 계산해두었습니다. 까딱하면 결혼도 못할 뻔했습니다. 비교적 늦은 나이에 나탈리야 곤차로바라는 미모의 여성에게 반해 구혼을 하지만 장모될 사람이 돈이 없다고 처음에는 청혼을 받아주지 않습니다. 1년 뒤에 재차 청혼해서야 겨우 승낙을 얻게 됩니다. 부유한 귀족이었다면 겪지 않았을 수모지요.

푸슈킨의 외증조부는 아브람 페트로비치 한니발로 아프리카의 흑인 노예 출신입니다. 표트르 대제가 선물로 받은 노예 소년을 총애합니다. 푸슈킨은 이런 혈통을 자랑스러워했고, 나중에 외증조부를 소재로 『표트르 대제의 흑인』이라는 소설을 쓰기도 했습니다. 집안의 둘째 아들로 태어난 푸슈킨은 상대적으로 부모님의 무관심 속에서 성장했습니다. 유년 시절이 행복했다고는 볼 수 없겠는데, 그런 가운데서도 혜택이라고 한다면 아버지 서재의 책들을 마음껏 탐독할 수 있었다는 점입니다. 장서가 3,000권쯤 됐다고 해요. 그 당시 러시아 귀족들의 제1언어는 프랑스어였습니다. 궁정에서도 프랑스어로 얘기하고 사교 모임에서도 프랑스어로 얘기했습니다. 푸슈킨도 마찬가지로 프랑스어와 영어에는 능숙했지만 러시아어는 제3언어 정도로 습득합니다. 유모에게 러시아어를 배우지요. 『예브게니 오네긴』을 보면 그런 유모에게 고마움을 전하는 대목도 나옵니다. 부모에 대해서는 살가운 표현을 한 적이 없는 것과 대비됩니다.

러시아 근대문학이 탄생한 '리체이'

푸슈킨은 지체된 자신의 유년기를 황립 귀족 학교인 리체이에서 경험합니다. 당시 황제 알렉산드르 1세가 자기 동생을 교육하기 위해서 세운 특별한 학교였습니다. 귀족 자제들로 이루어진 1기 입학생이 30명이었는데, 푸슈킨이 그중 한 명이었습니다.

푸슈킨이 1811년에 입교한 리체이는 '차르스코예 셀로'에 있습니다. 번역하면 '황제촌'입니다. 지금은 푸슈킨시(市)로 돼 있습니다. 페테르부르크에서 남쪽으로 한 시간쯤 가면 있는데, 여름궁전에 바로 붙어 있습니다. 지금의 에르미타주박물관이 제정러시아의 겨울궁전이었고, 차르스코

예카테리나 여제의 여름궁전 _ 오른편 끝에 리체이가 있었다. 지금은 푸슈킨박물관으로 운영된다.

예 셀로에는 예카테리나 2세 때 세워진 여름궁전이 있었습니다. 황실 가족이 두 곳을 왕래하기 위해서 러시아에서 처음으로 철로를 놓았다고 합니다.

리체이는 최고 엘리트 학교였습니다. 졸업생을 전부 국가 관료로 임용했으니 엘리트 양성소이기도 합니다. 최고 수준의 교사진을 보유한 건 당연한 일이었고요. 외국에서 데려온 교사들은 자기 신념대로 학생들을 가르쳤습니다. 러시아의 관제 이데올로기를 주입하지 않고 당시로선 혁명적인 자유사상을 가르친 것입니다. 알렉산드르 1세가 나름대로 계몽 군주를 자처했기 때문에 가능하지 않았나 싶어요. 푸슈킨은 그런 교육의 수혜자라고 할까요. 그가 리체이 시절에 쓴 '불온한' 정치 시들은 유럽의 자유사상을 그가 어떻게 수용했는지를 잘 보여줍니다.

리체이는 궁전 정원이 아주 유명합니다. 푸슈킨은 6년간의 리체이 재학 시절을 자신의 제2의 유년기라 말했습니다. 그로선 뒤늦게 요람기 같은 시절을 보내게 된 것이죠. 그래서인지 나이가 들어서도 리체이 입학 날짜가 돌아오면 항상 이를 기념하는 시를 쓰고는 했습니다. 리체이 시절에 대한 고마움, 그리움 같은 것을 평생 간직한 것이죠. 푸슈킨은 리체이를 둘러싼 아름다운 자연경관과 전승탑, 기념 조각들이 세워진 정원을 거닐며 시적 영감을 불태웠습니다. 동시에 강한 애국적 정열도 키워나갔습니다. 그런 걸 보면 '국민시인'이라는 것이 저절로 탄생하지는 않은 것 같습니다. 푸슈킨은 '러시아 국가'를 문학적 테마로 작품에 담습니다. 그것이 또한 푸슈킨 문학의 중요한 특징입니다.

푸슈킨의 문학적 데뷔는 일찍 이루어집니다. 리체이 시절 상급반 진급 시험 과제로 자작시를 써서 낭송했는데, 그것이 계기가 되기 때문입니다.

「차르스코예 셸로에 대한 회상」이라는 작품인데, 이 문학사적 장면을 러시아 최고의 사실주의 화가 일리야 레핀이 그려놓았습니다.

「차르스코예 셸로에 대한 회상」은 장시인데, 푸슈킨은 시를 암송해 심사위원들 앞에서 발표합니다. 그런데 경청하는 사람들 중에 약간 구부정하게 일어서서 귀 기울이는 사람이 있습니다. 바로 러시아의 계관시인 격이던 가브릴라 데르자빈입니다. 러시아 고전주의의 최고 시인인 데르자빈은 그 이듬해 죽기 전, 생애 마지막 공식 행사 자리에 나온 것이었어요.

〈차르스코예 셸로의 푸슈킨〉(일리야 레핀, 1911)

거기서 데르자빈은 소년 푸슈킨의 시 낭송을 듣고 축복해줍니다. '너는 장래에 위대한 시인이 될 거다'라고 말이죠. 푸슈킨의 기념할 만한 데뷔 장면입니다. 동시에 러시아 근대문학이 탄생하는 장면이라고도 할 만합니다.

사실 18세기만 하더라도 러시아의 국가적 정체성이나 국민성·민족성이 문학의 핵심 주제는 아니었습니다. 그런 의식은 1812년 나폴레옹 전쟁을 계기로 만들어집니다. 러시아에서 '조국전쟁'이라고 부르는 것이죠. 러시아사에서 보면 1941년 히틀러와의 전쟁과 함께 가장 중요한 의미가 있는 전쟁입니다. 이 두 차례의 조국전쟁에서 승리했다는 것이 러시아 사람들의 자부심입니다. 나폴레옹의 프랑스 군대와 싸워서 이기고, 히틀러 이 독일군과 싸워서 이긴 것이죠. 참고로 톨스토이의 『전쟁과 평화』는 바로 나폴레옹과의 전쟁을 다룬 작품입니다.

푸슈킨을 살린 문학사적 토끼들

푸슈킨이 「차르스코예 셀로에 대한 회상」에서 묘사한 것도 이 전쟁에서의 승리입니다. 승리한 알렉산드르 1세는 러시아 군대를 이끌고 파리까지 가서 나폴레옹에게 항복을 받습니다. 한데 그때 파리에 갔던 러시아의 청년 장교들이 큰 충격을 받고 돌아오게 됩니다. 그 당시 러시아

데카브리스트 반란 _ 1825년 12월 알렉산드르 1세가 급사하자 청년 귀족 장교들이 수도 상트페테르부르크의 원로원광장에서 반란을 일으킨 사건이다.

는 정치적으로나 경제적으로 상당히 후진국이었는데 유럽은 프랑스 대혁명 이후 급변하고 있었어요. 그 격차에 충격을 받은 이들은 러시아가 바뀌어야만 한다고 생각합니다. 그래서 애국적인 열혈 장교들이 비밀 정치결사를 만듭니다. 나중에 데카브리스트라고 불리는 조직인데 '데카브리스트'는 러시아어로 '12월의 사람들'이라는 뜻입니다. 그래서 '12월당'이라고도 부릅니다. 이들이 1825년 12월 14일에 봉기를 일으키기에 그런 이름이 붙었습니다.

1825년 데카브리스트 거사가 일어나던 날 푸슈킨은 페테르부르크에 없었어요. 리체이 시절과 졸업 후에 푸슈킨이 쓴 여러 시 가운데 정치적 자유주의를 표방하고 있는 일련의 작품들이 문제가 돼서 푸슈킨은 1820년에 러시아 남부로 추방당합니다. 그나마 시베리아로 보내지 않은 게 다행이랄까요. 이에 푸슈킨은 1826년까지 '남방 유배기'라 부르는 유배 생활을 하게 됩니다. 유배 지역을 벗어나지만 않으면 되었고 인신을 강제로 구속한 건 아니었습니다. 그런데 거사를 앞두고 푸슈킨에게도 밀지가 전달됩니다. 비록 비밀결사에는 끼워주지 않았지만 푸슈킨이 자기들과 뜻을 같이한다고 본 것이죠. 밀지를 전달받은 푸슈킨은 수도로 출발합니다. 한데 길을 가다보니 토끼 한 마리가 가로질러가요. 러시아에서는 이게 불길한 징조입니다. 찜찜한 마음으로 걸어가는데 또 한 마리가 지나갑니다. 푸슈킨은 그 길로 뒤돌아옵니다.

결과적으로 보면 푸슈킨은 목숨을 건집니다. 토끼들 덕분에요! 문학사적 토끼들이라고 해야 할까요! 거사에 참여한 데카브리스트는 바로 체포됩니다. 당시 알렉산드르 1세가 죽고 동생 니콜라이 1세가 황제로 즉위하는 날 거사를 일으킨 건데, 밀고로 거사를 미리 알고 있던 니콜라이

1세는 이들이 집결하자 대포를 쏘아 진압합니다. 붙잡힌 주동자들을 일일이 심문하고 그 이듬해 주동자 다섯 명을 교수형에 처합니다. 나머지는 대부분 시베리아로 유형을 보냈고요. 푸슈킨의 친구들도 있었습니다. 푸슈킨에게는 충격적인 사건이 아닐 수가 없었지요. 푸슈킨은 해마다 기일이면 교수형으로 죽은 이들의 스케치 그림을 그리기도 했습니다. 이 심리적 외상이 그의 문학에 큰 영향을 끼쳤다고 볼 수 있습니다.

봉기가 실패로 돌아간 후 1826년에 푸슈킨은 새 황제 니콜라이 1세와 독대를 하게 됩니다. 거사에 직접 참여하지는 않았지만 데카브리스트의 소지품에서 푸슈킨의 시가 나왔던 겁니다. 전체적으로 보면 그렇게 위험하지 않은 시라도 특정 부분만 떼어내면 과격하고 도전적으로 읽힐 수가 있었습니다. 황제는 작년 12월 14일에 페테르부르크에 있었더라면 어떻게 행동했을 것이냐고 푸슈킨에게 묻습니다. 시인은 당당하게 봉기가 일어났던 원로원광장에 가 있었을 거라고 대답합니다. 사뭇 대담한 대답이었죠. 니콜라이 1세는 관대하게 용서해줍니다. 다만 앞으로는 자신에게 충성할 것을 요구합니다. 그와 더불어 푸슈킨이 쓴 모든 작품에 대한 개인 검열관을 자처합니다. 이후에 황제와 시인, 또는 국가권력과 시인의 관계가 비유 이상의 직접적 관계가 됩니다. 이에 푸슈킨은 황제에게 데카브리스트에 대한 선처를 요청한 걸로 돼 있습니다. 그들에게 자비를 베풀어달라고요. 하지만 결과를 놓고 보면 니콜라이 1세는 시인의 요청을 받아들이지 않았습니다. 푸슈킨만 배신당했다고 할까요.

사실 푸슈킨은 전(前) 시대의 최고 시인이자 역사가인 니콜라이 카람진을 모델로 삼은 듯해요. 1812년 전쟁 이후에 국가적 정체성에 대한 자의식이 생겨나게 되자 카람진은 『러시아 국가사』라는 책을 시리즈로 쏩니다. 미완성으로 끝나지만 최초의 러시아 통사라고 할 만한 책입니다. 푸슈킨은 그 책을 감명 깊게 읽습니다. 그리고 자신의 시대에 카람진과 같은 역할을 하고 싶어합니다. 황제의 조언자 같은 역할이죠. 하지만 니콜라이 1세는 푸슈킨에게 그런 역할을 맡길 의사가 전혀 없었고, 1833년 말에는 고작 황실의 시종보라는 말단직에 임명함으로써 모욕을 주기까지 합니다.

미리 쓴 유언시 '기념비'

페테르부르크의 명소 에르미타주박물관, 그러니까 제정러시아의 겨울궁전 광장 한복판에는 거대한 화강암 원주가 서 있습니다. 니콜라이 1세가 자신의 형 알렉산드르 1세를 기념하기 위해 세운 것입니다. 이 기념탑을 염두에 두고 쓴 시가 「기념비」입니다. 1836년 가을에 썼는데 푸슈킨이 1837년 1월에 결투로 죽으니까 거의 마지막 시입니다. 내용을 보면 딱 유언시입니다.

나는 손으로 만들지 않은 자신의 기념비를 세웠노라
그리로 가는 민중의 오솔길에는 잡초가 자랄 틈이 없고,
기념비는 알렉산드르의 기념탑보다도 더 높이
머리를 치켜들고 솟아올라 있다

나는 죽지 않으리라
나의 영혼은 신성한 리라 속에서
유골보다도 더 오래 살아남아 썩지 않으리라

그리고 나는 영광을 얻으리라, 이 지상에 단 한 명의 시인이라도
살아남아 있는 한

나의 명성은 위대한 러시아 전역에 퍼져 가리라
그리고 존재하는 모든 민족이 그들의 언어로 나를 부르리라
슬라브인의 지존심 높은 자손들도, 핀족도
아직은 미개한 퉁구스, 초원의 친구 칼미크인들도 (……)

1연에서 손으로 만들지 않았다는 것은 '인위적이지 않은', '신성한' 이
란 뜻도 됩니다. 알렉산드르의 기념탑은 국가 권력의 상징물입니다. 자신
이 손으로 만들지 않은 기념비가 그보다 더 높이 솟아올라 있다니, 대단
한 자부심의 표현입니다. 자신의 문학이 국가권력보다도 더 높게 치솟아
있다는 의미로 이해되니까요. 이 시는 물론 생전에 발표되지 않았습니다.

알렉산드르의 기념탑

그리고 사후에 푸슈킨 시 선집에 포함돼 발표될 때는 '알렉산드르의 기념탑'이 '알렉산드리아의 기념탑'으로 바뀝니다. 검열을 통과하기 위해서는 당연한 일이었겠죠.

2연에서 '리라'는 시를 가리키는데, 단 한 명의 시인이라도 남아 있는 한 자신이 영광을 얻으리라고 예언하고 있어요. 그게 시간적 불멸을 뜻한다면 3연에서는 공간적으로도 그의 이름이 널리 떨쳐질 거라고 말합니다. 푸슈킨은 기껏 해봐야 핀족, 퉁구스족, 칼미크족 등 러시아 변방의 민족들이 그들의 언어로 자신의 이름을 부르리라 했는데, 이제는 한국어로도 부릅니다! 푸슈킨의 사후 명성은 그 자신의 예언도 능가하네요.

참고로 말씀드리면, 모스크바의 푸슈킨광장에는 1880년에 세워진 유명한 푸슈킨 동상이 있는데, 그 단대에는 세 면에 걸쳐서 바로 이 시 「기념비」가 새겨져 있습니다.

볼지노의 가을, 창작의 결실

푸슈킨은 키가 작아 요즘이라면 '루저'에 해당하지만 재담꾼이었고, 유머가 풍부한 데다가 즉흥적인 글재주가 있어서 사교계에서 인기가 좋았습니다. 여자들도 많이 따랐다고 하고요. 그 당시 귀족 청년들 사이에 '돈 후안 리스트'가 유행했는데, 자기가 유혹한 여자들의 목록을 만들어놓은 거예요. 믿거나 말거나 푸슈킨은 결혼 전에 이 목록에 있는 여자가 100명이 넘었습니다. 그런 게 러시아 사교계 문화였어요. 결혼 이후에는 푸슈킨도 가정에 충실한 가장이고자 합니다. 푸슈킨은 조금 늦게 결혼합니다. 우리 나이로는 32세 때인데 당시 기준으로 하면 상당히 늦은 나이입니다. 1826년부터 결혼 상대를 물색했다고 하는데, 앞서 말했듯이

1829년에 나탈리아 곤차로바라는 절세미녀를 만나 반하게 됩니다. 그녀에게 바로 청혼했다가 거절당하고, 절치부심 끝에 이듬해인 1830년에 재차 청혼하여 승낙을 얻어냅니다. 그리고 가을에 결혼식을 올릴 예정이었는데, 모스크바에 콜레라가 도는 바람에 연기됩니다. 이때 푸슈킨은 볼지노라는 곳으로 갑니다. 푸슈킨은 작품을 쓸 때 영지인 볼지노에서 몇 달씩 머물면서 창작에 몰입했습니다. 몰아서 쓰는 스타일이라고 할까요.

　'볼지노의 가을'이라고 일컬어지는 세 차례의 가을 동안 푸슈킨은 최고의 작품들을 써냅니다. 특히 1830년 가을이 유명한데, 1823년부터 쓰기 시작한 『예브게니 오네긴』을 완성한 것도 바로 이때입니다. 『벨킨 이야기』에 포함되는 단편 연작, '소비극'이라 불리는 짧은 드라마 네 편과

궁정 무도회의 푸슈킨 부부(니콜라이 팔로비치, 1936)

많은 서정시도 이때 쓴 작품입니다. 이 시기는 결혼을 앞둔 푸슈킨이 몹시 불안해하던 때입니다. 콜레라가 돌고 있어서 약혼녀 곤차로바의 안전이 걱정되기도 했고, 곧 유부남이 된다는 사실에 긴장도 했습니다. 행복에 대한 기대감과 불안감이 복합적으로 작용해 창작의 에너지로 승화된 걸로 보입니다.

결투에서 쓰러진 푸슈킨 _ 1837년 1월 27일(신력 2월 8일) 오후 4시쯤 권총 결투가 있었다. 상대인 단테스가 먼저 발사했고, 푸슈킨은 오른쪽 옆구리에 중상을 입었다. 몸을 일으켜 발사하지만 단테스는 가벼운 상처에 그쳤다.

1831년 2월에 결혼한 푸슈킨은 슬하에 네 자녀를 뒀습니다. 1837년에 죽으니까 결혼생활은 6년밖에 안 됩니다. 남편이 죽었을 때 곤차로바는 20대의 젊은 나이였어요. 나중에 한 장군하고 재혼합니다. 푸슈킨은 결투로 죽게 되는데, 계기가 된 건 프랑스군 출신의 황실 장교 단테스와 아내의 염문이었습니다. 아내의 명예를 지켜주기 위해서 결투를 신청하는데, 첫 결투는 단테스가 곤차로바의 언니와 결혼하는 걸로 무마됩니다. 말하자면 푸슈킨과 단테스는 동서지간이 됩니다. 그러다가 1837년 1월, 단테스에게 재차 결투를 신청합니다. 푸슈킨이 투서를 받고 분격해서 결투 신청서를 단테스의 양아버지인 네덜란드 공사 헥케른에게 대신 보냅니다. 공식적으로는 아내와의 염문 때문에 단테스와 결투하게 된 것이지만, 아내 곤차로바를 눈여겨보던 황제 니콜라이 1세에 대한 결투 신청이었다는 견해도 있습니다. 아무튼 결투에서 배에 총상을 입고 신음하다가 사흘째 되는 1월 29일, 세상을 떠나게 됩니다.

푸슈킨의 죽음은 러시아의 국가적 이슈가 됩니다. 기록에 따르면 결투 소식이 전해진 직후 그의 집 주변에 2~5만 명의 군중이 모여들었다고 합니다. 당시로서는 엄청난 인파예요. 니콜라이 1세가 겁을 먹고 장례식 장소조차 가족도 모르게 바꿉니다. 만약의 사태를 대비해 푸슈킨의 집 주변을 6만 명의 군대로 포위했다고 해요. 일종의 과민반응을 보인 걸 보면 푸슈킨의 죽음에 황제도 모종의 역할을 한 게 아닌가 의심해보게 됩니다.

푸슈킨의 『예브게니 오네긴』 읽기

푸슈킨의 작품으로 들어가볼까요?

그럼 이제 푸슈킨의 대표작 『예브게니 오네긴』을 살펴보겠습니다. 전체 8장으로 구성돼 있는데 푸슈킨은 원래 10장까지 썼습니다. 초고가 남아 있기는 합니다만 최종 판본을 8장으로 구성한 것입니다. 내용은 한마디로 두 주인공 오네긴과 타치야나의 엇갈린 사랑 이야기입니다. 처음에는 타치야나가 오네긴에게 구애했다가 거절당하고, 뒤늦게 오네긴이 타치야나에게 구애했다가 거절당하는 과정이 똑같이 반복됩니다. 전반부에서는 타치야나가 오네긴에게 구애 편지를 쓰고, 오네긴이 설교를 합니다. 후반부에서는 오네긴이 기혼녀가 된 타치야나에게 구애 편지를 쓰고, 타치야나에게서 거절의 연설을 듣는데요. 이런 식으로 완전히 대칭적으로 짜여 있습니다.

이 작품은 차이코프스키의 오페라 버전도 있는데 작품 내용이 좀 다릅니다. 음악을 좋아하시는 분들은 비교해서 보시면 좋겠습니다. 차이코프스키는 오네긴을 무척 싫어했습니다. 오페라 〈예브게니 오네긴〉에서 주인공인 오네긴의 아리아는 유명한 게 없습니다. 오히려 렌스키를 높이 평가했어요. 렌스키의 아리아는 아주 유명하지요. 또 타치야나의 남편 그레민의 아리아도 유명합니다. 사실 그레민은 차이코프스키 작품에만 등장해요. 차이코프스키는 그레민을 오페라에서 주요 인물로 설정해 오네긴 따위와는 비교가 안 될 만큼 점잖고 관대한 남성의 모습을 보여줍니다.

차이코프스키는 동성애자였습니다. 동성애는 당시 러시아 사회에서 금기였죠. 그런데 음악원 교수로 있던 차이코프스키가 〈예브게니 오네긴〉을 작곡할 때 한 여제자에게서 열렬한 구애 편지를 받습니다. 자신이 혐오하는 오네긴처럼 거절할 수 없어 그 여성과 결혼하지만 최악의 결혼 생활이 닥칩니다. 차이코프스키는 자살 시도까지 합니다. 아내는 나중에 정신병원에 갑니다. 그의 사례를 보건대, 오네긴이 타치야나의 첫 구애를 받아들였더라도 둘이 행복하기는 어렵지 않았을까요? 차이코프스키는 그런 전례를 밟지 않기 위해서 결혼했지만 행복하지는 않았습니다.

차이코프스키의 오페라 〈예브게니 오네긴〉
제3막 그레민 가문의 무도회 장면(1879)

푸슈킨 문학의 밝은 슬픔

자, 작품의 서문부터 보겠습니다. 그런데 '진짜 서문'이 어디에
있는지 혹시 찾으셨나요? 러시아 문학에서 18세기는 고전주의 시대입니
다. 그 끝 무렵에 태어난 푸슈킨이 시를 쓰면서 처음 사숙한 시인들도 대
부분 고전주의 시인이었습니다. 고전주의는 개인의 개성과 자유보다는
규범이나 조화, 모범 등을 강조했습니다. 그런 고전주의적 감각, 형식미
에 대한 존중 등이 푸슈킨의 문학적 바탕입니다. 더불어 푸슈킨은 낭만주
의 시대를 살았습니다. 낭만주의는 자유와 개성을 예찬하고 규범보다는

파격을 좋아합니다. 형식을 그리 존중하지 않아요. 규칙에 대한 위반을 좋아합니다. 그런데 문학적 유희가 가능하려면 규칙의 준수가 전제되어야 합니다. 만약 규칙을 존중하지 않는다면, 그 위반이 의미를 가질 수가 없기 때문입니다.

우리가 읽을 작품 『예브게니 오네긴』에서 예를 들면 작품의 형식적 서문이 책머리에 놓여 있지 않고, 7장 맨 뒤에 붙어 있습니다. 이렇게 따로 적어놓았어요.

> 젊은 내 친구의
> 수많은 괴벽들을 나 노래하노라.
> 오 그대, 서사시의 뮤즈여,
> 내 긴긴 작업을 축복해주오!
> 내가 여기저기 헤매지 않게
> 믿음직한 지팡이를 나의 손에 맡겨주오!

고전주의 서사시에서 서문의 필수적인 요건은 뮤즈에 대한 기원입니다. 먼 장정에 오르게 되니 잘 보살펴달라는 기원입니다. 이걸 푸슈킨은 7장 끝에 갖다놓고는 "충분하다! 이제 짐을 벗었노라!"라고 덧붙입니다. 좀 늦긴 했지만 서문을 이렇게 마련해놓았으니 고전주의에 대해 나름의 경의를 표한 셈이라고요. 이건 물론 패러디입니다. 하지만 패러디는 조롱이면서 존중의 뜻도 포함합니다. 양면성을 다 갖지요. 관례를 완전히 무시하고 배제하는 게 아니라 한편으로는 존중하되, 전적으로 존중하는 것은 아닌 식, 이게 푸슈킨 문학의 태도입니다. 대단히 경쾌한 문학 정신을 보여준 것입니다.

푸슈킨 문학에 대해 어떤 비평가는 '밝은 슬픔'이라고 표현했습니다. 슬픔이라는 정조를 기본적으로 가지고 있지만 축 처진다거나 비탄에 빠지지는 않습니다. 푸슈킨 문학은 기본적으로 밝고 경쾌합니다. 슬픔에 빠져 있을 때 감정을 끌어올려 줍니다. 정신 건강에 좋다고 할까요. 레르몬토프나 고골 같은 작가로 가면 정신 건강에 조금 유해합니다. 독자에게도 체질에 따라서 맞는 작가들이 있어요. 평소에 기분이 너무 고양돼 있는 분들은 푸슈킨하고 잘 안 맞습니다. 같이 가벼우니까요. 그런 경우에는 끌어내려 줄 수 있는 좀 우울한 작가들이 좋습니다. 그 대신 평소에 좀 우울하다 싶으면 푸슈킨을 많이 읽으세요. 그러면 도움을 얻을 수가 있어요. 물론 푸슈킨의 모든 작품이 그런 것은 아닙니다. 유해한 작품도 몇 편있어요. 『청동 기마상』이나 『스페이드 여왕』 같은 작품에서는 주인공이미치는 걸로 되어 있어요. 푸슈킨도 미칠 지경인 때 쓴 거라서 그렇습니다. 하지만 작품은 대부분 기본적으로 밝고 경쾌합니다. 그렇다고 경박하진 않아요. 이것이 푸슈킨 문학의 특징이자 의의라고 생각합니다.

가짜 낭만주의 vs 진정한 낭만주의

『예브게니 오네긴』은 성숙이라는 주제를 다룬 작품입니다. 푸슈킨 자신이 8년 동안 이 작품을 쓰는 과정에서 성숙해진 것도 있고요. 성숙이란 무엇일까요? 단순하고 간단해 보이지만 어렵게 느껴지기도 하는 문제입니다. 푸슈킨은 성숙을 삶의 이중성에 대한 성찰이라는 측면에서 다룹니다. 열정을 예로 들면 나이에 따라서 다른 의미를 갖습니다. 언제나 좋은 것, 긍정적인 것이 아니라는 겁니다. 푸슈킨은 무엇인가가 영원히 가치가 있다고 보지 않습니다. 이렇게 본다면 푸슈킨은 낭만주의자가 아닙니다.

『예브게니 오네긴』에서 렌스키와 화자의 대비를 보면 이를 알 수 있습니다. 이때 화자는 푸슈킨인데, 시인 자신이 직접 화자로 등장합니다. 화자이면서 등장인물이기도 하고 오네긴의 친구이기도 해요. 독특한 형상이죠. 작중 인물이자 화자이자 작가 자신이기도 하니까요. 여하튼 시인으로서 화자 푸슈킨이 등장합니다. 렌스키도 똑같이 시인인데, 렌스키는 전형적인 낭만주의 시인입니다. 푸슈킨이 보기에 가짜 낭만주의가 있고 진정한 낭만주의가 있습니다. 사실 푸슈킨이 유사 낭만주의라고 본 것이 흔히 말하는 낭만주의입니다. 푸슈킨이 그것과 대비해 진정한 낭만주의라고 말하는 것은 요즘 식으로 얘기하면 리얼리즘입니다. 푸슈킨 시대에는 리얼리즘이라는 말 자체가 없었습니다. 개념은 있었지만 지칭하는 말은 없었어요. 그래서 푸슈킨은 '진정한 낭만주의'라고 했습니다.

1장은 전적으로 오네긴에게 바치는 장입니다. 모든 것에 싫증을 내고 권태에 빠진 주인공 오네긴이 등장합니다. 우울증 환자처럼도 보이지만 '우울증'은 일종의 유행이기도 합니다. 감정도 모방적이니까요. 감정이 자발적이라고 오인하는 경우가 많은데 소설이나 영화를 보고 배우는 식이죠. 예술작품이 삶을 모방한다고 하지만 뒤집어서 예술작품을 모방하는 삶도 많습니다. 특히 낭만주의 시대의 삶이 그렇습니다. 여주인공 타치야나도 마찬가지지요. 2장에서 처음 등장하는 타치야나는 주로 창가에 앉아 있습니다. 요즘으로 치면 하이틴 로맨스 같은 감상적인 소설을 읽으면서 누군가가 나를 찾아올 거라는 기대감을 갖고 창가에만 앉아 있어요. 동경하는 포즈. 이게 타치야나의 원형적인 모습입니다.

2장에는 오네긴의 이웃 마을 지주 렌스키가 등장합니다. 둘은 나이 차이가 나는데, 비유하자면 오네긴은 말년병장이고 렌스키는 신참병입니다. 인생에 대해서 오네긴은 이미 뭔가를 안다고 생각해요. 렌스키는 새파란 젊은이로 삶에 대한 기대와 열망으로 가득 차 열애에 빠져 있는 인물입니다. 시인답죠. 그렇게 물과 불처럼 전혀 성격이 다른 두 사람이 친구가 됩니다. 이유는 할 일이 없어서예요. 시골 마을에 젊은이가 달랑 둘있습니다. 그래서 따분하긴 하지만 오네긴은 렌스키가 하는 얘기를 들어줍니다.

렌스키는 낭만주의 시인답게 열정적으로 자기의 감정에 대해서 얘기하고 사랑에 대해서 얘기합니다. 렌스키에 대한 소개가 이렇습니다. "괴팅겐의 영혼 그 자체, 미남이자 열혈 청춘, 칸트의 숭배자요 시인이었다." 막 독일 유학에서 돌아온 그는 독일 낭만주의를 체현하고 있는 인물입니다. 아직 타락한 세상의 쓴맛을 보지 못한 걸로 소개됩니다. 미숙하다는 얘기죠. 반면에 오네긴은 모든 쾌락과 사랑의 기교에 달인이었지만 지금은 모든 것에 싫증 나 시골 숙부 댁에 와 있는 인물입니다. 그런데 이런 순진한 청년과 만나 친구 노릇을 하려니 인내심이 좀 필요합니다. 미소를 머금으면서 렌스키가 하는 열정적인 얘기들을 들어주는데, 한마디 하고 싶어서 입이 근질거리지만 충격을 받을까봐 그래도 참습니다. 젊은 날의 열병과 헛소리를 용서해주자고 생각하면서 말이죠.

렌스키가 시와 삶에 대한 열정을 대표한다면 오네긴은 그런 열정에서 한 걸음 물러나 앉은 권태를 대표합니다. 화자 푸슈킨은 그런 권태와 환멸을 넘어서 다시금 긍정의 단계에 도달합니다. 렌스키는 시를 쓰지만 오네긴은 시를 쓰지 않고, 푸슈킨은 다시 시를 씁니다. 시를 쓰지만 시를 쓰는 태도가 다릅니다. 렌스키는 약혼녀에게 읽어주기 위해서 시를 쓰지요. 그러나 정작 약혼녀 올가는 렌스키의 시에 관심이 없습니다. 둘이 데이트 하는 장면을 보면, 렌스키가 올가의 머리카락이나 옷소매를 만지작거리 다가 시를 읽어주는데 올가는 따분해합니다. 렌스키는 자기 사랑에 자기 가 도취되어 실제 눈앞에 있는 여성이 뭘 원하는지도 모르는 순진한 청 년입니다.

화자 푸슈킨은 다릅니다. 그는 시를 써서 물오리들한테 읽어줍니다. 연인에게 읽어주는 게 아니라요. 그렇듯 무상한 것 같지만 시를 쓴다는 것, 푸슈킨이 생각하는 성숙은 이 단계까지 가는 겁니다. 오네긴도 이 단 계까지는 도달하지 못합니다. 이 마지막 단계의 성숙에 도달하는 인물은 타치야나와 화자 푸슈킨입니다. 타치야나는 이 작품의 뮤즈이기도 하죠. 타치야나만이 순진한 처녀 시절, 오네긴을 향한 열정에 빠져 있던 단계에 서 사랑에 대한 환멸의 단계를 지나, 결혼 이후에 사랑과 행복이 없는 삶 이지만 그것을 수용하는 단계까지 갑니다.

계속 2장을 보면 타치야나에 대한 소개가 나옵니다. 타치야나는 "하루 종일 그저 혼자 말없이 창가에 앉아 있곤 했다." 그녀는 어머니 라린 부 인을 닮았습니다. 여성 인물들에게도 어떤 위계가 있습니다. 라린 부인과 타치야나의 공통점은 소녀 시절에 책을 많이 읽은 겁니다. 감상주의 소설 을 읽고 그 소설 속 주인공들을 미래의 배우자감으로 꿈꿉니다. 그 당시 결혼은 연애결혼이 아니라 부모가 정해주는 결혼이었습니다. 처녀 시절 의 라린 부인도 새뮤얼 리처드슨 같은 작가들의 주인공을 좋아했는데 결 혼은 전혀 원하지 않던 상대와 했어요. 남편은 신부가 슬픔을 잊을 수 있 게 해준답시고 곧바로 시골로 내려옵니다. 시골에 내려와 보니 "아는 사람 하나 없는 이곳에서 처음에는 울고불고 야단하며 거의 이혼 단계에 이르렀다가, 이후 살림에 손대더니 익숙해져" 만족하게 됩니다. 말 그대로 "습관이란 하늘이 준 선물로, 행복의 대용품인 법"이죠.

라린 부인에게는 딸이 둘 있는데 막내딸인 올가는 책을 안 읽습니다. 순진무구한 달덩이 같은 처녀입니다. 다들 예쁘다고 하지만 오네긴은 그런 미모에는 관심이 없습니다. 올가가 객관적으로는 타치야나보다 미인일 거예요. 하지만 백치미를 자랑하는 인물이죠. 오네긴도, 푸슈킨도 그런 올가보다는 타치야나에게 관심을 갖습니다. 뭔가 영감을 주는 여성! 그녀는 어머니 라린 부인과 마찬가지로 책을 좋아하는데, 라린 부인이 처녀 시절의 꿈을 모두 망각한 데 반해서 타치야나는 모든 것을 기억하고 보존합니다. 이건 마지막 8장에서 오네긴에 대한 마지막 연설 장면을 보면 잘 알 수 있습니다.

타치야나의 소망

3장은 본격적인 타치야나의 이야기입니다. 타치야나의 편지가 나오는데, 러시아어가 아니라 프랑스어로 쓰인 편지를 화자가 번역합니다. 아이러니죠. 도스토예프스키는 타치야나를 '러시아 영혼의 정수'라고도 일컬었는데, 러시아어도 잘 몰랐으니까요. 그녀는 러시아의 겨울은 사랑하지만, 러시아어는 모릅니다.

4장에서는 타치야나의 구애가 오네긴에게 거절당하는 장면을 보여줍니다. 이른바 오네긴의 연설입니다. 이미 모든 사랑의 감정에 싫증이 나 있던 오네긴에게 타치야나의 구애는 별로 흥미로울 게 못 됩니다. 그는 그런 처지를 설명하면서 미숙함은 불행을 낳을 수 있다고 점잖게 충고합니다. 사실 오네긴은 이미 연애 감정에 단련된 인물입니다. 화려한 사교계에서 무수한 사랑을 경험해봤고, 타치야나가 그 나이 또래에 어떤 감정으로 자기에게 구애를 했는지 이미 다 알고 있습니다.

5장의 주된 내용은 타치야나의 꿈과 명명일 파티입니다. 이 작품에서 꿈은 대단히 흥미로운 장치입니다. 상징성도 풍부하고요. 내용을 보면 먼저 개울이 나옵니다. 타치야나가 그 앞에 서 있습니다. 개울을 건너가야 합니다. 그런데 곰이 쫓아옵니다. 겁을 먹고 있는데 곰이 건너가게 해줍니다. 곰의 도움을 받아 건너가서는 또 도망쳐요. 곰이 뒤쫓아옵니다. 눈이 많이 쌓여 발이 푹푹 빠지는데, 지쳐 쓰러진 타치야나를 곰이 업고서

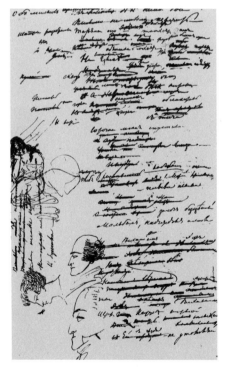

푸슈킨의 『예브게니 오네긴』 자필 원고

오두막 문 앞에 데려다놓습니다. 정신을 차리고 안을 들여다보니까 파티가 열리고 있어요. 오네긴이 두목이 되어 가운데 앉아 있고 주변에는 다 괴물들만 앉아 있습니다. 타치야나가 빠끔히 문을 열고 들어가니까 괴물들이 서로 "내 거다!"라고 외쳐댑니다. 그러자 오네긴이 괴물들을 제압하면서 "내 것이다!"라고 한마디 합니다. 그 다음 장면 전환이 돼 둘은 어두운 구석으로 갑니다. 둘이 벤치에서 막 키스하려는 장면에서 렌스키가 뛰쳐나옵니다. 둘의 밀회를 방해해요. 그래서 오네긴이 화가 나 칼을 빼서 렌스키를 찔러 죽입니다. 타치야나가 비명을 지르면서 깨어납니다. 이 꿈은 어떤 의미가 있을까요?

오네긴과 파티를 하던 괴물들은 누굴까요? 모양을 보면 거위 목 위에서 빨간 모자를 쓰고 회전하는 해골, 염소수염 난 마귀할멈, 반은 학이고 반은 고양이, 꼬리 달린 난쟁이 등 말 그대로 모두 괴물들이에요. 그들과 오네긴이 같이 있는 셈인데, 괴물들은 타치야나 주변의 구혼자나 그 후보자들이라고 볼 수 있겠죠. 오네긴 말고는 제대로 된 인물이 없습니다. 타치야나에게는 모두 성에 차지 않는 것이죠. 다 괴물 수준이고 오네긴 하나만 멀쩡합니다.

타치야나가 오네긴의 충격적인 거절 연설을 들은 이후에 꿈을 꾼다는 사실에 주의해야 합니다. 꿈의 기본적인 기능은 잠재적 소망의 실현이죠. 타치야나의 소망은 뭘까요? 오네긴에게서 거절당한 타치야나가 단번에 마음을 고쳐먹는다면 사정은 간단합니다. 하지만 지금 타치야나는 그럴 여유가 없습니다. 감정적으로 너무 많이 투자했기에 상심한 상태입니다. 그럴 경우 마음의 경제는 자꾸 다른 가능성을 고려하게 됩니다. 오네긴에게 피치 못할 사정이 있지 않을까, 그는 나를 사랑하지만 어떤 사정,

장애물 때문에 고백하지 못했거나 당장은 받아들일 수가 없는 거다, 이런 식이죠. 오네긴의 거절이 그의 본심은 아닐 거라고 믿는 게 자연스럽습니다. 그건 견딜 만하니까요.

이 꿈의 핵심은 오네긴이 '내 거야'라고 말하는 데 있습니다. 그게 정말 타치야나가 현실에서 듣고 싶었던 말이기 때문입니다. 타치야나의 꿈은 소망을 구현하려는 꿈입니다. 그런데 장애물이 있어요. 현실에서는 오네긴이 거절했거든요. 모순됩니다. 그런 모순을 해소하기 위해 등장시키는 것이 렌스키입니다. 방해꾼이죠. 오네긴의 거절이 그의 본심에 따른 것이라면 타치야나로서는 치명적입니다. 하지만 제3자의 방해 때문이라면 어떻게 해볼 여지가 생기는 셈이죠. 꿈이 그런 시나리오를 구성하고 있다고 볼 수 있습니다.

타치야나의 꿈 다음에는 명명일 파티가 나옵니다. 우리식 생일 파티입니다. 타치야나의 생일인데, 사실 별로 기분이 좋지는 않겠죠. 렌스키가 하도 잡아끌어서 마지못해 파티에 참석한 오네긴은 타치야나의 그런 모습을 보고 기분이 언짢아집니다. 그래서 자기를 데려온 렌스키를 곯려주려고 그의 약혼녀인 올가와 연이어 춤을 추죠. 올가는 생각 없이 따라 추고요. 그걸 본 렌스키가 젊은 혈기에 분격하여 오네긴에게 결투를 신청하는 것으로 5장은 마무리됩니다.

열정과 나잇값

6장의 핵심은 자연스레 결투입니다. 사실 오네긴은 결투가 대단히 무모하다는 걸 잘 알고 있습니다. 이유 같지도 않은 이유 때문에 친구끼리 결투하게 생겼으니까요. 하지만 둘 사이의 결투에 업자들이 끼어드는 바람에 일이 복잡해집니다. 무의미한 결투지만 발을 빼지 못하는 상황이 벌어지게 되고, 결국 결투에서 오네긴은 렌스키를 죽이게 됩니다. 그러고는 여행을 떠나죠.

〈예브게니 오네긴의 결투〉(일리야 레핀, 1899)

7장은 타치야나의 두 가지 여행을 보여줍니다. 하나는 오네긴의 서재 방문입니다. 그리고 모스크바 신부 시장에 데뷔하기 위한 여행이 다른 하나입니다. 타치야나는 주인이 여행을 떠나 텅빈 서재를 찾아갑니다. 서재라는 공간 자체가 정신세계나 내면을 상징하죠. 타치야나는 오네긴의 서재에서 과연 그가 어떤 인물이었는지 되새겨봅니다. 그리고 이런 깨달음에 도달하죠.

슬프고도 위험한 괴짜,

지옥 혹은 천상의 피조물,

이 천사, 오만한 악마인,

그는 과연 무엇인가? 모방인가,

하찮은 환영인가, 아니면 혹

해럴드의 외투 걸친 모스크바인,

타인의 괴벽에 대한 해석,

유행어로 가득 찬 사전?……

혹 패러디가 아닐는지?

이렇게 타치야나는 오네긴의 서재를 방문해 '오네긴은 이런 사람이었 겠구나'라는 깨달음을 얻습니다. 그 이후에야 비로소 모스크바 여행이 가 능해집니다. 그녀는 무엇을 깨달은 것일까요? 오네긴이 한마디로 패러디 이자 유행어 사전, 즉 가짜라는 것이죠. 물론 사랑은 하지만 오네긴의 진 정성에 대해서 의혹을 갖게 되는 겁니다. 이런 깨달음을 얻은 이후에 타 치야나는 시골을 떠나 모스크바로 갑니다. 그리고 사교계에 데뷔하자마 자 장군의 관심을 얻어 구혼을 받습니다.

8장에서 타치야나는 결혼해 귀부인이 돼 있습니다. 그리고 오네긴은 여행에서 돌아오자마자 바로 무도회로 갑니다. 거기서 한 부인을 보고는 "아니, 타치야나란 말인가?" 하고 놀라게 됩니다. 그러고는 다시금 열정에 빠져 타치야나에게 구애 편지를 쓰게 됩니다. 답장이 없자 오네긴은 자기 발로 타치야나를 찾아갑니다. 그런 오네긴은 두고 타치야나는 "오늘은 내 차례가 되었군요"라고 말하며 연설을 시작합니다. 4장에 나오는 오네긴

〈오네긴〉 영화 포스터(마샤 파인즈 감독, 1999) _ 영국에서 만든 영화인데, 마지막 장면에서 타치야나가 눈물을 줄줄 흘리면서 애원한다. 불쌍한 타치야나가 아니라 자존심이 강한 타치야나, 냉정한 타치야나의 모습을 보여줘야 하는데 너무 가련한 여주인공으로만 그렸다.

의 연설과 정확히 짝이 되는 연설입니다.

> 눈물이 나는군요…… 당신의 타냐를
>
> 아직까지 잊지 않으셨다면,
>
> 알아주세요. (……)
>
> 그런데 지금은! ― 무엇이 내 발아래
>
> 당신을 끌어들였지요? 오, 그 하찮음이라니!
>
> 당신의 그 가슴과 머리로
>
> 소소한 감정의 노예가 되다니요? (……)
>
> 나에게 이 화려함이,
>
> 이 역겨운 삶의 허식이,

사교계의 소용돌이 안에서 일으킨 성공이,

이 세련된 집과 파티가

무슨 의미겠어요?

가면무도회의 이 모든 고물 따위,

이 모든 광휘와 소음과 악취 따위,

지금 당장 기꺼이 버리겠어요.

뒤늦게 구애하는 오네긴을 책망하는 대목입니다. 사교계의 귀부인이 되어 모든 사람의 시선을 끄는 인물이 되었지만 타치야나에게는 모든 것이 역겨운 삶의 허식에 불과합니다. 사교계의 소란스러운 화려함, 이런 가식은 모두 가짜입니다. 시골의 서재와 야생의 정원, 초라한 집, 유모가 잠든 평온한 묘지, 이제라도 그것들을 되찾을 수만 있다면 화려한 사교계의 삶은 언제라도 내던져버릴 용의가 있습니다. 흥미로운 점은 허식과 가식이라 하더라도 자기에게 주어진 역할 연기를 담담히 해낸다는 겁니다. 사교계의 귀부인으로서, 아내로서의 처신. 그걸 묵묵히 수행합니다. 타치야나는 이어서 이렇게 말합니다.

행복은 그토록 가능한 것이었는데,

그토록 가까이 있었는데!⋯⋯ 그러나 운명은

이미 결정됐어요. 어쩌면 난

경솔하게 행동했는지 모르죠.

어머니는 저주의 눈물로

내게 애원하셨고, 가엾은 타냐에겐

알렉산드르 푸슈킨   67

어떤 운명이건 다를 바 없었지요.

청순했던 처녀 시절 자신의 순정을 오네긴이 받아주었다면 우리가 얼마나 행복했을까, 하는 게 타치야나의 회한입니다. 하지만 운명은 두 사람에게 그런 기회를 주지 않았고 타치야나는 이미 결혼한 몸입니다. 그래서 이렇게 말합니다.

> 그렇게 결혼한 것이에요. 제발 부탁인데,
> 내 곁을 떠나주세요.
> 난 알아요. 당신의 가슴속에
> 자존심과 참다운 명예심이 있다는 걸.
> 당신을 사랑해요.(숨길 필요가 있을까요?)
> 하지만 난 다른 남자에게 속한 몸,
> 영원히 그에게 충실할 것이에요.

결정타입니다. '난 이제 당신을 사랑하지 않아요' 하면 거절의 이유로는 충분합니다. 하지만 타치야나는 여전히 오네긴을 사랑한다고 고백합니다. 그걸 숨기지 않습니다. 다만 이미 결혼한 몸이기 때문에 당신의 사랑을 받아들일 수가 없다는 겁니다. 타치야나의 이런 선택에 대해서 시인 레르몬토프나 비평가 벨린스키도 상당히 불만스러워합니다. 반면에 도스토예프스키는 '러시아 영혼의 정수'라고 불렀죠. 이게 진짜 러시아 영혼의 숭고함을 보여주는 것이라고 상찬했습니다. 극과 극의 평가입니다. 이걸 어떻게 봐야 할까요. 실마리가 돼주는 대목이 조금 앞쪽에 나옵니다.

나이를 불문하고 사랑에는 장사가 없다.

하지만 젊고 순진한 가슴에는

들판에 불어닥친 봄철의 폭풍처럼

사랑의 충동이 유익한 법이어서,

열정의 비를 맞아 생기를 얻고,

새로워지고, 성숙하고—

그리하여 왕성한 생명은

화려한 꽃과 달콤한 열매를 맺게 된다.

반면 인생의 모퉁이인

늙고 메마른 나이에는

열정의 활기 잃은 자취가 슬플 따름이다.

마치 추운 가을 폭풍이 불어닥쳐

초원은 늪으로 뒤바뀌고

주위의 나무들은 헐벗게 되듯.

〈푸슈킨의 시 「예언자」에서 본뜬 여섯 날개의 치품천사〉(미하일 브루벨, 1905)

이렇듯 '봄철 폭풍'과 '추운 가을 폭풍'은 기능이 다릅니다. 정반대죠. 열정도 마찬가지입니다. 젊은 나이의 열정과 늙은 나이의 열정은 의미가 같지 않습니다. 물론 이제 고작 28세 정도인 오네긴이 벌써 '늙고 메마른 나이'라면 슬픈 일이지요. 그럼에도 푸슈킨은 뒤늦은 사랑에 대해서는 후한 점수를 주지 않았습니다. 나잇값을 해야 하기 때문이죠. 오네긴은 마치 어린아이처럼 타치야나한테 구애를 하며 떼를 쓰지만 그녀는 받아들이지 않습니다.

> 그녀는 가버렸다. 벼락에 맞은 듯
> 예브게니는 서 있다.
> 그의 가슴에 몰아닥친
> 감정의 폭풍이란!
> 불현듯 박차 소리 들려오더니
> 타치야나의 남편이 나타나는데,
> 독자여, 나의 주인공에게는
> 가혹한 순간인 바로 여기서
> 우리는 이제 그를 떠나자.

푸슈킨은 그렇게 작품을 끝냅니다. 친구이자 주인공인 오네긴에 대한 배려로도 읽힙니다. 그러면서 인생의 술잔을 다 비우지 못하고 떠난 자는 행복하다고 말합니다. "내가 지금 오네긴과 헤어지듯,/ 인생의 소설을 다 읽기도 전에/ 돌연히 작별을 고할 수 있었던 자,/ 행복하여라"라고 덧붙이면서요. 우리도 어쩌면 『예브게니 오네긴』이라는 '인생의 소설'을 다

읽지 않고 미리 덮었더라면 더 행복했을지도 모를 일입니다. 너무 많은 것을 알게 한 소설이라고 할까요.

오늘 강의는 여기까지입니다.

절대 고독과
자의식의 탄생

레르몬토프의『우리 시대의 영웅』읽기

나는 모든 것을 의심하기 좋아한다. 하지만 정신이 이런 성향을 지녔다고 해서 성격에 결단력이 없어지는 것은 아니다. 오히려, 나에 관한 한, 나를 기다리는 것이 무엇인지 모를 때 언제나 더 용감하게 앞으로 나아간다. 실상 죽음보다 더 나쁜 일은 일어날 수 없으며 또 죽음이란 피해 갈 수 없는 법이다!

『우리 시대의 영웅』가운데서

레르몬토프에 대해서

　오늘은 레르몬토프 이야기를 하겠습니다.

　미하일 유리예비치 레르몬토프는 1814년 모스크바에서 태어났습니다. 아버지는 장교였는데, 스코틀랜드 용병의 후손이었답니다. 스코틀랜드 이름으로 리어몬트라고 불리는 조상이 러시아로 건너왔고 러시아식 이름으로 레르몬토프가 됐습니다. 용병의 후손이었으니 딱히 내세울 게 없는 집안이었겠죠. 레르몬토프의 아버지도 결혼할 때 중위였고, 말이 귀족이지 보잘것없는 신분이었습니다. 반면 어머니 쪽은 대귀족입니다. 게다가 무남독녀 외동딸이었죠. 보통 이런 결혼은 여자 쪽에서 눈이 멀어서 하게 되는데, 레르몬토프의 어머니도 젊은 장교에게 반해 외할머니인 아르세니예바의 반대를 무릅쓰고 결혼합니다. 하지만 레르몬토프를 낳고 3년 뒤에 세상을 떠나죠. 톨스토이는 두 살 때 어머니를 여읜 탓에 어머니에 대한 기억을 갖지 못했는데, 레르몬토프는 세 살 때 어머니를 잃어서 어머니에 대한 기억이 남아 있어서 「천사」라는 시에서는 피아노를 치면서 노래를 불러주던 어머니를 그리고 있습니다.

　레르몬토프의 불행은 어머니를 일찍 여의는 것에서 그치지 않았습니다. 안 그래도 밉보였던 사위인데 딸까지 죽고 나니 레르몬토프의 외할머니인 아르세니예바는 사위에게 돈을 쥐어주고 외손자 양육권을 가져오죠. 이후에 레르몬토프는 거의 아버지를 보지 못하고 외할머니의 과잉보호를 받으면서 성장하게 됩니다. 어머니를 일찍 여의고 아버지도 잃은 셈이에요. 게다가 병치레가 잦다 보니 외할머니가 온갖 정성을 쏟아부어서 거의 황태자나 다름없이 키워집니다. 모두가 자기 눈치를 보는 환경에서 성장했으니 자기밖에 모르게 되겠죠. 이런 경우는 대개 둘 중 하나입니다. 건달이 되거나 예술가가 되거나.

레르몬토프는 십대 때부터 시 습작을 합니다. 27세에 결투로 죽은 요절 시인이라 천재라는 선입견을 갖게 되는데 꼭 그렇지는 않습니다. 푸슈킨은 천재적인 시적 재능을 갖고 있었던 반면 레르몬토프는 노력파였어요. 13세경부터 시를 쓰기 시작해서 이십대 중반에 제대로 된 시를 쓰게 되니 10년간 습작한 셈입니다. 가령 15세에 쓴 서사시 「악마」의 경우 여덟 번째 판본까지 있거든요. 그러니까 똑같은 서사시를 여덟 번 고쳐 쓴 겁니다. 1840년에 『우리 시대의 영웅』이 출간되고 시 선집도 나오면서 당대 유명 인사가 됩니다. 하지만 1841년에 결투로 죽고 나서 유작들이 공개될 때마다 다소 실망을 안겨줍니다. 습작 수준의 작품이 많았던 겁니다.

푸슈킨과 바이런을 넘어서

푸슈킨이 고전주의 시인들을 사숙하며 습작한 반면 레르몬토프에게는 모델이 낭만주의 시인들, 그중에서도 특히 바이런이었습니다. 1822년 여덟 살 때부터 영국 낭만주의 시인에 심취하여 시인이 되겠다는 야심을 키워나가게 됩니다. 바이런이 러시아에 영향을 끼친 것은 1820년

서사시 「악마」의 삽화 〈타마라와 악마〉(미하일 브루벨, 1890~1891)

전후의 일입니다. 푸슈킨과 레르몬토프가 똑같이 많은 영향을 받는데, 푸슈킨은 이미 고전주의 시인들의 세례를 받은 다음, 즉 시인으로서 정체성이 형성된 뒤에 바이런의 영향을 받은 것과 달리 레르몬토프는 여덟 살때니까 아무래도 자기 정체성이 확고하게 형성되기 전에 압도적인 영향을 받게 됩니다. 레르몬토프의 시 중에 「나는 바이런이 아니다」라는 작품이 있어요. 그만큼 바이런을 의식했다는 얘깁니다. 자기가 바이런이 아니라는 것을 스스로 입증해야 할 정도로 영향이 지대했다는 의미겠죠.

그런가 하면 푸슈킨의 영향도 압도적입니다. 푸슈킨과 바이런이 바로 레르몬토프가 시인으로서 자기 정립을 하기 위해 넘어야 할 벽이었습니다. 롤 모델이면서 경쟁자이기도 한 거죠. 왜냐하면 이들을 넘어서지 못하면 문학사에 이름을 남길 수가 없으니까요. 그래서 이 두 시인의 작품을 깊이 읽고 연구합니다.

1824년에 바이런이 사망하자 푸슈킨은 바이런의 죽음에 부쳐 「바다에게」라는 시를 씁니다. 그런데 이 시에는 바이런의 이름이 거론되지 않아요. 바다가 바로 바이런의 표상입니다. 자유의 상징으로 쓴 것이죠. 알다시피 자유는 낭만주의의 대표적 구호이고, 낭만주의의 최고 가치이자 덕목입니다. 푸슈킨도 바이런의 영향을 많이 받은 시기에는 자유를 즐겨 노래하다가 나중에는 문학적 주제가 법이나 자비로 옮겨 갑니다. 반면 레르몬토프는 자유와 자아의 고독 등이 주된 문학적 주제입니다. 영원한 젊음의 시인이고, 절대 고독의 시인이며, 가장 순수한 낭만주의의 전형을 보여주는 시인이라고 할까요.

영원한 젊음의 시인

1830년에 모스크바대학에 입학하지만 교수와 마찰을 빚어 자퇴하고 페테르부르크대학으로 옮기려다가 기병사관학교에 가게 됩니다. 오히려 사관학교의 분위기가 잘 맞았는지 무사히 졸업해서 1830년대 중반에 기병 장교가 되죠. 그동안에도 작품은 계속 쓰면서 시인으로서 자기 정체성을 확인받고자 하는 욕망을 키워나가게 됩니다. 그러던 중 1837년 푸슈킨의 죽음을 계기로 데뷔하게 돼요. 1837년 1월 푸슈킨이 결투로 사

망하자 레르몬토프가 「시인의 죽음」을 발표하는데, 이 작품이 큰 파장을
일으키게 되죠.

> 시인이 죽었다! - 명예의 노예 -
> 헛소문과 비방으로 쓰러졌다,
> 가슴에 복수의 열망과 총알을 박은 채,
> 당당한 머리를 숙이고 쓰러졌다!
> 시인의 영혼은 사소한 모욕의
> 불명예를 참지 못하고,
> 그는 세상의 소문에 대항하여 일어섰다
> 혼자서, 예전처럼…… 그리고 살해당했다!

「시인의 죽음」은 이렇게 시작합니다. 이 시에서 레르몬토프는 푸슈킨
이 단순히 단테스와의 염문으로 사교계의 구설수에 오른 아내의 명예를
지키기 위해 결투에 나섰다가 죽은 것이 아니라, 러시아 상류사회 또는
궁정의 계략으로 죽은 것으로 보았습니다. 우연한 결투가 아니라 치밀한
각본에 따라 죽임을 당한 걸로 본 것이죠. 이 시가 발표되자마자 레르몬
토프는 체포되어 직위를 박탈당하고 카프카스로 추방됩니다. 데뷔작으
로 엄청난 유명세를 치르면서 러시아 문학계에 이름을 널리 알리고는 바
로 카프카스로 좌천된 거예요.

하지만 외할머니가 손을 써서 1년도 안 돼 복권됩니다. 황제에게까지
손을 쓸 정도였으니 대단한 가문이었죠. 그렇게 페테르부르크로 돌아온
레르몬토프는 이미 유명 인사가 되었습니다. 그 뒤 3~4년간 일련의 소

설들을 발표하고, 1840년에 시 선집과 『우리 시대의 영웅』을 출간하면서 작가로서 명성을 얻습니다.

「시인의 죽음」 자필 원고

　그런데 같은 해에 프랑스 외교관의 아들과 결투를 벌였다가 체포돼서 또 한 번 추방당합니다. 그때는 다행히 다치지 않았지만 다음 해인 1841년, 이번에는 사관학교 동창인 마르티노프 소령의 아내와 염문을 뿌리다가 결투 신청을 받고 결투 끝에 결국 27세의 짧은 생을 마감하게 됩니다. 1837년에 이름을 알리고 1841년에 죽었으니 작가로서 활동한 기간은 아주 짧습니다. 그렇지만 문학사에 한 획을 긋게 됩니다.

　러시아 작가들이 레르몬토프가 세상을 떠난 27세까지만 살았다고 가정하면 레르몬토프는 그 문학적 성취가 어느 작가에게도 뒤지지 않습니다. 푸슈킨은 『예브게니 오네긴』을 미처 완성하지 못하고 죽었을 테고, 고골은 『검찰관』 공연에 상심해서 「외투」도 쓰지 못하고 죽었을 것이며,

톨스토이는 자전 3부작을 끼적거리다 죽었을 것이고, 도스토예프스키는 데뷔작을 발표하고 페트라셰프스키 사건으로 죽었을 테니 고골의 아류 작가로만 남았을 것입니다. 그렇게 치면 레르몬토프가 러시아 최고의 작가인 셈이죠. 실제로 레르몬토프를 좋아하는 문학사가 드미트리 미르스키는 『러시아 문학사』에서 『우리 시대의 영웅』이 톨스토이의 『전쟁과 평화』보다 더 뛰어난 작품이라고 평하기도 했습니다.

〈레르몬토프의 초상화〉(표트르 자볼로츠키, 1837)

절대 고독의 시인, 그의 문학적 유언

앞서 2강에서 푸슈킨의 유언시가 「기념비」라고 소개해드렸죠.

그에 견줄 만한 레르몬토프의 시에 「나 홀로 길을 나선다」가 있습니다. 시인들은 다들 자신의 죽음을 예감하는지 문학적 유언이라 부름직한 작품을 하나씩 남기곤 하네요. 이런 시입니다.

나 홀로 길을 나선다.
안개 속으로 자갈길이 빛나고
밤은 고요하다. 황야는 신에게 귀 기울이고
별들은 별들과 속삭인다.

하늘은 장중하고 아름답구나!
대지는 푸른빛 속에 잠들고
도대체 무엇이 나를 이토록 아프고 힘들게 하는 걸까?
무엇 때문에 기다리는 걸까? 무엇을 후회해야 하는 걸까?

이미 나는 인생에서 아무것도 기대하지 않고
나에게 과거는 전혀 후회스럽지 않다.
나는 자유와 평온을 찾고 있다!
나는 모든 걸 잊고 잠들고 싶다!

하지만 무덤 속의 차가운 잠이 아니라,
영원히 그렇게 잠들었으면……
생명의 힘이 가슴속에서 조곤조곤 잠들어
숨 쉴 때마다 잠들어 가슴이 부풀어 오르게

미하일 레르몬토프   81

밤새도록 하루 종일 나의 귀를 즐겁게 해주며,

달콤한 목소리가 나에게 사랑을 노래하고,

내 위로는 영원히 푸르른,

울창한 참나무가 몸을 숙여 수군거렸으면.

레르몬토프가 이 시를 쓴 게 1841년 5월에서 6월 초라고 돼 있는데, 7월에 죽었으니 죽기 한 달 전에 쓴 시입니다. 러시아에서는 이 시에 곡을 붙여서 노래로도 부르고 있습니다. 언젠가 국내에서 텔레비전 드라마의 주제곡으로 쓰인 적도 있어요. 서정적이고 구슬픈 노래입니다.

일단 눈에 띄는 게 '나 혼자'라는 것, 자기 혼자라는 자의식입니다. 정신분석적으로 보면 '자궁회귀로의 충동'을 그대로 표현하고 있는 시라고 해석할 수도 있습니다. 4연에서 '생명이 가슴에서 조용히 부풀어 오르는 잠'이란 태아의 자궁과 다르지 않고, 5연에서 '밤낮으로 사랑의 노래를 불러줄 수 있는 달콤한 목소리'의 주인공은 물론 어머니입니다. 앞서 언급한 「천사」라는 시가 보여주듯 레르몬토프에게 어머니는 목소리로만 남아 있어요. 어릴 때 피아노를 치면서 자기에게 불러주던 노래, 그 목소리, 천사의 목소리로만 남아 있습니다.

그다음에 동그란 무덤, 울창한 참나무는 아버지의 형상입니다. 결국 이 시에서 '나'는 부모에게 모든 것을 요구하는 자궁 속 아기인 셈입니다. 제가 보기에는 그렇게 읽혀요. 그래서 이 시에서 '나'는 아버지와 어머니를 모두 일찍 여읨으로써, 실질적으로 부모의 보살핌과 사랑을 받지 못한 존재로, 자신이 소망하는 행복의 결여와 일찌감치 마주하게 된 고아 레르몬토프의 형상이라고 할 수 있습니다. 절대 고독의 시인 레르몬토프의 모

레르몬토프가 직접 그린 『바짐』의 초고 노트 표지

습을 잘 엿볼 수 있는 작품이죠.

자의식을 지닌 주인공의 등장

레르몬토프는 살아서 고독했고, 결투로 죽었을 때는 반기는 이들까지 있었습니다. 그를 끔찍이도 싫어했던 황제 니콜라이 1세는 '개죽음'이라고 했다죠. 러시아가 작가들의 생년이나 몰년을 강박적으로 기념하는 나라이지만 레르몬토프의 탄생 100주년(1914)과 서거 100주기(1941)는 불운하게도 기념되지 못합니다. 1914년에는 제1차 세계대전이 일어났고, 1941년에는 독소전쟁이 터집니다. 생애뿐만 아니라 사후에도 고독한 작가라고 할까요. 실제로 그의 장례식에는 몇 사람 모이지 않았다는군요. 2만~5만 명의 장례 인파가 모인 푸슈킨과는 대조적이죠.

시적 상상력에서도 푸슈킨과 레르몬토프는 좀 다릅니다. 가령 '바다'의 이미지와 '자유'의 표상을 드러내는 방식에서 푸슈킨의 경우는 『예브게니 오네긴』의 마지막 장면에서 오네긴과 작별을 고합니다. 그러고는 독자들에게도 인사를 건네면서 우리가 육지에 다다른 것을 서로 축하하자고 말하는 것처럼 보통 바다에서 육지로 갑니다. 그런데 레르몬토프의 경우에는 특이하게도 육지에서 바다로 가죠. 「돛단배」라는 유명한 시를 보면 육지로 향하는 것이 아니라 거꾸로 폭풍이 이는 망망대해로 나아가는 돛단배를 그렸거든요. 마치 폭풍 속에 고요와 안정이 있는 것처럼 폭풍을 향해 갑니다.

낭만주의 시인답게 둘 다 바다를 노래했지만, 그 안착점이 다릅니다. 레르몬토프는 육지에서 바다로 향하는 외로운 돛단배의 형상을 통해 절대 고독감의 세계, 자기만의 자유를 지향하는 모습을 특징적으로 그려냅

그루지야 군사도로에 서 있는 레르몬토프의 동상

니다. 여기서 '나'라는 자의식은 『우리 시대의 영웅』에서도 그대로 이어지는데, 이 점도 푸슈킨 문학과 대비되는 특징 중 하나죠. 왜냐하면 푸슈킨은 주인공의 내면 깊숙이 들어가지 않거든요. 그런데 레르몬토프의 작품에는 내면의 자의식을 가진 주인공이 나타난다는 거죠. 러시아 문학사에서 처음이라고 할 수 있습니다.

그래서 『우리 시대의 영웅』의 주인공 페초린은 오늘날의 독자들도 충분히 동일시할 수 있는 인물입니다. 그만큼 현대적입니다. 현대인이 갖고 있는 내면이나 자의식을 엿볼 수 있어서 어떤 연속성 같은 것을 느낄 수가 있습니다. 말하자면 근대적 인간의 자의식을 보여주는 셈인데 이걸 계승하는 작가가 바로 톨스토이와 도스토예프스키입니다. 특히 도스토예프스키의 내면 묘사는 거의 '창자'까지 드러내놓고 묘사하는 것처럼 보일 지경이죠. 가장 수치스럽고 치욕스러운 부분까지 다 까발려놓습니다. 그게 도스토예프스키 문학의 현대성인데 그런 현대성의 기원을 바로 레르몬토프에게서 찾아볼 수 있습니다.

푸슈킨의 오네긴과 레르몬토프의 페초린

그러니까 러시아 문학사의 맥락에서 보면 도스토예프스키가 갑자기 솟아난 것이 아니라, 앞에 레르몬토프라는 전사(前史)를 갖는다는 것이죠. 물론 레르몬토프도 갑자기 솟아난 작가는 아닙니다. 이 시기에 긍정적 주인공이 아니라 부정적인, 악한 인물들을 다룬 유럽 소설이 몇 권 있습니다. 그 영향 아래 쓰이긴 했지만 그럼에도 레르몬토프가 매우 독특한 내면을 가진 인물을 창조해낸 것은 부정할 수 없습니다. 그 주인공의 이름을 푸슈킨의 오네긴을 염두에 두고 지었다는 것도 흥미롭습니다.

러시아 북서부에는 오네가 강이 있습니다. 오네가 호수도 있고요. 오네긴이란 이름은 거기에서 따온 것입니다. 그리고 북극해로 흘러가는 페초라 강도 있습니다. 페초린은 이 페초라 강에서 가져온 이름입니다. 우연의 일치는 아니죠. 레르몬토프가 푸슈킨의 『예브게니 오네긴』을 염두에 두고 작품을 썼다는 것은 주인공의 이름만으로도 짐작해볼 수 있습니

레르몬토프가 그린 〈티플리스〉(1837)

다. 오네긴 같은 불멸의 주인공을 만들어내겠다는 각오로 작품을 쓴 겁니다. 실제로 여주인공도 대비되는 모습으로 그렸는데, 오네긴을 사랑했지만 뒤늦은 구애를 거절하는 타치야나와 달리 페초린의 연인 베라는 이미 결혼했지만 페초린에게 충실합니다. 푸슈킨이 그린 타치야나의 모습에 레르몬토프가 불만을 가졌던 거죠. 사랑이 어떻게 그럴 수 있는가, 사랑이란 변하는 것이 아니다, 결혼했다는 것도 이유가 될 수 없다, 한 번 사랑은 영원한 사랑이므로 끝까지 가야 한다. 이게 레르몬토프가 생각하는

사랑이었던 거죠. '골수' 낭만주의자의 사랑관이라고 할까요.

그런가 하면 페초린과 비교했을 때 오네긴은 밋밋해 보이는 인물입니다. 산문소설과 운문소설의 차이일 수도 있지만 무엇보다 우리가 오네긴의 내면을 잘 알지 못합니다. 그가 무슨 생각을 하는지, 어떤 의도로 타치야나에게 구애를 하는지 정확히 알 수 없습니다. 하지만『우리 시대의 영웅』에는 페초린의 모든 것이 일기 형식으로 직접 제시됩니다. 우리와 닮은 근대적 주인공의 내면이 그려지는 것이죠. 그런 주인공을 그려냈다는 점만으로도 상당히 의미가 있는 작품입니다.

레르몬토프가 그린 〈방어하는 러시아〉 _
다게스탄의 산속에서 체르케스인의 공격을 받아 방어하는 러시아군.

레르몬토프의 『우리 시대의 영웅』 읽기

레르몬토프의 『우리 시대의 영웅』으로 들어가볼까요?

『우리 시대의 영웅』은 다섯 편의 이야기가 1, 2부로 나뉘어 묶여 있습니다. 차례에 보면 작가 서문과 별도로 「페초린의 일지」의 서문이 더 들어 있는데 그건 그리 중요하지 않고, 「벨라」, 「막심 막시므이치」, 「타만」, 그다음에 「공작 영애 메리」, 「운명론자」 이렇게 다섯 편의 단편이 묶여 있습니다. 이 구성은 연대기적 순서를 따른 것은 아닙니다. 시간 순서로 따지면 「페초린의 일지」가 맨 처음이고 「막심 막시므이치」가 마지막인데, 순서를 바꿔서 배치한 것은 중립적 화자를 매개로 해서 독자가 페초린에게 점점 가까이 다가갈 수 있도록 한 작가적 고려입니다.

페초린이 넘어선 '무언가'

맨 처음에 화자 '나'가 등장합니다. 그저 기능적으로 등장하는 '나'인데, 여행 중에 막심 막시므이치라는 장교를 만나 페초린에 대해 듣게 됩니다. 처음엔 간접적으로만 소개되는 페초린에 대해 독자는 호기심을 갖게 되고, 차츰 페초린이 어떤 인물인지 알아나가게 됩니다. 『예브게니 오네긴』이 '오네긴 연구'라면 『우리 시대의 영웅』은 '페초린 연구'입니다. 막심 막시므이치의 이야기를 들으며 페초린을 그려보다가 나중에는 페초린의 일기를 통해 그의 생각과 행동의 전모를 알게 됩니다. 당연히 페초린이라는 인물을 어떻게 이해할 것인지가 이 소설 이해의 관건입니다.

「운명론자」의 마지막 대목에서 페초린은 막심 막시므이치에게 자기가 목격한 일과 겪은 일을 이야기해줍니다. 불리치라는 인물이 장전된 총을 이마에 갖다 대고 방아쇠를 당겼지만 불발로 그친 일과 운 좋게 살아남은 그가 그날 저녁에 술 취한 체르케스인에게 살해당한 얘기를 전해듣고서 막심 막시므이치는 이렇게 응수합니다.

그렇지요, 물론! 거참 상당히 오묘한 사건이군요……! 하지만 이 아시아의 공이치기는 기름칠이 잘 안 됐거나 손가락으로 충분히 꽉 누르지 않으면 종종 불발하는 수가 있지요.

실탄이 제대로 발사되지 않은 일이 어떻게 벌어질 수 있는지 아주 실제적인 이유를 댑니다. 그걸로 사건을 설명하고자 합니다. 그리고 불리치의 죽음에 대해서는 유감을 표하면서 "무슨 귀신에 씌어서 한밤중에 술 취한 사람한테 말을 붙였는지……!"라고 애석하게 생각합니다. 애초에 페초린은 불리치의 얼굴에서 죽음을 예감했고, 그런 예감이 결국 들어맞자 과연 정해진 운명이란 것이 있는가란 생각을 품게 되지만, 막심 막시므이치는 운명론 같은 형이상학적 토론에는 전혀 관심이 없습니다.

레르몬토프는 이 작품에서 페초린이라는 인물을 형상화함으로써 형이상학적인 주제를 도입합니다. 페초린의 가장 두드러진 특징은 과도함이죠. 뭔가를 넘어섭니다. '형이상학'이라는 말 자체가 자연 세계 너머에 있는 것, 또는 그 이후에 있는 어떤 것을 가리키잖아요. 그냥 주어진 삶에 만족하지 않고 그 삶 너머에 관심을 갖는 것, 그 의미에 대해 묻는 것, 그것이 바로 형이상학입니다.

『우리 시대의 영웅』에서는 '나'라는 자아가 핵심 주제로 다뤄집니다. '근대적 개인으로서의 나'입니다. 왜냐하면 사실 중세적 세계관에서 보면 나라는 주체나 자의식은 문제되지 않습니다. 신의 피조물이니만큼 신이 만들어놓은 세계의 한 구성소일 뿐이니까요. 그런데 낭만주의적 세계관에서는 '나'라는 존재가 세계의 대립항으로까지 격상됩니다. 나와 세계가 맞서는 것이죠. 러시아 문학에서 그런 '나'의 자의식의 세계를 가장 먼저 보여준 작품이 바로『우리 시대의 영웅』입니다.

작가는 병의 존재만 알릴 뿐이다

이 작품은 1840년에 발표되어 다음 해인 1841년에 재판을 찍습니다. 작품에 붙은 서문은 그때 추가된 것입니다. 러시아 문학사상 아주 유명한 서문 중 하나입니다. 서문은 보통 책의 맨 처음이자 맨 마지막이라고 말하죠. 맨 처음에 실리지만 대개는 맨 마지막에 쓰이기 때문입니다. 이 작품의 서문은 당대 독자들에 대한 조롱으로 채워져 있는데, 당신들 수준이 좀 모자란다, 뭐 이런 얘기를 담고 있습니다. 독자들이 너무 순진해서 소설 속의 이야기를 마치 실제 이야기인 것처럼 믿어버린다는 것이죠. 그러면서 작가에 대해서는 불만을 털어놓는다는 겁니다. 페초린 같은 악한 인물을 그려놓고 '우리 시대의 영웅'이라고 제목을 붙인 이유가 뭐냐는 식입니다. 그런 반응에 대해 레르몬토프는 이렇게 답합니다.

『우리 시대의 영웅』은, 친애하는 여러분, 정확히 초상이지만, 어느 한 인간의 초상은 아니다. 이것은 우리 세대 전체의 악덕들로 구성된, 그것이 완전히 발현된 초상이다. (……) 그런다고 도덕성이 무슨 득을 보는 건 아니라고 여러분은 말할 것인가? 죄송하다. 달착지근한 것이 라면 사람들은 충분히 먹어왔다. 오죽하면 위장까지 망가졌을까. 지금 필요한 것은 쓴 약, 독한 진실이다. 하지만 이런다고 해서 이 책의 저자가 언제 인간의 악덕을 고치려는 오만한 꿈을 품은 것은 아닌가 하고 생각하지는 말기 바란다. 부디 이런 무지몽매에서 그를 구해주 시길! 그는 그저 동시대의 인간들을 그 자신이 이해하는 대로, 그에게 도 또 여러분에게도 유감스럽지만, 너무나 자주 마주쳤던 모습 그대 로 그려보는 것이 즐거웠을 따름이다. 병을 진단해낸 것만으로도 충 분한 법, 그것을 어떻게 치유할지는 정녕 신만이 알리라!

우선 작가의 말인즉, 페초린은 하나의 초상이 아니라 한 시대의 초상 이라는 겁니다. 그래서 처음에 고려했던 제목 중 하나가 '우리 세대의 영 웅'이었답니다. 이러한 초상이 비현실적이지 않냐는 의견이 있지만, 여느 비극적·낭만적 악인들의 존재는 믿는 독자들이 페초린의 현실성에 대 해서만 의구심을 갖는 것이 말이 되느냐는 게 레르몬토프의 견해입니다. 그리고 이 작품에서 자신은 어떤 병증을 진단해냈을 뿐이고, 그것을 치유 하는 것은 작가의 몫이 아니라 신의 몫이라고 말합니다.

페초린이란 인물이 어떤 병을 갖고 있다면 그 병증의 하나는 '불행한 의식'입니다. 불행한 의식을 갖는 주인공, 일반화하면 '병적인 자의식'을 가진 주인공인데, 이런 인물형의 문제성은 나중에 도스토예프스키가 더 자세히 다루게 됩니다. 이런 불행한 의식은 기질적인 것일 수도 있겠지만 러시아의 경우 시대적 배경을 갖습니다. 1825년 데카브리스트 봉기 이후 니콜라이 1세는 반동의 시대를 열게 됩니다. 그러니까 사회적·정치적 분 위기가 대단히 억압적으로 바뀌게 돼요.

니콜라이 1세는 비밀경찰 같은 조직을 만들고, 모든 것을 감시 대상으로 삼습니다. 창작과 출판의 경우에도 검열을 대폭 강화합니다. 황제 자신이 푸슈킨의 개인 검열관이기도 했다는 말씀을 드렸죠? 이처럼 억압적인 사회 분위기 속에서 개인은 무력감을 느끼게 되죠. 사회의 개혁과 변화를 기대했다가 그것이 권력에 강제로 차단될 경우 맞닥뜨리게 되는 무력감입니다. 러시아에서는 1840년대에 본격적으로 인텔리겐치아 그룹이 등장하고 1860년대에 이르면 행동가적 타입의 인물들도 등장해서 다시금 변화를 모색하게 됩니다. 이들의 활동이 점점 급진화돼 1881년에는 황제 알렉산드르 2세의 암살로까지 치닫습니다. 하지만 19세기 전반기, 특히 1825년부터 1855년까지 니콜라이 1세의 치하는 무척 어둡고 암울했던 시기입니다. 작가 레르몬토프나 그의 주인공 페초린도 그런 시대가 배태한 산물인 것이죠.

  그렇다고 『우리 시대의 영웅』에서 페초린이 일관된 성격을 가진 주인공으로 그려진 것은 아닙니다. 다섯 편의 작품이 묶인 일종의 연작 형식을 띠고 있지만, 서사가 균질하지는 않습니다. 그래서 이 작품이 과연 하나로 묶일 수 있는 근대 소설인가에 대해서도 이견이 있어요. 러시아 근대 소설의 토대를 마련한 작품으로 흔히 푸슈킨의 『예브게니 오네긴』, 레르몬토프의 『우리 시대의 영웅』 그리고 고골의 『죽은 혼』, 이 세 작품을 꼽습니다. 그런데 세 작품이 모두 특이합니다. 『예브게니 오네긴』이 운문소설이고, 『우리 시대의 영웅』이 '연작소설'이라면, 『죽은 혼』은 부제가 '서사시'라고 돼 있어요. 산문소설이지만 작가 고골이 그렇게 부제를 붙입니다. 1830~1840년대에 쓰인 이 작품들이 러시아 근대 문학의 토대를 마련하게 되고, 그 이후에 본격적인 리얼리즘 산문소설들이 쓰이게 됩니다. 도스토예프스키의 『카라마조프가의 형제들』이 나온 게 1880년이니

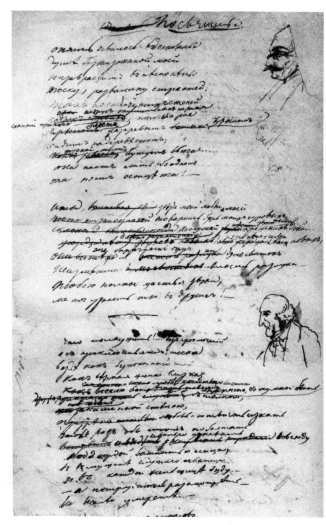

레르몬토프의 자필 원고

까 길게 잡아야 반세기 정도밖에 안 되는 짧은 기간입니다. 톨스토이나 도스토예프스키가 걸작을 써낼 수 있는 토양을 푸슈킨, 레르몬토프, 고골이 마련한 것인데, 모델이 없는 상태에서 모델을 만들기 위해 암중모색했던 작가들인지라 다양한 장르의 작품을 쓴 게 특징입니다. 동시대 작품인가 싶을 정도로 서로 다른 면모를 보여주는 것도 그런 이유에서라고 생각합니다.

모두를 불행하게 만드는 '불행한 의식'

연대순으로 보면 페초린의 가장 젊은 시절을 보여주는 이야기는 「타만」입니다. 안톤 체호프가 가장 좋아한 작품으로도 잘 알려져 있습니다. 러시아 단편문학 가운데 뛰어난 작품의 하나라고 평가했죠. 물론 흥미로운 이야기를 담았지만, 이야기만 보면 레르몬토프적이지 않습니다. 페초린적이지도 않아요. 심지어 페초린이란 이름도 등장하지 않습니다. 그냥 '나'라는 인물의 경험담을 늘어놓고 있습니다. 타만이란 항구 도시에 들렀다가 봉변을 당할 뻔한 이야기입니다. 이 작품을 체호프가 높이 평가했다는 것은 물론 문체의 아름다움도 고려해야겠지만, 한편으론 체호프의 세계가 본격적인 레르몬토프의 세계와는 거리가 있다는 걸 말해주는 게 아닌가 싶어요.

「타만」에서 흥미로운 것은 얀코라는 밀수꾼패의 우두머리가 폭풍우치는 날 밀수선을 타고 나타나는 장면입니다. 얀코는 페초린을 압도하는 인물로 등장하죠. 정신분석학으로 보면 아버지의 부권적인 권위를 대행해주는 역할로 볼 수 있습니다. 앞에서 레르몬토프의 가족사에 대해 말씀 드렸지만 핵심적인 것은 아버지의 부재였습니다. 부권적인 기능의 부재.

그런데 이 작품에서는 예외적으로 그런 아버지 형상의 인물이 등장하고 그에 비하면 페초린은 왜소한 인물로 그려집니다. 다른 작품들에서 페초린이 보여주는 식견이라든가 자기 주변에 대한 지배력을 「타만」에서는 찾아볼 수 없습니다. 말하자면 '페초린 이전의 페초린', 페초린의 전사(前史)를 보여주는 작품인 셈입니다.

『우리 시대의 영웅』 삽화(노보체로프, 1978)

페초린이 어떤 인물인지 가장 자세하게 보여주는 작품은 「공작 영애 메리」지만 그전에 「벨라」에서 페초린이 막심 막시므이치에게 자기 자신에 대해 털어놓는 장면이 나옵니다. 그는 자신의 불행한 성격에 대해서 토로하는데, 양육이 잘못돼서 그런 건지, 아니면 원래 그렇게 타고난 건지 잘 모르겠지만 어쨌든 자신뿐 아니라 주변에 있는 사람도 다 불행하게 만든다는 거죠. 그게 페초린의 불행한 의식입니다. 젊은 시절에 그는 돈으로 살 수 있는 만족은 다 맛보았다고 합니다. 하지만 곧 혐오감을 느끼게 됩니다. 사랑을 얻는 것도 너무 쉬워서 사교계에서의 연애에도 질려 버립니다. 여기까지는 오네긴과 닮았습니다. 오네긴도 사교계의 환락을 마음껏 즐기곤 했지만 싫증을 느끼게 되니까요. 권태로워하던 차에 숙부의 유산을 상속받으러 시골로 내려가죠. 페초린도 마찬가집니다.

그렇게 책을 읽고 공부를 했지만 이것도 자신의 길이 아니라며 넌더리를 냅니다. 마침내 전쟁에 참전하게 되죠. 레르몬토프 자신의 전기적 사실과 맞아떨어지는 얘기입니다. 톨스토이도 마찬가지였죠. 청년 시절을 방탕하게 보내다가 말할 수 없이 지루해져서 크림전쟁에 참전합니다. 전쟁이라는 게 당시에는 낭만화돼 있었어요. 요즘처럼 고성능 포탄이 떨어지면 어림도 없는 일이지만 그때는 가까이서 쏴도 빗나가기 일쑤였으니까요.

전장에서 목숨이 왔다 갔다 하니 처음엔 스릴도 있고 지루한 줄 몰랐겠죠. 하지만 한 달이 지나자 익숙해져요. 총알이 휙 지나가면 그런가 보다 하고 오히려 모기 소리에 더 신경이 쓰입니다. 쾌락도 안 되고, 연애도 싫증나고, 전쟁터까지 갔는데도 지루하다면 살면서 구제받을 길이 없는 겁니다. 그때 벨라를 보고 반해 자기 여자로 만들게 되는데 그마저도 얼마 못 가 싫증을 느끼게 됩니다. 페초린 스스로가 잘 알고 있어요. 무엇이든 잠깐 동기부여는 되지만 지속적이지 못하다는 것을.

잠시나마 벨라의 검은 곱슬머리에 입맞춤했을 때 운명이 보내준 천사라고 생각했지만 다시 한 번 헛짚은 거였죠. 야생의 처녀를 사랑하는 일도 사교계의 귀부인을 사랑하는 일보다 더 나을 게 전혀 없다고 느끼고 맙니다. 벨라의 매력은 순진무구함인데 그게 사교계 귀부인의 교태와 차

이가 없더라, 역시 지루하더라는 겁니다. 오네긴도 타치야나의 순진한 구
애에 냉담하게 반응하는데 마찬가지입니다. 페초린이나 오네긴이나 권
태와 환멸에 빠져 있는 인물들이니까요. 그런데 병으로 치면 페초린이 훨
씬 더 깊습니다. 오네긴은 돌아다니지는 않으니까요. 반면 페초린은 더
강한 동력을 갖고 있어서 못 견뎌 합니다. 자주 돌아다니면서 이런저런
경험을 다 해보지만 하나같이 지루할 뿐입니다.

내가 바보인지 악인인지는 잘 모르겠습니다. 하지만 나도, 아니, 어
쩌면 그녀보다 내가 더 많이 동정을 받아야 될 거라는 점은 분명합니
다. 나의 영혼은 사교계 때문에 망가졌고 상상력은 불안하고 마음은
포만감을 모른답니다. 나는 늘 뭐가 부족합니다. 쾌락처럼 슬픔에도
너무 빨리 익숙해져서, 나의 삶은 나날이 더 황량해지고 있습니다. 이
제 한 가지 수단만 남았습니다. 여행을 하는 것 말입니다.

이게 페초린의 질병입니다. 레르몬토프가 보기에는 자기 시대, 자기
세대의 병입니다. 한 사람의 초상만이 아니라 자기 세대의 초상이라는 것
입니다. 자신에게 버림받은 벨라보다도 페초린 스스로가 더 불쌍하다는
거예요. 그래서 벨라가 죽을 때도 눈물을 흘리지 않죠. 아주 냉담한 모습
을 보여 막심 막시므이치가 상처를 받습니다. 막심 막시므이치는 평균적
인 상식과 시선을 대표하는 인물인데, 뒤에 가서는 막심 막시므이치도 페
초린에게 당하게 되죠.

그에게 남은 유일한 처방은 여행입니다. 말하자면 페초린이 받은 형벌
이기도 한데 끊임없이 돌아다니는 수밖에 없어요. 자기 생의 에너지를 다

탕진할 때까지 어디에도 안주하고 안착할 수가 없습니다. 이게 불행한 의식을 가진 인물의 형상입니다. 우리 시대의 영웅이라고 말하면 아이러니죠. 레르몬토프는 그런 아이러니를 담아서 '우리 시대의 영웅'이라고 했다는 겁니다. 수준 낮은 독자들이 그걸 이해하지 못했다는 거고요.

「막심 막시므이치」를 보면 그런 페초린에 대해 '발자크 소설의 서른 살짜리 요부' 같았다고 묘사합니다. 그리고 그가 웃을 때도 그의 눈은 웃지 않았다고 해요. 서른 살의 요부면 퇴물입니다. 삶에 대한 아무런 비전

『우리 시대의 영웅』 「공작 영애 메리」의 삽화(알렉산드로비치 브루벨) _
페초린과 그루슈니츠키가 결투하는 장면

이 없는 거죠. 외모로는 스물세 살 정도로밖에 보이지 않았지만 마음은 조로한 상태입니다. 동정과 연민을 자아내는 인물이죠. 「공작 영애 메리」 에서도 주변 사람을 다 불행하게 만들죠. 친구 그루슈니츠키를 결투에서 죽게 만들기도 합니다. 분명 악역을 맡고 있지만 왠지 불쌍합니다. 독자의 동정을 사는 인물이기도 합니다.

나중에 막심 막시므이치와 재회했을 때 막심 막시므이치가 반가워서 악수를 권하지만 페초린은 냉담하게 대하죠. 만나는 모든 사람을 불행하게 만듭니다. 모든 여자도 불행하게 만들어요. 메리도 그렇고, 벨라도 그렇고. 그렇다면 자기라도 행복해야 할 텐데 그렇지도 않습니다. 자기도 불행하면서 주변의 모든 사람마저 불행하게 만듭니다. 대단한 병증입니다. 그게 선량한 막심 막시므이치를 슬프게 만듭니다. 페초린을 가장 아끼던 상관이고 장교였는데 페초린과의 마지막 조우가 그런 식으로 끝납니다. 그리고 페초린은 서둘러 떠납니다. 그가 관계를 가졌던 모든 사람과도 그랬겠죠. 그걸 암시해줍니다. 그루슈니츠키도 친구라고 생각했지만 자기를 모함하고 속임수에 빠뜨리자 결투에서 죽이고 "코미디는 끝났다"는 한마디를 남기고 떠납니다. 그게 페초린의 모습입니다.

현대인의 모습, '우리 시대의 영웅'

「페초린의 일지」 서문은 페초린의 일기를 입수한 화자 '나'가 붙인 겁니다. 「공작 영애 메리」는 공작의 딸 메리를 유혹하는 얘기입니다. 그녀에게 사랑 고백을 받는 연애술에 대한 이야기죠. 처음 접근할 때는 관심을 끌되 무관심한 태도를 보여야 한다는 등 지극히 고전적인 수법을 이야기합니다. 그러면서 이런 고백도 합니다.

나는 타인들의 고통과 기쁨을 오직 나 자신과의 관계에서만, 나의 영혼의 힘을 지탱해주는 양식처럼 바라본다. 나란 놈은 이제 더 이상 열정에 휘둘려 광기 어린 행동을 할 능력이 없다. 나의 야심은 이런저런 상황 탓에 억압됐지만, 그것은 다른 형태로 발현됐다. 야심은 바로 권력욕이고 나의 첫 번째 만족은 나를 둘러싸고 있는 모든 것을 나의 의지에 종속시키는 데 있으니까. 자신에 대한 사랑과 충성과 공포의 감정을 불러일으키는 것, 이것이야말로 권력의 첫 번째 표식이자 가장 위대한 승리가 아니겠는가? 어떤 확실한 권리도 없건만 누군가에게 고통과 기쁨의 원인이 되는 것, 이것이야말로 오만함의 가장 달콤한 양식이 아니겠는가? 그럼 행복이란 무엇인가? 한껏 충족된 오만함이다.

대단히 현대적인데 삶의 행복, 승리라는 것은 타인을 자기의 자유의지에 굴복시키는 데 있다는 것이 페초린이 갖고 있는 가치관이고 세계관입니다. 그리고 자신이 다른 누구보다도 더 낫고 힘이 있다고 생각하면 행복해질 것이라고 봅니다. 서문에서 레르몬토프는 주인공이 도덕적 면과는 거리가 멀다고 말했지만 그 점을 가장 극명하게 보여주는 부분이기도 합니다. 그런 점에서도 페초린은 상당히 현대적인 인물입니다.

그루슈니츠키와 결투한 이후에 베라의 작별 편지를 받고 페초린이 베라를 뒤쫓아갑니다. 열심히 뒤쫓아가다가 말이 거꾸러져요. 말에서 떨어진 페초린이 어린아이처럼 우는 장면이 나옵니다.

앞에서 보던 페초린과는 상당히 다른 모습이죠. 주변의 모든 것을 자기 의지에 굴복하게 만들 것처럼 행세했는데, 이 장면에서는 어린아이 같은 순진한 모습을 보여줍니다. 그의 성격을 특징짓는 의연함과 냉정함 등이 연기처럼 다 사라져버립니다. 이 작품 전체를 통틀어서 페초린이 가장 약한 모습을 보여주는 장면입니다. 그의 의연함과 냉정함이라는 것이 혹시 가장은 아니었나 싶을 정도입니다.

정신분석학으로 보면, 페초린의 '어린아이'는 이렇듯 상징계적 질서를 수용하지 못하고 상상계적 자아에만 집착합니다. 어린아이에서 어른이 되지 못하고, 그 전환점에서 꺾이고 굴복했다는 얘깁니다. 성장한다는 것은 외부의 상징적 규범이나 질서를 내면화한다는 것을 말합니다. 정신분석학에서는 '거세', 더 정확하게는 '상징적 거세'라고 합니다. 그것을 수용함으로써 어른이 되는 것이죠. 자기만의 '상상적' 세계에서 '상징적' 세계로 넘어가는 겁니다. 그런데 페초린에게서는 그런 이행이 나타나지 않는다는 거죠. 또는 불완전하게 나타납니다. 『우리 시대의 영웅』의 주인공 페초린은 그런 의미에서 어린아이이며 작가 레르몬토프의 형상을 반복하는 것처럼 보이기도 합니다. 이 작품에서 막심 막시므이치는 부권적 기

영화 〈우리 시대의 영웅〉의 한 장면

능을 수행하기에는 너무 나약한 인물이죠. 페초린을 제압하지 못합니다. 유일하게 「타만」에 나오는 얀코 정도만 그런 역할에 부합하는 인물이랄까요.

페초린이 결혼에 대해 본능적인 공포를 갖는 것이 마치 사람들이 거미나 바퀴벌레를 무서워하는 것처럼 타고난 공포라고 설명하는 것과 또 하나는 점쟁이 노파의 예언 때문이라는 것도 그렇습니다. 이 두 가지 이유는 페초린의 제2의 본성으로서 결혼에 대한 공포의 직접적 원인을 가장하고 있는 것에 불과합니다. 그에게서 억압되어 있는 직접적 원인이란 무엇일까요? 레르몬토프의 전기와 관련하여 지적할 수 있는 것은 권위적인 성격의 노귀족으로 아버지 역할을 대신한 외할머니의 존재입니다. 정신분석학 용어로 '남근을 가진 어머니'라고 말합니다. 그런 강한 여성 형상에 대한 거세 공포를 페초린이 보여주는 게 아닐까요. 페초린이 마지막에 어린아이처럼 울기 시작하는 대목은 이 작품에서 페초린의 본 면모를 보여주는 대목인 셈입니다.

전체적으로 보면 『우리 시대의 영웅』은 페초린이라는 문제적인 주인공에 대한 연구입니다. 그리고 그에 대한 제시이며, 독자의 몫은 그런 형상을 읽는 것이기도 합니다. 이에 덧붙여 이 작품의 현대성이라면 레르몬토프가 말한 '우리 시대'가 여전히 유효하다는 것, 페초린이라는 인물 형상에서 현대인의 많은 모습을 다시 확인해볼 수 있다는 것입니다. 다만 이 질병을 어떻게 치료할 것인가에 대한 해답은 없습니다. 도스토예프스키에 가서야 해답을 찾을 수 있지요. 도스토예프스키는 병증을 제시하고 그 나름대로 인간이 어떻게 구원받을 수 있는지 해법을 제시합니다. 불행하게도 레르몬토프는 그런 것까지 제시하기에는 너무 이른 나이에 세상을 떠나고 말았습니다.

오늘 강의는 여기까지입니다.

✼✼✼✼✼✼✼✼✼✼✼✼✼✼✼✼✼✼✼✼✼✼✼✼

제4강

웃음과 공포의 미스터리
고골의 『페테르부르크 이야기』 읽기

✼✼✼✼✼✼✼✼✼✼✼✼✼✼✼✼✼✼✼✼✼✼✼✼

그는 애정을 갖고 근무했다. 이 정서하는 일에서 그
는 다양하고 즐거운 자신만의 어떤 세계를 발견한
것이다. 즐거움은 그의 얼굴에도 나타났다. 그가 특
별히 좋아하는 글자도 있었다. 일을 하다가 그 글자
를 대하면 너무나 기뻐서 미소를 짓고 윙크를 하면
서 입으로 글자들을 불러보곤 했다. 그 때문에 그가
깃털 펜으로 써내려 가는 글자 하나하나를 그의 얼
굴에서 읽어낼 수 있을 것 같았다.

「외투」 가운데서

고골에 대해서

오늘은 고골 이야기를 하겠습니다.

고골의 풀네임은 니콜라이 바실리예비치 고골인데, 발음하기가 어렵습니다. 지금은 '고골'로 표기가 굳어졌지만 예전에는 '고골리'라고 했습니다. 마지막 'l' 발음이 연음, 곧 구개음화된 'l'이어서 '고골리'라고 발음하는 기분으로 '고골'이라고 해야 합니다. 『니콜라이 고골』이란 책을 쓰기도 한 나보코프의 얘기처럼, 발음하기도 어려운 작가를 이해하는 건 결코 쉽지 않습니다. 실제로 '고골은 무슨 얘기를 하려는 것인가' 따져들면 단순해 보이는 작품도 복잡하고 난해해집니다. 사실 작품뿐만 아니라 고골은 생애 자체가 미스터리입니다.

고골은 나보코프가 주목한 대로 1809년 4월 1일에 태어났습니다. 우크라이나의 소읍 출신인데, 우크라이나는 예전에 '소러시아'라고 불렸지요. 러시아는 대러시아, 소러시아, 지금 벨로루시라고 부르는 백러시아로 나뉘어 있었습니다. 우크라이나는 원래 러시아 땅은 아니었지만 중세 때 병합됩니다. 그런데 상대적으로 병합의 역사가 길기 때문에 러시아화됐습니다. 그래서 고골 같은 경우도 모든 작품을 우크라이나어가 아닌 러시아

고골의 초상화(표도르 뮬레르, 1841) _ 고골은 코를 다룬 작품들을 많이 썼는데 역시나 코가 조금 긴 편이다. 그래서 코에 콤플렉스가 있었다. 조각상 등을 보면 확실히 코가 크다.

어로 썼습니다. 우크라이나 지역의 민담을 소재로 한 작품도 많이 썼지만 고골에게서는 지역적 정체성이나 민족의식이 두드러지지 않아 연구자들도 의외라고 생각합니다. 고골은 말 그대로 '러시아 작가'입니다.

야심 많은 '러시아' 작가

고골은 지방 소지주의 아들인데, 독실한 정교도 신자인 어머니가 어린 나이에 결혼해 일찍 두 아이를 사산하고 난 다음 어렵게 얻은 아들입니다. 아이들이 자꾸 죽자 어머니가 자연스럽게 종교에 의지하게 됐고, 다니던 사원의 이름을 따서 니콜라이라고 지었다고 합니다. 고골의 어머니는 광신도적인 기질이 있었나 봅니다. 특히 어릴 때부터 아들한테 최후의 심판이나 지옥의 고통을 강조했다고 합니다. 그렇게 주입된 공포 감이 말년의 고골을 사로잡게 됩니다.

반면에 아버지는 아마추어 극작가이자 연극 애호가였습니다. 고골의 문학적 재능은 아버지한테 물려받은 게 아닌가 싶습니다. 그런데 이 재능은 의문스러운 면도 있습니다. 고골이 십대 때 쓴 습작들은 아주 졸작이기 때문입니다. 심지어 동창한테서 "넌 작가는 안 되겠다" 이런 얘기도 들었다고 해요. 아니나 다를까, 나중에 데뷔작도 아주 혹평을 받고는 수거해서 불태우죠. 그런데도 고골은 결과적으로 러시아 문학사뿐만 아니라 세계 문학사에 남는 작가가 됐습니다. 자기 재능이 어디에 있는지는 금방 알 수가 없는 거라고 해야겠죠.

여하튼 아버지와 어머니의 각기 다른 재능과 성향이 고골의 삶에 커다란 영향을 끼치게 됩니다. 그런데 그 영향은 동시에 나타나는 것이 아니라 순차적으로 나타납니다. 창작 초기에는 아버지의 영향을 많이 받지만 나중에는 어머니의 영향이 도드라지는 듯해요. 고골은 대단히 야심 많은 청년이었습니다. 1827년 18세 때 친구한테 보낸 편지에 이렇게 썼다고 합니다. "아름다운 일을 하나도 하지 못하고, 그래서 내 이름을 남기지 못하고 티끌로 사라질 운명이라는 생각이 들면 얼굴에 식은땀이 난다. 세상에 태어났음에도 내 존재를 알리지 못하다니 나는 그것이 끔찍해."

고골은 시골에서 중등학교를 다니고 청년이 되자마자 수도 페테르부르크로 올라옵니다. 문학적 재능도 있고, 연극에도 재능이 있는 듯하니 나름으로는 전도유망하다고 생각했는지 모릅니다. 하지만 세상일이 뜻대로 되지만은 않지요. 처음엔 관리가 되고 싶어했지만 잘되지 않았습니다. 배우가 되려던 일도 풀리지 않자 작가로서의 성공을 모색합니다.

1830년대는 러시아에 문학 시장이라는 게 막 형성되던 참이었고, 시인과 작가들이 각광 받던 시기입니다. 최초의 전업작가이기도 한 푸슈킨이 문명(文名)을 떨치고 있었고, 야심 많은 고골이 그 뒤를 잇게 되지요. 첫 작품은 성공적이지 않았습니다.『한스 큐엘가르텐』이라는 독일 발라드풍의 시집을 자비로 출간하는데, 잡지에 혹평이 실리자 스스로 수거해서 소각합니다. 그러고는 창피하다고 미국으로 가려고 했어요. 독일 북부의 항구 도시 뤼베크까지 갔다가 마음을 고쳐먹고 다시 돌아와서 한 번 더 시도해보기로 합니다.

당시 러시아에는 지방색과 민속적인 색채가 강한 이야기들이 인기를 끌었는데, 고골은 어머니에게 우크라이나 지역 민담이나 민속에 대해서 남김없이 정보를 달라고 졸랐습니다. 이때 수집한 이야기들을 바탕으로 『디칸카 근교의 야화』라는 작품집을 두 권 펴내는데, 이것이 큰 호평을 받으며 일약 유명 작가 대열에 들어섭니다. 심지어 고골에 대한 과대평가까지 생겨나 푸슈킨의 후견인 역할을 했던 시인 바실리 주코프스키의 주선으로 역사 교사가 됩니다. 아마도 고골 자신이 학식이 많은 것처럼 떠벌리고 다녔나 봅니다. 아예 1834년에는 페테르부르크대학의 중세사 담당 교수까지 됩니다. 중세사에 대한 책을 몇 권 써주겠다 했다나요.

하지만 고골이 역사에 대해서 얼마나 알고 있었는지는 의문입니다. 『타라스 불바』 같은 역사소설을 쓰긴 했지만 한 작품 안에서 역사적 사실이 막 헝클어져 있습니다. 16세기와 18세기를 왔다 갔다 하고요. 교수로서도 엉망이었습니다. 투르게네프가 그의 강의를 직접 들었다는데, 고골이 강의실에 들어와서는 학생들을 쳐다보지 않고 혼자서 준비해온 강의 노트를 읽더랍니다. 혼자 킥킥대다가 겸연쩍어 하면서 강의를 끝내는 식

『디칸카 근교의 야화』 제1부 「사라진 편지」의 삽화(A. 부브노프)

이었어요. 고골은 1년 정도 하다가 더는 버티지 못하고 교수 자리를 그만
둡니다. 그러고선 창작에 전념하게 되지요. 여러모로 다행스러운 일입니
다. 그렇게 데뷔작 『디칸카 근교의 야화』를 펴내고 나서 10여 년 정도가
고골 창작의 전성기입니다. 이때 쓴 작품들이 오늘날 고골 문학을 대표하
게 됩니다.

웃음과 공포의 환상적인 조화

고골에게서 작가적 재능은 무엇보다도 유머나 풍자 쪽에 있었습
니다. 러시아 사회의 속물성과 관료주의 사회를 유머러스하게 풍자하는
데 뛰어난 문학적 재능을 발휘했지만 한편으로 자신의 재능이 진지한 구

원의 메시지를 전달하는 데 적합하지 않을지도 모른다는 생각에 고통받았습니다. 고골은 전형적인 속물들을 문학적으로 형상화하는 데 최고 작가입니다. 문제는 그런 재능과 그가 생각한 작가의 소명이 충돌하는 데 있었습니다. 속물적 인물들에 대한 풍자는 대상을 부정적으로 비판하고 꼬집는 것으로 충분히 목적을 달성할 수 있습니다. 하지만 고골은 작가의 진정한 역할이 사회를 교화하고 긍정적인 비전을 제시하는 데 있다고 생각했어요. 그런 생각이 후기로 갈수록 강해지는데, 그러면서 창작이 꼬이기 시작합니다. 전환점이 되는 작품이 『검찰관』입니다.

『검찰관』은 1836년에 초연되는데, 고골 자신은 이 작품 이전과 이후로 자신의 문학을 나누기도 했습니다. 대단히 코믹한 풍자극인데 오늘날에도 자주 공연되는 불멸의 드라마입니다. 『검찰관』 이후에 문학적 소명감이 한층 강화됩니다. 간단히 작품 내용을 정리하면 지방 여행 중에 돈이 떨어져 여관에서 오도 가도 못하게 된 하급관리 흘레스타코프가 수도 페테르부르크에서 온 검찰관으로 오인되는 바람에 벌어지는 한바탕 소동을 그린 5막 희극입니다.

지방 도시에 중앙에서 검찰관('감찰관', '감사관'으로도 번역됩니다)이 내려온다는 첩보가 입수되자 시장을 비롯한 지역 유력인사들이 잔뜩 긴장해 대책회의를 합니다. 어디나 그렇지만 구린 구석이 많아서 어떻게 대처해야 할 것인가 궁리하는데, 마을 지주 둘이 헐레벌떡 뛰어와 검찰관이 왔다고 보고합니다. 식당에서 아주 예리한 눈초리로 사람들을 주시하고 있는 한 청년이 있는데 필시 검찰관이라는 거예요. 이 사람이 흘레스타코프인데, 사실은 여행 중에 돈이 다 떨어진 하급관리였습니다. 밀린 여관 숙식비를 안 내면 내쫓겠다며 식당 주인이 밥을 안 주자 허기가 져서 식당

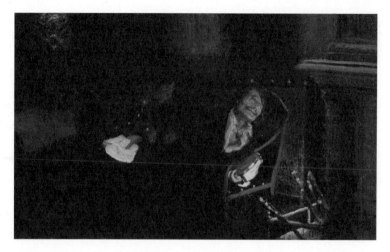

일리야 레핀이 그린 고골 _ 고골의 최후를 그린 것이다. 완성하지 못한 『죽은 혼』2부를 하녀를 불러 벽난로에 태우게 하고 망연자실 멍하니 바라보는 고골, 가장 절망에 찬 인간이자 작가 고골의 모습이다. 고골은 열흘 뒤에 죽는다. 진지한 구원의 메시지를 전달하겠다는 작가적 소명 의식을 갖고 있었음에도, 자신의 문학이 거기에 부응하지 못한다는 데 고통받은 고골. 너무도 경쾌하고 코믹한 고골과 한없이 진지하고 우울한 고골이라는 상반된 이미지. 그래서 그의 동상도 밝은 고골과 어둡고 음울한 고골 두 가지다. 이 동상들은 멀리 떨어져 있지도 않다. 러시아 사람들이 짓궂다.

에 가 사람들 먹는 모습을 주시하고 있었어요. 생선구이 같은 걸 먹는 사람들을 뚫어지게 보고 있으니, 이걸 보고 두 지주가 '아, 검찰관이다!' 여기고서 시장한테 보고한 겁니다. 사람들이 모두 식당으로 몰려갑니다. 시장 이하 우체국장, 경찰서장, 병원장 모두. "불편하신 거 없으십니까?" 묻지요. 흘레스타코프는 영문을 몰라 어리둥절해 합니다. "여기는 좀 불편하실 테니 저희 집으로 가시죠." 그러면서 시장이 자기 집으로 데리고 가 만찬을 베풉니다. 잘 보이기 위해서죠. 그제서야 흘레스타코프는 눈치를 챕니다. 이 사람들이 나를 오인하고 있구나. 흘레스타코프는 천연덕스럽게 고위인사인 척하기 시작합니다. 대단한 허풍을 떠는데, 허풍으로는 가히 검찰관 수준입니다. 자기가 유명한 작가라고도 말합니다. 고관대작인데다 유명 작가여서 푸슈킨 보고 '어이, 푸슈킨'이라고 부르며 지낸다는 얘기를 해요. 자기가 쓰지도 않은 작품을 주저리주저리 나열하며 좌중을 휘어잡습니다. 그 와중에 시장 부인과 시장 딸한테 구애도 하고요. 시장 부인한테 치근대다가 시장 딸이 오니까 '이쪽도 괜찮은데' 하고 구애를 하고. 결국 시장 딸과 약혼까지 하게 됩니다. 시장은 고관 인사를 사위로 맞게 됐다고 잔치까지 벌입니다. 흘레스타코프는 약혼식을 올리기 전에 잠시 자기 영지에 갔다 오겠다고 떠납니다. 마을 유지들과 상인들 양쪽에서 뇌물을 받아 챙긴 뒤죠. 시장은 주변 유지들한테서 '곧 중앙으로 가시겠다'고 축하 인사를 받고요. 이때 우체국장이 흘레스타코프의 편지를 들고 옵니다. 페테르부르크에 있는 자기 친구한테 편지를 한 통 쓰고 갔는데, 검열에 걸린 거죠. 우체국장이 뭐라고 썼는지 읽어보는데, 자신을 오인한 사람들에 대한 조롱으로 가득 차 있습니다. 마을 유지들이 읽으면서 바들바들 떨며 분통을 터뜨립니다. 그러고 있는데 헌병이 들어와서 "검찰관이 오셨습니다!" 하고 외칩니다. 검찰관이 도착해 시장을 찾는다는 보고에 모여 있던 유지들이 다시 경악을 합니다.

희곡 마지막에 유명한 지문이 나오는데, 무대 위 등장인물들이 너무나 경악해서 1분 30초 동안 멈춰 서 있어야 한다고 돼 있습니다. 그런데 1분 30초 동안 정지해 있는 게 좀 어색합니다. 그래서 초연 때도 한 30초 서 있다가 들어가버렸습니다. 고골이 분통을 터뜨렸습니다. 이게 핵심인데 안 지켰다고. 요즘도 잘 지켜지지는 않아요. 제가 본 연극에서도 1분 30초 동안 정지한 경우는 없었습니다. 연출가들이 자기 색깔을 넣어 다른 식으로 변형하더라고요. 그런데 고골의 지문은 어떤 효과를 거두기 위한 것일까요?

『검찰관』의 첫머리에 "제 낯짝 비뚤어진 줄 모르고 거울만 탓한다"는 러시아 속담이 제사로 쓰여 있습니다. 제사, 즉 에피그라프는 이 작품을 어떻게 읽으라는 주문입니다. 사람들은 제 얼굴이 비뚤어진 줄 모르고 거울에 얼굴이 비뚤어지게 나오니까 거울을 탓합니다. 그런데 정작 문제는 자신의 비뚤어진 면상이죠. 무대 위에서는 굉장히 속물적인 인물들이 그려집니다. 관객들은 깔깔대고 조롱합니다. 그런데 무대가 거울이라면 그 모습이 바로 관객들의 자기 모습이라는 거예요. 고골은 이 무대라는 거울에서 자기 자신의 모습을 인지하기까지 걸리는 시간으로 1분 30초 정도 필요하다고 생각한 겁니다. 정지 장면이 계속되면 그 속에서 자기를 보게 되는 겁니다. 웃음에서 경악과 공포로 변해가요. 이것이 고골이 의도했던 거였습니다. 이 작품은 우스운 드라마지만 마지막에 공포를 심어주고, 이 공포를 통해서 도덕적인 정화가 일어나야 했던 것이지요.

이 작품에는 긍정적인 인물이 단 한 명도 등장하지 않습니다. 보통 교훈적인 드라마 작품이라면 악한 인물이 등장하고 선한 인물, 긍정적 인물이 등장해서 권선징악적인 구성을 짜게 되겠죠. 그런데 이 작품에는 모조리 부정적 인물만 등장합니다. 흘레스타코프나 시장이나 모두 부정적인 속물입니다. 단 하나 긍정적 인물이 있다면, 비평가 벨린스키가 지적한 대로 '웃음'입니다. 왜 웃음이 긍정적이냐면 교정의 효과를 갖고 있기 때문이에요. 웃음을 통해 저렇게 하면 안 된다는 교훈을 얻고 도덕적인 정화로 이어져야 합니다. 이게 고골의 의도였는데 공연에서 제대로 관철되지 않았습니다.

연극 〈검찰관〉의 한 장면(모스크바 메이에르홀트 극장, 1926)

공연 이후에 찬반양론이 분분해지니까 고골은 또 상심해 이탈리아로 갑니다. 로마로 가서 12년 정도, 상당히 오랜 기간 체류합니다. 고골은 추위에 약했기 때문에 이탈리아를 좋아했습니다. 페테르부르크는 바로 옆에 핀란드만이 있어 바닷바람이 불어오는 탓에 춥습니다. 고골은 페테르부르크에 상경했을 때 속옷도 없이 겨울 한철을 보낸 적이 있습니다. 그래서 페테르부르크의 추위라고 하면 끔찍해 했습니다.

러시아에서 가장 불행한 작가

그러던 1837년에 결정적인 사건이 일어납니다. 푸슈킨이 결투하다 죽은 거예요. 푸슈킨의 죽음은 레르몬토프에게 「시인의 죽음」이라는 시를 쓰게 했지요. 고골에게도 아주 큰 충격을 줍니다. 고골 생각에 러시아 문단에는 두 작가가 존재합니다. 푸슈킨과 고골. 푸슈킨과 자신이 러시아 문학을 이끌어간다고 생각합니다. 10년 연상인 푸슈킨이 앞에서 끌고 가고 자기는 뒤에서 밀고 가고. 푸슈킨이 긍정적인 비전을 제시하고 자기는 부정적인 군상을 묘사하고. 그런데 푸슈킨이 죽은 겁니다. 고골은 '이제는 나밖에 없구나' 이런 생각을 하게 됩니다. 소명 의식이 더 강화됩니다. 러시아의 문학을 책임질뿐더러 러시아의 미래를 구원해야 합니다. 정말로 심각하고 진지한 소명감에 사로잡히게 됩니다. 그래서 쓰기 시작한 작품이 『죽은 혼』입니다. 러시아어 제목은 중의적이어서 『죽은 농노』라고 번역하기도 합니다.

『죽은 혼』은 사기꾼 이야기입니다. 원래 3부작으로 기획한 작품이고 단테의 『신곡』을 모델로 했습니다. 산문소설이라 해야 맞는데 『신곡』을 따라서 장르도 서사시로 규정합니다. 구성도 1부는 지옥, 2부는 연옥, 3부는 천국입니다. 아시다시피 『신곡』은 지옥에서부터 연옥을 거쳐 천국에 이르는 구원의 여정이 펼쳐집니다. 고골은 1부 「지옥」 편을 1842년에 출간하는데 고골의 주특기가 가득합니다. 2부 「연옥」 편에서는 뭔가 개선의 여지가 있는 인간, 뭔가 선하고 긍정적인 인간을 통해 비전을 보여줘야 하는데 그게 잘 안 써집니다. 2부를 쓰는 데 약 10년이 걸립니다. 1842

년부터 1852년에 죽을 때까지 10년 동안 진척이 없는 겁니다. 쓰다가 두 번 불사릅니다. 원고를 두 번째 불사르고 나서는 단식하다가 죽게 돼요.

『죽은 혼』 초판 속표지 _ 중앙에 '서사시'라고 강조되어 있다.

이 작품을 통해서 러시아의 비전을 제시하고자 했던 고골은 작품이 잘 되지 않자 다급해집니다. 조급한 마음에 1847년, 『친구들과의 서신 교환선』을 발표합니다. 고골을 이해하는 데 아주 유용한 편지 모음집입니다.

고골은 이 작품에서 자신의 정치적 신념과 종교적 신념을 공표합니다. 그런데 그 시도가 이전까지 쌓아온 명성을 전부 무너뜨립니다. 그전까지 고골은 진보적이고 사회 비판적인 작가로 간주되었습니다. 이는 고골의 의사와는 무관하게 당시 독자나 비평가들이 그렇게 생각한 것입니다. 이 '진보적인 작가'가 『친구들과의 서신 교환선』에서는 노골적으로 러시아정교와 전제주의, 농노제를 옹호합니다. 이 세 가지는 제정러시아를 지탱하는 세 지주입니다. 관제 이데올로기였어요. 차르의 전제적 지배 체제 아래서 지주들의 권한이 강화되면서 자유가 제약당하고 처지가 악화된 농노를 고골이 긍정한 겁니다.

1830~1840년대에 투르게네프를 비롯하여 많은 작가와 인텔리겐치아들이 농노제를 폐지해야 한다고 생각했습니다. 그런데 고골은 농노제를 옹호하고 나선 겁니다. 완전히 따돌림당합니다. 고골에 대해서 높이 평가했던 당대 최고의 비평가 벨린스키는 이에 고골을 신랄하게 비판하는 공개 서한을 발표합니다.

상심에 빠진 고골은 1848년에 팔레스타인 성지 순례까지 갔다 와서 다시 집필에 나서지만 진척이 안 됩니다. 마침내 오프치나수도원을 방문하는데 그곳 수도원장이 고골한테 충격적인 말을 합니다. "네가 지금까지 쓴 것은 모두 악마의 작품이다." 고골은 큰 충격을 받습니다. 그렇지 않아도 어릴 때부터 어머니의 광신적인 신앙 때문에 지옥에 대한 묵시록적인 두려움을 품고 있었는데, 그 공포를 더 부채질한 셈입니다. 그래서 1852년 『죽은 혼』 2부를 태워버리고 열흘 뒤 반미치광이가 되어 세상을 떠나게 됩니다.

『죽은 혼』의 내용은 치치코프라는 인물이 러시아 시골을 돌아다니면서 죽은 농노들을 사들이는 이야기입니다. 그 당시에는 호구조사를 10년에 한 번씩 했습니다. 만약 어떤 지주가 농노를 100명 소유하고 있다고 하면, 사고로 죽거나 해서 변동이 있겠죠? 장부상에는 100명이지만 실제로는 80명이라면 20명은 장부에만 살아 있는 겁니다. 그러면 다음 조사 때까지는 그 20명도 살아 있는 것이 되니 세금, 즉 인두세를 내야 합니다. 주인공 치치코프가 돌아다니면서 값을 쳐주겠다고 하면서 이 죽은 농노들을 자기한테 팔라고 합니다. 지주들로서는 밑지는 장사가 아니죠. 어차 피 장부에만 있는 농노를 돈 주고 사겠다고 하니 흔쾌히 팔겠다고 하다가 또 의심을 품습니다. 뭔가 꿍꿍이가 있을 거라고. 처음에는 지주들이 호의 적이었다가 자꾸 실랑이가 벌어지는 과정이 쭉 펼쳐집니다. 이러한 치치 코프의 편력 속에서 성격도 다르고 기질도 다른 여러 지주의 양상이 드러 나게 됩니다. 사실 치치코프의 속셈은 여러 지주한테 사들인 장부상 농노 를 거느린 지주가 되는 겁니다. 이걸 은행에 담보로 잡히고 대출을 받으려 고요. 당시로서는 신종 금융 기법이죠.

고골이 『죽은 혼』 2부를 불태운 모스크바에 있는 집

『죽은 혼』은 작가 고골이 가지고 있던 창작의 문제의식, 사명감을 잘 드러낸 작품이기도 합니다. 한 장면에서 치치코프가 말을 타고 가면서 아 주 유명한 대사를 읊습니다. "러시아여, 너는 어디로 가느냐?" 단지 치치 코프라는 한 인물의 에피소드를 보여주려는 데 의도가 있었던 것이 아니 라 러시아 전체 사회상을 보여주려는 겁니다. 단테의 『신곡』에 견주면 이 게 바로 「지옥」 편이 되는 거지요. 그렇다면 러시아 사회가 어떻게 달라져야 하는지, 어떻게 구원받을 수 있는지, 2부와 3부에서 보여줘야 합니다. 1부에서는 그의 장기를 단숨에 보여주었지만 그다음을 쓸 수가 없었습니다. 고골은 러시아 문학사에서 가장 불행한 작가 가운데 한 사람입니다. 결혼도 안 했고 자식도 없었습니다. 오로지 창작에 일생을 바쳤지만 말년을 불우하게 맞은 작가, 우울증에 시달리다가 반미치광이 상태가 되어 생을 마친 작가가 고골입니다. 그의 작품 세계로 들어가볼까요?

고골의 『페테르부르크 이야기』 읽기

고골의 '작은 인간들'

고골의 단편들 가운데 「광인일기」, 「코」, 「외투」에는 공통점이 있습니다. 이 세 작품에서는 하급관리가 주인공입니다. 「외투」와 「광인일기」는 둘 다 9급 관리가 주인공으로 등장합니다. 러시아 관등 체계는 14급까지 있습니다. 14급이라고도 하고 14등관이라고도 씁니다. 문학 작품에서 단골로 나오는 게 9등관입니다. 하급관리의 대명사지요. 이들이 주로 하는 일이란 것이 정서(正書), 펜 깎기입니다. 「광인일기」의 주인공 포프리신은 국장댁에 가 펜촉을 깎는 일이나 하고, 아카키 아카키예비치는 서류 정서, 즉 같은 문서를 똑같이 베껴 쓰는 일을 하루 종일 합니다. 이런 인물들을 러시아 문학에서는 '작은 인간'이라고 부릅니다. 그 대표적인 형상이 곧 하급관리인 겁니다. 이런 인물 형상이 푸슈킨의 작품에 출현하기 시작해 고골의 작품으로 이어져 하나의 문학적 전형이 됩니다. 이게 유행하여 도스토예프스키 작품에까지 등장하게 됩니다.

「광인일기」, 「코」, 「외투」가 모두 하급관리를 주인공으로 하지만 소설이 전개되는 양상은 다릅니다. 문제가 되는 것이 '욕망'입니다. 고골 작품에 나타나는 인물들은 근대적 개인이라 하기에는 조금 부족합니다. 페초린같이 근대적 각성, 자의식을 가진 인물은 아니거든요. 유일하게 예외적인 인물이 「광인일기」의 포프리신 정도입니다. 이 작품은 일기여서 1인칭으로 서술돼 있으니 내면이 조금 드러납니다. 이렇게 개인으로서 자각이나 자의식은 많이 드러내지 않지만 고골 문학의 근대성은 욕망이라는 화두를 다룬다는 데 있습니다.

이때 배경이 되는 것이 관등사회, 관등 물신주의 사회입니다. 원래 계급과 위계는 사회적 관계의 산물인데, 그것을 자연적인 것으로 간주하는 태도가 물신주의입니다. 그러니까 내가 9급이면 태어날 때부터 9급이고 국장은 날 때부터 3급일 것이다, 이런 사회적 차이나 차별은 자연스러운 것이다, 이렇게 받아들이는 태도가 물신주의입니다.

이런 체제를 수용·승인하게 되면 그냥 거기에 적응하기 쉽습니다. 만년대리로도 만족하면 부장님, 부장님 하면서 살아갈 수 있는 거지요. '왜 나는 부장이 아니고 대리인가?' 이렇게 의문을 가지게 되면 문제가 되는 겁니다. '우리는 다 똑같은 인간 아닌가?' 문제를 제기하게 됩니다. 이게 바로 욕망입니다. 욕망은 질서가 잡혀 있는 어떤 체계에 대한 도전을 함축합니다. 고골의 거의 모든 작품은 욕망에 대해서 대단히 부정적으로 다룹니다. 대부분 욕망을 가진 주인공이 파멸하는 것으로 끝납니다.

고골의 초기 작품 세계가 목가적이라는 평도 있는데, 중세적인 세계관이 좀 엿보입니다. 중세적인 세계관은 위로는 신이 있고, 황제가 있고, 귀족이 있고, 농민이 있고 하는 식으로 사회적 신분이라는 게 고정돼 있는 체제입니다. 근대는 다릅니다. 근대는 유동적입니다. 유동성을 낳는 게 바로 욕망입니다. 출세주의자들이 생겨나게 되죠. 출세주의자가 생겨나려면 출세라는 게 가능해야 합니다. 신분 변동이 가능해야 합니다. 나폴레옹 같은 경우가 대표적인데, 바닥부터 시작했지만 황제도 될 수 있었습니다. 신분이나 사회적 계급이 바뀌지 않은 채 평생을 살아야 한 중세라면 가능하지 않죠. 그런 변화가 근대 사회에서는 가능해졌습니다. 더 높은 지위에 대한 욕망, 신분 상승에 대한 욕망 같은 것 말입니다. 이를 가장 적나라하게 보여주는 인물이 포프리신입니다. 포프리신은 관등사회에서 신분 상승의 욕망을 가지고 있는 한 주인공이 어떤 운명에 처하게 될 것인가를 압축적으로 보여줍니다. 바로 광기로 넘어가는 거지요.

국장이어서 위대하다

백수들이 자유롭게 보이나요? 갈 데도 없고, 불러주는 데도 없고. 자유의 이면은 소외입니다. 사회적 관계로부터 빠져나오면 완전히 자유롭지만 한편으로는 그런 사회적 관계로부터 자신이 소외됩니다. 포프리신은 똑똑한 인물입니다. 관등이라는 게 별 의미가 없다는 것을 압니다. 포프리신은 상사인 과장을 왜가리 같은 자식에 비유합니다. '과장이면 과장이지 내가 예속된 노예도 아니고, 과장한테 반드시 복종해야 할 이유가 뭐가 있냐'는 겁니다. '과장이 나를 시기하는 것 아냐? 내가 국장댁을 드나드니까?' 사실 그가 국장집에 가서 하는 게 별거 없지요. 깃털이나 깎는 주제입니다. 그런데 포프리신이 과장까지는 맞먹어도 국장은 어림없습니다. 게다가 그에겐 국장 부인도 국장이고, 딸도 국장이 됩니다.

포프리신이 과장을 무시하는 것은 자기가 과장급은 된다고 여기기 때문입니다. '내가 재수가 없어서 9등관이지 너 같은 거는 아무것도 아니다'라고 생각하는 거지요. 반면 국장은 하늘 같은 존재입니다. 어느 날 길에서 국장의 딸을 우연히 보게 됩니다. 비가 내려 낡은 외투를 걸치고 우산을 들고 가는데 길거리에 국장 마차가 보여 순간, 긴장합니다. 그런데 마차에서 국장이 아니라 국장의 딸 소피가 내리더니 명품 가게에 들어갑니다. 러시아에서 처음으로 네프스키 거리에는 파리를 모방해 아케이드 같은 게 만들어져 고급스러운 상점들이 들어서 있었습니다. 포프리신은 얼른 몸을 숨깁니다. 왜냐하면 외투가 너무 낡았거든요. '아, 망했다, 완전히 망했다. 그런데 이렇게 비가 퍼붓는데 무엇 때문에 외출했을까!' 그는 일부러 외투에 몸을 감쌉니다. 그녀가 못 보게 하려고요. 초라한 모습을 들키기 싫어서죠.

그런 포프리신이 강아지들끼리 주고받는 대화를 엿듣습니다. 이건 무슨 의미일까요? 포프리신이 정신이 이상하기도 한 거지만, 동시에 그의 위치가 강아지급이라는 말인 거죠. 관등 사회에서 펜대나 깎는 하급관리는 그저 강아지 수준이란 겁니다. 같은 급이라 대화도 잘 들려요.

그는 국장을 신처럼 숭배합니다. 국장은 얼마나 위대한가! 위대하기 때문에 국장인 것이 아니라 국장이기 때문에 위대하다는 겁니다.

우리 국장은 매우 영리한 사람이다. 서재에는 책으로 가득 채워진 서가가 빽빽이 놓여 있다. 책 제목을 몇 개 읽어보았으나, 다 학술적인 것들뿐이었다. 너무 학술적이어서 우리 형제들이 가까이할 수 없는 것들이다. 모든 책이 프랑스어나 독일어로 되어 있다.

네프스키 대로의 과거와 현재

압도당하는 겁니다. 그러니 '국장 대 9급 관리'는 '존재 대 비존재'나 마찬가지입니다. "우리와는 도저히 비교할 수 없는 사람이다! 국가적 인물인 것이다." 이런 태도가 바로 물신주의입니다. 관등 물신주의죠.

나도 이제 출세해야지!

그럼 물신주의적 태도를 좀더 볼까요. 아빠를 찾는 국장 딸의 목소리를 듣고 포프리신은 천상의 목소리라 여깁니다.

카나리아다! 진짜 카나리아다! '각하!' 하고 나는 말하고 싶었다.
'제발 날 괴롭히지 말아요.'

무슨 얘길까요? 자기 내면에는 국장 딸에 대한 언감생심 욕망이 있지만, 자신과 너무 격차가 나기 때문에 어찌할 수 없어 고통스러운 겁니다. 그는 조금씩 욕망을 드러냅니다. 욕망은 두 가지로 나타나는데, 하나는 신분 상승의 욕망, 또 하나는 국장 딸에 대한 욕망입니다. 욕망과 동시에 자신 안에서 금지 명령이 작용을 합니다. '너는 안 돼, 너는 욕망할 수 없어.' 이렇듯 자기 욕망과 초자아적 금지 사이에서 잘 중재해야 하는 것, 이게 자아의 역할입니다. 상충하는 힘을 중재하는 겁니다. 반면에 광기는 자아가 더 견디지 못하고 튕겨 나가는 겁니다.

두 가지 욕망 사이에서 고통 받던 포프리신은 또다시 과장한테 힐난을 받습니다. "잘 생각해봐! 자네는 이미 마흔이 넘었는데 지혜가 있어야지. 지금 무슨 생각을 하나?" 포프리신은 화가 나서 생각합니다.

7급 관리가 얼마나 대단하단 말인가? (……) 난 잡계급 지식인 출신이나 재봉사 출신이나 하사관의 자식이 아니란 말이다. 난 귀족이다. 나도 이제 출세를 해야지. 나이도 아직 마흔둘이니.

〈포프리신〉(일리야 레핀, 1882)

마흔둘이면 거의 정년입니다. 거의 당시 평균수명에 육박하는 나이입니다. 그의 외모 또한 아주 볼품이 없습니다. 자루를 뒤집어쓴 자라 같은 외모를 하고 있다고 쓰여 있습니다. 그런데 '나도 이젠 출세를 해야지. 근무는 이제부터 막 시작할 때다' 하고 생각합니다. '두고 보자! 나도 대령급은 되어야지. 아마도 운만 좋으면 더 훌륭하게 될지도 모른다. 그렇게 되면 네놈보다 훨씬 평판이 좋아진단 말이다'라고 외치죠. 그의 목표는 이제 소피와 결혼하는 겁니다. 욕망과 금지가 충돌하게 되는 겁니다. 하지만 소피의 결혼 계획을 알게 되면서 '중재자' 자아가 튕겨 나가게 됩니다.

포프리신은 일종의 신경증 상태입니다. 소피의 방을 몰래 훔쳐보고 싶은 욕망을 드러내다가 스스로 그 욕망을 금지하는 데서 알 수 있습니다. 이런 상태에서 강아지들이 주고받은 편지를 훔쳐와 읽다가 소피가 시종무관과 결혼한다는 것을 알게 되자 포프리신은 미치게 됩니다. 분노가 폭발하죠.

제기랄! 더 읽을 수가 없다……. 걸핏하면 시종무관 아니면 장군이라니, 이 세상은 더 나을 것이 없다. 시종무관 아니면 장군이 모든 것을 차지하게 된다.

관등물신주의가 내면화되어 있다면 이 사실을 자연스럽게 받아들일 겁니다. '소피는 감히 내가 넘볼 수 없고, 당연히 시종무관과 결혼하는 거다'라고 체념하면서요. 하지만 포프리신은 더 참지 못하고, 물신주의에서도 빠져나옵니다.

생각해보니 내가 스페인 왕이다
이어지는 12월 3일 일기가 대단합니다.

나는 9급 관리다. 왜 9급 관리가 되었을까? 어쩌면 나는 백작이나 장군인데, 다만 9급 관리처럼 보이는 건 아닐까?

거의 햄릿에 육박하는 대단한 통찰입니다. 자신의 실체는 9급 관리가 아니고 다만 현상적으로 그렇게 보이는 게 아닐까, 내가 9급 행색을 하고 있지만 이는 나의 정체성이나 실체가 아니라 가상일 뿐이지 않을까라는 통찰입니다. 이런 의심은 모든 정체성에 제기할 수 있습니다. 한국인, 남성, 학생이라는 정체성 모두에 해당합니다. 남편도, 아내도 마찬가지입니다. '다만 남편처럼 보이는 게 아닐까?'라는 식의 질문은 모든 사회적 관계를 무화하는 도전적 의문입니다. 이 전복적 통찰이 사실 오래 가지는 않습니다.

사람들은 보통 한국인, 학생, 직장인 등 사회적으로 호명됩니다. 그리고 보통 호명에 맞게 행동해요. 그런데 포프리신은 이 호명을 거부하고 주체의 공백 상태에까지 도달했다가 다시금 다른 주체, 자기의 또 다른 정체성으로 빠져나갑니다. 그게 우연히 스페인 왕입니다. '내가 왜 9급 관리인지 알고 싶다'는 물음을 품고 있다가 신문에서 스페인 왕이 궐위 상태라는 기사를 읽게 됩니다. 전복적 광기가 발동합니다. '생각해보니 내가 스페인 왕이다!' 포프리신이 자신을 스페인 왕이라는 지위와 일치시키는 게 광기라면 자신을 9급 관리와 일치시키는 것도 똑같이 광기입니다. 이 작품의 전복성은 여기에 있습니다. 포프리신에게 9급 관리는 사회적으로 용인되지만, 스페인 왕이라는 호명은 사회적 관계가 뒷받침되지 않아요. 그러나 순수하게 광기라는 점에서는 똑같지요. 이 점이 「광인일기」의 문제성입니다.

어찌하여 나는 나 자신을 지금까지 9급 관리라고 생각하고 상상할 수 있었는지 도무지 이해가 되지 않는다. 난 어떻게 그런 어리석은 공상을 하게 되었을까? 아무도 나를 아직 정신병원에 보내려고 하지 않아서 다행이다.

포프리신이 보기에 자신을 9급 관리와 동일시하는 것 역시 광기라는 겁니다. 즉 관등 물신주의 자체가 광기라는 거지요. 말하자면 포프리신은 자신이 9급 관리라고 생각한 광기에서 스페인 왕이라고 생각하는 광기로 넘어간 경우입니다. 포프리신이 마지못해 관청에 나가는데 마침 국장이 온다고 다들 정렬해 옷매무새를 가다듬고 있습니다. 포프리신은 거들떠보지도 않죠. '국장쯤이야! 내가 어찌 이 정도 위인 앞에서 일어서겠는가, 그런 일은 있을 수 없다!'라고 생각해요. 자기는 스페인 왕이니까 국장 따위는 코르크 마개라고 봅니다. 스페인 왕 앞에 국장 정도는 아무 존재도 아닙니다. 무의미한 존재, 이건 강아지보다 못한 존재인 겁니다.

그는 이어서 소피를 찾아갑니다. 당당하게 소피의 휴게실로 들어갑니다. 거울 앞에 소피가 앉아 있다가 벌떡 일어나요.

내가 바로 스페인 왕이라는 것을 밝히지 않았다. 상상조차 할 수 없는 행복이 그녀를 기다릴 거라고만 말했다.

어떤 행복인가요? 왕비가 될 거라는 행복이죠. 그 자신이 스페인 왕이니까 그와 결혼하면 자연히 왕비가 되는 거죠. 적들의 간계에도 불구하고 우리가 부부가 될 거라고 말하고 포프리신은 밖으로 나옵니다. 그러고는 생각합니다. '아, 여자란 얼마나 교활한가! 이제야 여자가 무엇인지를 알게 되었다. 지금까지는 여자가 누구한테 홀딱 반하는지 아무도 몰랐으니까. 난 처음으로 이것을 깨달았다. 여자가 홀딱 반하는 건 바로 악마에 대해서다.' 이 말은 「네프스키 거리」에도 나오는데, 고골의 통찰이자 고정관념입니다. 여자가 반하는 것이 '악마'라고 했는데 보통 지위와 관계됩니다. '견장'에 반한다는 거죠. 그래서 교활하다고 합니다. 그다음은 정신병원에 감금되는 이야기입니다. 수도사가 되기 싫다 해서 감금되어 머리가 깎이고, 몽둥이로 구타당합니다. 마지막 장면에서는 더 참지 못하고 애원합니다. 그러고는 어머니를 떠올립니다.

> 저기 푸르게 보이는 것은 우리 집이 아닌가? 창문가에 앉아 있는 것은 어머니가 아닌가? 어머니, 가엾은 아들을 살려주세요! 이 아픈 머리통에 눈물이라도 한 방울 떨어뜨려주세요! 보세요, 그놈들이 당신의 아들을 어떻게 괴롭히는지를!

이런 식으로 끝이 납니다. 자기 욕망을 끝까지 밀고 나갔을 때 봉착하게 되는 파국을 보여주는 이야기가 바로 「광인일기」입니다.

귀하는 제 코가 아닙니까?

이어서 「코」를 볼까요. 코발료프의 이야기입니다. 그는 8등관인데 아침에 일어나보니 자기 코가 없어져 당혹스러워합니다. 코발료프가 처음 등장할 때 직급부터 소개합니다. 인물을 제시할 때 관등부터 알리는 것이 고골 작품의 핵심 요소입니다. 일단 관등이 그 사람을 말해준다는

「코」의 삽화(레온 박스트, 1904)

거지요.

8등관은 두 종류가 있습니다. 학력을 인정받아 정식으로 습득하는 8등
관이 있고, 뒷구멍으로 얻는 8등관이 있습니다. 코발료프는 카프카스에
서 굴러먹다가 8등관이 됩니다. 그처럼 두 종류의 8등관이 있다는 것을
알기에 코발료프는 자신을 8등관이라 부르지 않고 소령이라고 부릅니다.
포프리신과 차이점이 있다면 코발료프가 자신의 지위에 상대적으로 만
족하고 있다는 겁니다. 그는 자신에게 걸맞은 자리를 알아보기 위해서 페
테르부르크로 올라옵니다. '조금 애를 쓰면 5등관 정도는 되지 않을까, 5
등관이 되면 더 좋을 텐데.' 이게 포프리신이 갖고 있는 욕망입니다. 코발
료프의 욕망은 포프리신만큼 절대적이지 않습니다. 자신의 모든 것을 거
는 게 아니고 약간 장식적인 거예요. '지금도 흡족하지만 더 올라가면 좋

을 텐데'라는 식입니다.

그러던 차에 코가 없어져 당황해 길거리에 나가보니, 자신의 코가 5등관이 돼서 돌아다니는 겁니다. 코발료프가 물어봅니다. "실례합니다만…… 귀하는 제 코가 아닙니까?" 코가 미간을 찌푸리면서 "당신은 실수하고 있소. 나는 어디까지나 나 자신이오. 더욱이 나와 당신 사이엔 어떤 밀접한 관계도 있을 수 없잖소?"라고 얘기합니다. 이 대목이 중요한데, 코가 돌아다닌다는 게 코발료프의 꿈일 수도 있습니다. 러시아어 제목에서도 '코'는 철자를 거꾸로 하면 '꿈'이 됩니다. 만약에 이게 꿈이라고 한다면 대사가 의미심장합니다. '나는 어디까지나 나 자신이고 너와는 관계가 없다'는 뜻이니까요. 그러니까 코발료프는 무의식적으로라도 알고 있는 겁니다. 5등관은 내 주제에 안 맞는다, 5등관은 나와 무관하다는 걸 적어도 그의 무의식은 알고 있습니다.

당연하게 코발료프는 광기로 빠지지 않습니다. 미치지 않고 곧 정신도 차리고 코도 제자리로 돌아옵니다. 잠시 5등관에 대한 꿈을 꾸지만 그냥 8등관에 만족합니다. 욕망은 갖고 있되 광기로까지는 가지 않고 적당히 자기 지위에 만족하는 인물이 코발료프인 것이죠. 바로 속물이기도 합니다.

아카키가 보여주는 충동의 세계

「외투」에 나오는 아카키 아카키예비치는 9등관입니다. 애초에 그는 욕망이 전혀 없는 인간입니다. 이 작품에 대해서는 해석이 분분했는데 상당히 오랫동안 오해를 받은 작품이 아닌가 싶어요.

세례를 받을 때 아기는 울어버렸고, 마치 9급 관리가 될 것을 예상 이라도 한 듯 얼굴을 찡그렸다.

아카키는 태어날 때부터 9등관입니다. 러시아에서 만든 영화 〈외투〉를 보면 아기가 태어나서 이름 짓고 세례받는 장면이 바로 중년의 아카키로 오버랩됩니다. 그래서 태어날 때부터 9등관임을 화면으로 보여줍니다. 그런데 포프리신과 달리 아카키는 이에 대해 아무런 불만도 제기하지 않습니다. 아카키가 일에 쏟는 정성만큼은 5등관 수준이에요. 5등관 직급에 맞는 열정을 쏟아서 정서를 합니다. 그런데 9등관에 만족해요. 무얼 더 바라지 않습니다. 그는 지위 상승에 대한 욕망을 갖고 있지 않아요. 다만 정서 일에 만족하고 있습니다. 그러니까 불행한 인간이 아니에요. 남들이 혀를 차면서 '불쌍하게 하찮은 일이나 평생 하다가 늙어 죽는구나' 생각할지 몰라도 그 자신은 그렇게 생각하지 않습니다. 아니, 오히려 자기만의 즐거움을 발견합니다.

그처럼 자신의 일에 충실한 사람을 어디서 찾을 수 있을까. 단순히 열성적으로 일한다고 말하는 것만으로는 부족했다. 아니, 그는 애정을 갖고 근무했다. 이 정서하는 일에서 그는 다양하고 즐거운 자신만의 어떤 세계를 발견한 것이다.

이건 의무의 세계가 아닙니다. 정서는 자기 직무 때문에 해야만 하는 일, 노동이지만 아카키에게는 만족과 즐거움의 세계입니다. 아카키는 이러한 자기만의 세계에 몰입해 있는 인물입니다. 정서하는 일 외에는 아무것도 좋아하지 않아서 옷차림 따위에는 전혀 신경 쓰지 않고 거리를 걸으면서도 오직 자신의 필체로 쓴 글씨들만 떠올립니다. 외부 세계가 존재하지 않는 겁니다. 길거리에 뭐가 있는지 아무 관심이 없고, 여자에게도 관심이 없습니다.

먹는 것도 그의 관심사가 아니에요. 근무가 끝나고 집에 돌아와서도 수프와 양파를 곁들인 쇠고기 요리에 파리가 붙었거나 말거나 무슨 맛인지도 모른 채 그냥 먹어치웁니다. 그는 끼니만 때우면 됩니다. 그러고는 또 정서를 합니다. 하루 종일 관청에서 정서하고 집에 와서 또 정서를 합니다. 의무라면 그렇게 하지 않겠죠. 그게 아니라 너무 좋아하기 때문에 서류를 다시 정서하기도 하고 취미로 필사본을 만들어두기도 합니다. 고위급 인사한테 가는 문서는 특별히 한 편 더 정서해서 보관해둡니다. 겉보기에는 아무 의미가 없는 짓인데 그에게는 대단한 만족을 줍니다. 말하자면 아카키에게는 두 가지 모습이 있습니다. 남들이 보기에 불쌍한 9급 관리로서 아카키가 있고, 자기 일에 열정을 갖고 지극한 만족감을 만끽하는, 5등관이라 불릴 만한 아카키가 있습니다. 자신이 좋아하는 글자들이 나오면 기뻐하는 모습은 마치 딴사람처럼 보일 정도입니다.

아카키가 무슨 철자를 쓰고 있는지 얼굴 표정만 봐도 알 수 있습니다. 자기가 좋아하는 철자가 나오면 만족감이 얼굴에 드러나요. 아카키는 자기가 좋아하는 글자들이 나오면, 요즘 텔레비전에서 걸그룹이 나오면 삼촌들이 미소를 흘리듯이 미소를 짓는 겁니다. 그는 딴사람이 되는 겁니다. 아카키가 두 명 있다고 말씀드린 까닭입니다. 현실에서 사는 인물과 자기만의 다른 세계에 빠져 있는 인물.

아카키가 보여주는 것은 이른바 충동의 세계입니다. 정신분석학 용어로 '충동(drive)'은 욕망과 달리 주체가 대상 주위를 계속 선회하는 데서 만족을 얻습니다. 곧 충동의 목적은 그 선회 자체입니다. 그리고 거기에서 만족감을 얻는 겁니다.

아카키는 400루블의 급료로 자신의 운명에 만족하며 살아갑니다. 적은 돈으로 살아가는 평화로운 삶. 이게 고골이 생각했던 나름대로 이상적인 삶입니다. 그러니 아카키가 불쌍하다고 생각하는 건 사람들의 편견일 수 있습니다. 그런데 문제는 그렇게만 살아갈 수 없다는 데 있습니다. 아카키의 경우에는 외부적 조건 때문에 그렇습니다.

피할 수 없는 욕망에 대한 공포

아카키의 사회적 고립은 결코 불운하거나 불행한 것이 아닙니다. 그렇게 보는 시각은 단지 외부적 시점을 투사한 것에 불과합니다. 가령 "날 좀 내버려둬요. 왜 이렇게 나를 못 살게 구는 거요?"라는 아카키의 항의에 대해 독자나 비평가들도 '아카키, 자신이 불쌍하지 않아?' 하며 자꾸 안쓰러워하는데, 내버려 두라는 얘기로 들립니다. 아카키는 전혀 불쌍하지 않아요.

그런데 페테르부르크의 추위가 그를 불쌍한 처지로 몰고 갑니다. 그렇게 늙을 때까지 평생을 9급 관리로 살아갈 수 있었지만 환경이 아카키를 가만히 내버려두지 않아요. 고골 스스로 처음 페테르부르크에 상경했을 때 추위 때문에 크게 고생한 적이 있었으니 남의 일만도 아닙니다. 사나운 북풍이 휘몰아치자 불행하게도 아카키가 입고 있던 옷은 더 이상 바람막이가 못 됩니다. 그는 재봉사를 찾아가 어떻게든 기워 입으려고 하죠. 하지만 재봉사 페트로비치는 거절합니다. 아키키는 자꾸 외투에 대

1925년판 「외투」 삽화(쿠쿠리닉시)

한 욕망을 갖도록 내몰립니다. 그래서 할 수 없이 외투를 장만하기로 합니다. '충동의 인간' 아카키에서 '욕망의 인간' 아카키로 바뀌는 겁니다. 새 외투를 욕망하게 되면서 아카키는 전혀 다른 인물로 변모합니다. 그는 외투 값을 장만하기 위해 지독한 내핍 생활을 감수하며 습관처럼 저녁을 굶습니다. 이게 프로테스탄티즘이죠. 청교도 윤리 말입니다. 내세의 구원을 위해 현재의 만족을 유예하는 것이죠. 외투를 사기 위해 저녁을 굶는 아카키. 그는 미래의 행복을 위해서 현재의 만족을 기꺼이 포기합니다. 그 대신 미래의 외투에 대한 끝없는 이상을 머릿속에 그려보며 정신적인 포만감을 얻습니다.

하지만 무언가 결여된 상태에서 작동하기 시작한 욕망은 근원적으로 충족될 수가 없습니다. 욕망 자체의 메커니즘이 그렇습니다. 자기가 100만 원짜리 모피코트를 입는데 옆집 엄마가 200만 원짜리를 입고 다니면 불행해 하잖아요? 30만 원짜리 입다가 100만 원짜리 입으면 잠시 행복했다가 200만 원짜리가 나타나면 '나는 뭐야?' 이러죠. 욕망의 세계는 그런 것입니다. 궁극적으로 만족이 가능하지 않습니다.

새 외투를 입고 행복한 것도 잠시, 아카키는 불량배들에게 자신의 외투를 강탈당합니다. 이 사실은 만족하지 못하는 욕망의 메커니즘을 단적으로 보여줍니다. 외투를 강탈당하지 않았더라면 행복하지 않았을까 가정해볼 수 있겠지만 그건 불가능합니다. 일단 충동의 인간에서 욕망의 인간으로 넘어가면 그 이후에는 욕망의 완전한 충족이 불가능하다는 겁니다.

아카키는 파출소장도 찾아가고, 고위급 인사도 찾아가지만 계속 문전 박대를 당하고 앓아누웠다가 결국 세상을 떠납니다. 그러고는 유령이 되어 다시 나타나 고위급 인사의 외투를 빼앗아갑니다. 그러면 무엇이 아카키를 죽음으로 몰고 갔을까요? 사회적 박대는 부차적이라고 생각합니다. 강탈당한 피해자에게 주변에서 아무도 관심을 보여주지 않은 것은 부차적 원인이고, 근본적 원인은 페테르부르크의 추위, 곧 자연입니다.

욕망이 앗아간 고골의 생명

포프리신처럼 욕망을 끝까지 몰고 간 인물이나 아카키처럼 욕망이 없다가도 결국 욕망에 내몰린 인물도 파국에 처합니다. 살아남는 자는 속물들뿐입니다. 구원에 대한 욕망이나 의미 있는 존재에 대한 욕망도 마찬가집니다. 여성에 대한 욕망도 마찬가지고. 고골의 세계에서는 늘 파멸로 끝납니다. 모두 징벌을 받습니다. 불행한 비극으로 끝납니다. 다만 속물들만 살아남습니다. 어떤 긍정적 비전도 고골의 작품 세계에서는 찾을 수가 없습니다.

「네프스키 거리」가 또 다른 증거입니다. 여기에는 두 사람이 등장합니다. 피스카료프와 피로고프. 피스카료프는 화가입니다. 피로고프 중위는 장교인데 속물입니다. 둘은 네프스키 대로를 지나다가 각각 여자를 쫓아갑니다. 예술가는 이상을 추구합니다. 그런데 아름다운 여성을 찾아가 보니까 유곽의 창녀였습니다. 현실과 자신이 관념적으로 생각했던 이상이 충돌하게 되고, 그 괴리를 견디지 못합니다. 그래서 피스카료프는 꿈속에서만 여성을 만납니다. 자기 꿈속에서는 창녀가 아닌 귀부인인 겁니다. 꿈속에서 계속 만나려고 마약도 먹지요. 그러다 끝내는 미쳐 면도날로 자기 목을 그어 자살합니다. 그러니까 뭔가를 추구할 경우에 그렇게 끝나고 마는 겁니다.

피로고프가 쫓은 여성은 유부녀입니다. 독일인 유부녀인데 나중에 밀회를 나누려고 하다가 남편한테 들켜 흠씬 두들겨 맞습니다. 두들겨 맞고서 '보복해야지' 생각했다가 어디 파티에 가서 흥청망청 마시고 다 잊어버려요. 그러고는 그냥 만족스럽게 삽니다.

이것이 고골의 세계입니다. 그는 이런 세계에서 구원의 방도를 찾으려 했습니다. 피로고프나 코발표프의 세계만 그리라고 하면 고골은 천재적 작가입니다. 얼마든지 그려낼 수가 있었습니다. 그런데 '아, 이것만 해서는 안 되겠다' 생각한 겁니다. 악마적인 세계 말고 뭔가 긍정적 세계, 선한 인간과 아름다운 인간을 그려야 한다고 생각해요. 그런 소명, 욕망이 그의 창작뿐만 아니라 실제로 그의 생명을 단축하게 만든 겁니다.

고골의 문학 세계 가운데 불행한 면만 말씀드린 것 같아요. 그에게는 양면이 공존합니다. 무척 유쾌한 풍자적인 세계, 유머러스한 세계와 어둡고 음울하고 무서운 세계가 공존하는 것이 고골 문학입니다. 그래서 고골은 상당히 흥미로우면서도 미스터리한 작가입니다.

오늘 강의는 여기까지입니다.

러시아 사실주의 문학의 출발

투르게네프의 『첫사랑』, 『아버지와 아들』 읽기

할 수 있는 것을 스스로 선택해라. 타인의 도움을 바라지 마라. 너는 너의 것이란다. 그것이 바로 삶이란다. 무엇이 인간에게 자유를 주는지 알고 있니? 그것은 의지, 자신의 의지란다. 무언가를 원하는 능력을 가져라.

『첫사랑』 가운데서

투르게네프에 대해서

오늘은 투르게네프 이야기를 하겠습니다.

투르게네프의 장편소설 『루딘』이 발표된 1856년부터 도스토예프스키의 『카라마조프가의 형제들』이 출간된 1880년까지 25년 정도가 러시아에서 사실주의 문학이 꽃피운 시기입니다. 곧 투르게네프가 러시아 사실주의 장편소설의 장을 열었다고 할 수 있죠. 투르게네프, 도스토예프스키, 톨스토이, 곤차로프, 살티코프-셰드린이 러시아 사실주의 문학의 5대 작가로 꼽힙니다. 그 출발점에 놓이는 작가가 투르게네프입니다.

바람둥이 아버지와 포악한 어머니

이반 세르게예비치 투르게네프는 1818년 러시아 오룔의 부유한 집안에서 태어납니다. 어머니 쪽이 부유한 대귀족이었고 아버지 쪽은 상대적으로 몰락한 가문이었습니다. 이렇듯 가세가 차이나는 경우는 대개 정략결혼이죠. 투르게네프의 아버지가 기울어진 가세를 일으켜세우기 위해 부유한 노처녀와 결혼한 겁니다. 자전적 소설 『첫사랑』의 배경이죠.

아버지 세르게이 니콜라예비치 투르게네프는 장교로서 보로디노 전투에서 수훈을 세워 훈장을 받기도 했습니다. 수려한 용모와 여성 편력으로 유명했답니다. 23세의 나이에 부유한 여지주 바르바라 페트로브나와 결혼하게 됩니다. 바르바라는 농노가 5,000명이었다니 상당한 대지주였죠. 아버지 투르게네프 집안은 농노가 100여 명이었으니 꽤 차이가 납니다.

　바르바라는 어린 시절을 불우하게 보냈습니다. 아버지가 요절하고 어머니가 재혼했으나 계부가 의붓딸을 싫어한 데다 겁탈까지 하려고 했답니다. 그래서 숙부한테 갔는데, 숙부는 질녀를 거의 하녀 취급을 해서 서른 살이 다 될 때까지 시집도 보내지 않았죠. 원래는 바르바라에게 단 한 푼도 물려주지 않는다는 유언장을 작성하려 했으나, 그만 급사하는 바람에 바르바라가 방대한 영지와 농노를 물려받게 됩니다. 그래서 서른이 다 된 나이에 겨우 결혼할 수 있었죠. 물론 막대한 재산 때문에 구혼자는 어렵지 않게 구할 수 있었습니다.

　당연한 일이지만 투르게네프의 아버지는 부인에게 애정이 별로 없었어요. 하지만 어머니는 달랐죠. 여섯 살이나 연하인 데다 외모가 수려한 장교 출신이었으니까요. 좋아하면서 한편으로는 두려워했어요. 『첫사랑』의 아버지처럼 투르게네프의 아버지 또한 늘 바깥으로 도는 바람에 부부간에 다툼이 잦았습니다. 그때마다 부모 모두 자식들에게 분풀이를 하곤 했죠. 투르게네프는 여성적인 성격의 소유자였지만, 어머니를 닮은 것은 아니었습니다. 그의 어머니는 상당히 포악한 성격이어서 어린 투르게네프를 아무 이유 없이 때리기도 했고, 특히 농노들을 많이 학대해서 어린 투르게네프가 마음의 상처를 입습니다. 러시아 농노제를 폐지하기 위해 일생을 바치겠다는 이른바 '한니발의 맹세'를 한 것도 그 이유 때문이죠. 실제로 『사냥꾼의 수기』라는 작품집으로 농노제 폐지에 크게 기여합니다.

『사냥꾼의 수기』는 화자가 러시아 농촌을 돌아다니면서 농민들의 생활상을 묘사하고 보고하는 내용의 이야기들을 모은 것인데, 늘 집합적 단수로만 취급받던 러시아 농민들의 개성을 드러내준 작품집이죠. 지주나 귀족 계급과 똑같이 이들 또한 저마다의 개성과 재능과 성격을 가진 존재라는 걸 보여주었는데, 말하자면 그들을 '인간화'했다고 할 수 있습니다. 이 작품집이 러시아 독서 대중에게 큰 감화를 준 것은 물론 황제 알렉산드르 2세에게도 영향을 주었다고 알려져 있습니다.

투르게네프가 여러 작품을 쓰며 지낸 집

어쨌든 어린 시절 투르게네프에게 지대한 영향을 끼친 인물은 단연 어머니였습니다. 아버지는 일찍 세상을 떠나서 크게 영향 받을 기회가 없었던 반면 어머니로부터는 압도적인 영향을 받았죠. 어머니 말고 투르게네프의 삶과 문학에 영향을 준 사람이 두 명 더 있는데, 오페라 여가수 폴린 비아르도와 당대의 비평가 벨린스키입니다.

살아서는 비아르도, 죽어서는 벨린스키 곁에

1843년, 그러니까 투르게네프가 만 25세 되던 해 모스크바에 공연을 온 프랑스의 오페라 가수 비아르도를 만나게 됩니다. 투르게네프보다 나이는 어렸지만 유부녀였습니다. 당시 오페라 여가수들의 경우 자신의 후원자와 일찍 결혼을 하곤 했죠. 남편 이름이 비아르도입니다. 이 유부녀 오페라 가수에게 투르게네프는 그만 첫눈에 반합니다. 바로 전 해에 어머니의 농노인 이바노바와의 사이에 딸이 태어났는데 사생아인 딸의 이름을 '폴린느'라고 지을 정도로 투르게네프는 폴린 비아르도에게 흠뻑 빠져들죠. 나중에 이 딸을 모델로 『아샤』라는 중편소설을 씁니다. 투르게네프는 사회적인 문제의식을 갖고 일련의 장편소설을 계속 써나가면서도 사생활에서는 비아르도에게 일생을 바치게 됩니다. 남편과는 친구로 지내면서요.

벨린스키와 교우가 시작된 것도 비슷한 시기였습니다. 모스크바대학 철학부에 입학했다가 페테르부르크대학으로 옮겨 그곳에서 고골의 강의도 듣고 셰익스피어 작품 중 일부를 러시아어로 옮기기도 하고, 푸슈킨과 교류를 나누기도 하던 투르게네프가 베를린 유학을 다녀온 뒤 서사시 「파라샤」를 발표할 무렵입니다.

고골 강의 때도 말씀드렸지만 벨린스키는 19세기 전반기 러시아 최고의 비평가입니다. 러시아 문학이 낭만적 서정시에서 리얼리즘 소설의 시대로 넘어가야 한다고 주장하고, 러시아 문학의 민중성을 강조한 비평가죠. 벨린스키와 교우하게 되면서 투르게네프는 비로소 사회적 문제의식에 눈뜨게 됩니다. 여성적인 데다 내향적이었던 그가 벨린스키를 통해서 사회문제로 눈을 돌리고 작가로서 소명의식을 갖게 된 것입니다. 서정시

폴린 비아르도의 초상

비사리온 벨린스키의 초상

를 쓰고 있을 게 아니라 러시아 민중을 위한 산문을 써야 한다는 주문에 부응해서 쓴 것이 바로 『사냥꾼의 수기』입니다.

투르게네프에게 끼친 벨린스키의 영향은 나중에 투르게네프가 자신의 대표작인 『아버지와 아들』을 벨린스키에게 헌정한 데서도 알 수 있습니다. 벨린스키는 1848년에 세상을 떠나고 『아버지와 아들』은 1862년에 발표됩니다. 투르게네프는 대표작을 벨린스키에게 바쳤을 뿐만 아니라, 죽어서는 벨린스키 옆에 묻힙니다. 살아생전에는 오페라 여가수와 평생 함께했고, 죽어서는 벨린스키 곁으로 간 셈입니다.

19세기 러시아 사회를 '보여'주다

처음에 투르게네프는 소설이 아니라 서정시로 문학적 경력을 시작합니다. 그리고 『산문시』를 마지막 작품으로 남겼으니 시로 시작해서 시로 끝낸 셈입니다. 한국에는 『산문시』가 이미 일제강점기에 소개되어 윤동주를 비롯한 한국 작가들에게 많은 영향을 끼쳤습니다. 짐작에는 근대시 초기에 프랑스의 상징주의 시인 베를렌, 투르게네프의 다른 작품들보다 이 『산문시』가 한국 문학에 더 많은 영향을 끼쳤다고 생각됩니다.

투르게네프는 『사냥꾼의 수기』를 비롯해서 농노들의 비참한 삶을 고발하는 일련의 작품들을 썼습니다. 「무무」 같은 작품이 대표적입니다. 영국 작가 존 골즈워디는 세계문학에서 가장 감동적인 단편이라고 평하기도 했지요. 흥미로운 것은 투르게네프의 생몰 연대와 마르크스의 생몰 연대가 같다는 사실입니다. 둘 다 1818년에 태어나서 1883년에 사망하죠. 동시대를 산 셈인데, 마르크스는 경제학자이자 철학자로, 투르게네프는 작가로서 세계를 변화시키고자 했습니다. 하지만 방법은 서로 달랐습니다. 「무무」도 그렇고 『사냥꾼의 수기』도 그렇고, 농노들의 비참한 삶을 곳곳에서 드러내지만 한 번도 관찰자나 화자가 자기주장을 드러내지 않습니다. 이 못된 지주를 보라는 식의 호소도 없고 어떻게 하라고 요구하거나 주장하는 것도 없습니다. 이게 투르게네프 스타일인데 그저 간결하게 보여주기만 할 뿐입니다. 감정의 찌꺼기를 드러내지 않아요.

『산문시』의 표지(김억(필명 김안서) 번역)

그런가 하면 투르게네프는 자전적 소설도 썼습니다. 『파우스트』, 『아샤』, 『첫사랑』 등이죠. 1856년부터 1860년 사이에 쓰인 작품들입니다. 이 작품들은 비록 러시아 사회의 문제를 직접 다루지는 않았지만 투르게네프를 이해하는 데 요긴한 작품들이라고 할 수 있습니다. 작가로서 사회적 책임에 부응하기 위해서 쓰는 작품들이 있다면, 한편으론 지극히 사적이고 내적인 필요 때문에 써야 하는 작품들도 있는데 그런 작품군에 속합니다.

1850년에 어머니가 사망하고, 투르게네프는 1856년부터 1877년까지 여섯 편의 장편소설을 발표합니다. 『루딘』, 『귀족의 둥지』, 『전야』, 『첫사랑』, 『아버지와 아들』, 『연기』, 『처녀지』. 이 장편소설 여섯 편으로 투르게

〈투르게네프의 초상〉(일리야 레핀, 1874)

네프는 러시아 사실주의 문학에 자신의 이름을 깊이 새기는데, 이른바 사회소설이라 부를 수 있는 이 작품 여섯 편은 1856년부터 1877년까지 20년간 당대 러시아 사회의 단면을 보여주는 기록입니다. 그러니까 19세기 후반 러시아 사회가 어땠는지를 알려면 이 소설들을 보면 됩니다. 가장 현실에 근접하게 그려놓았기 때문이죠. 이것이 투르게네프 소설의 의의

투르게네프의 책상

중 하나입니다. 고골이나 도스토예프스키도 당시의 러시아 현실을 그렸
지만 매우 일그러진 모습이었습니다. 고골의 작품만 하더라도 일그러진
거울에 투영된 러시아 사회의 모습입니다. 그래서 나보코프는 고골 작품
에는 러시아가 없다고 얘기하기도 했죠. 가장 러시아적 작가지만 그가 쓴

모스크바 마네주광장에 있는 투르게네프의 동상

작품 안에 러시아가 없다는 것은 아이러니한 일이죠.

'멀쩡'하지만 이상한 작가

투르게네프는 서구적 교양을 갖춘 작가입니다. 그러면서도 러시아의 현실을 가장 정확하게 실물 크기로 보여주는 작가로 평가됩니다. '표면의 작가'라고도 불립니다. 『사냥꾼의 수기』에서도 투르게네프는 '스케치' 대가의 면모를 보여줍니다. 사회 현상과 인물의 표면을 묘사하는 데 대가인 셈입니다. 그런데 깊이 들어가지는 않아요. 톨스토이나 도스토예프스키가 인물의 추악한 면까지 들추어내는 것과는 상당히 다릅니다. 인간에 대한 에티켓이라고 표현하고 싶을 정도로 투르게네프는 자신이 다루는 인물을 깊이 파헤치지 않습니다. 아마도 그의 성격도 한몫했지 싶습니다.

투르게네프는 1883년 파리에서 숨을 거두고, 앞에 말씀드린 대로 유언에 따라 벨린스키 옆에 묻히는데, 일설에는 생전에 한번은 비아르도에게 잉크병을 던졌다고 합니다. 아마도 그런 행동은 평생 처음이자 마지막이었을 것 같아요. 무척 온화한 성격이어서 다른 사람한테 해코지는커녕 화를 내는 일도 거의 없었을 성싶으니 이런 일이 인상적인 일화로 전해지는 듯합니다. 평균적으로 보면 러시아 작가들 중에서 '멀쩡한' 축에 들어가는 작가입니다. 고골, 톨스토이, 도스토예프스키 등에 비하면 투르게네프는 균형 감각을 갖춘 편이었으니까요. 그럼에도 러시아에서 나온 한 연구서의 제목은 『이상한 투르게네프』입니다. 이유가 없지는 않습니다.

비아르도를 만난 이후 투르게네프는 러시아보다 프랑스에 더 오래 머물렀습니다. 그녀의 남편과도 친구처럼 지내고 같이 사냥도 다녔어요. 하지만 아무리 그렇더라도 세 사람이 한 집에서 살았다니 희한한 삼각관계였죠. 영어로 나온 투르게네프의 전기 하나는 제목이 『젠틀 바바리안』입니다. '점잖은 야만인'이라는 뜻이죠. 겉보기에는 신사인데 내면에는 뭔가 야만적인 정열도 숨기고 있었습니다. 평생 비아르도의 곁을 떠나지 않았지만 결혼은 할 수 없었습니다. 사생활만 보면 '이상한 투르게네프'라고 해도 과장은 아닙니다.

작가로서 투르게네프의 대표작은 『아버지와 아들』입니다. 그의 작품 중 당대의 독자나 문단으로부터 가장 격찬을 받은 작품은 『사냥꾼의 수기』지만, 가장 논란이 됐던 작품은 단연 『아버지와 아들』입니다. 1862년 작인데 바자로프라는 니힐리스트를 다루어 화제가 된 소설이기도 합니다. 투르게네프가 니힐리즘이나 니힐리스트라는 말을 처음 사용한 것은 아니지만, 이 말을 대중적으로 유행시킨 당사자입니다. 그러니까 니힐리즘의 철학자 니체와 함께 니힐리즘이라는 말에 상당한 지분을 갖는 두 사람 중 한 명인 셈이죠.

『아버지와 아들』은 1860년대 대표적 청년 인텔리겐치아 바자로프의 삶과 죽음을 다룬 문제작입니다. 그런데 이 작품에 대해서 진보적 서구파와 보수적 슬라브파가 모두 비판을 했습니다. 슬라브파 진영에서는 주인공을 지나치게 멋지게 그렸다고 불만스러워했고, 서구파 쪽에서는 자신들을 희화화했다고 비난했어요. 이렇게 양쪽에서 욕을 먹자 상심한 투르게네프는 프랑스로 다시 떠나 줄곧 그곳에 체류합니다. 이 강의에서는 대표적 자전소설 『첫사랑』과 대표적 사회소설 『아버지와 아들』에 대해 좀 더 자세히 살펴보겠습니다.

『아버지와 아들』일러스트(이예블레바, 1863) _ 왼쪽의 아들 세대가 든 슬로건에는 '전면 부정', '철도 무용', '수유기의 부인 해방'이라는 글자가 쓰여 있다. 오른쪽에는 이를 탄압하는 정부군이 있다.

투르게네프의 『첫사랑』읽기

먼저 『첫사랑』으로 들어가볼까요?

『첫사랑』은 투르게네프가 1860년에 발표한 자전적 소설로, 제목에서 드러난 것처럼 첫사랑의 열병을 다룬 작품입니다. 열여섯 살 청년인 주인공 블라지미르는 이웃집 공작부인의 딸인 스물한 살의 지나이다를 흠모하게 됩니다. 그녀의 마음에 들기 위해서 온갖 노력을 다하지만 개성이 강하고 적극적이며 뭇 남성들을 옴짝달싹못하게 만드는 지나이다는 블라지미르를 어린애 취급합니다. 그러던 어느 날 블라지미르는 그녀의 애인, 그러니까 자신의 연적이 다름 아닌 자기 아버지였음을 알게 된다는 내용입니다.

삶의 주인이 되어라

투르게네프는 아버지가 갖고 있던 단호한 성격, 의지력, 결단력을 평생 갈망했습니다. 『첫사랑』에서 아버지와 아들 블라지미르의 관계도 이와 유사합니다. 아버지가 블라지미르에게는 전범이죠. 단호한 의지력과 결단력을 갖춘 인물로 등장합니다. 그런 아버지의 세계를 가장 잘 보여주는 대목을 인용해볼까요.

> "할 수 있는 것을 스스로 선택해라. 타인의 도움을 바라지 마라. 너는 너의 것이란다. 그것이 바로 삶이란다." 어느 날 아버지가 이렇게 말했다. 한번은 아버지가 계신 곳에서 젊은 민주주의자로서 내가 자유에 대해 논할 기회가 있었다. (내 식으로 부르자면 그날의 아버지는 '선량'했다. 그럴 때는 아버지와 무슨 이야기든 할 수 있었다.)
>
> "자유." 아버지가 되뇌었다.
>
> "무엇이 인간에게 자유를 주는지 알고 있니?"
>
> "네?"
>
> "그것은 의지, 자신의 의지란다. 그것은 자유보다 더 좋은 권력을 준단다. 무언가를 원하는 능력을 가져라. 그렇게 되면 자유를 얻고 다른 사람들도 이끌 수 있을 것이다."

아버지가 강조하는 것은 '자유'와 '의지'죠. 무언가를 원하는 능력을 가지라는 것이 아버지의 첫 번째 교훈입니다. 이건 파우스트의 테마이기도 한데, 네가 원하는 것을 하라는 것, 그리고 그런 것을 할 수 있는 권력을 얻으라는 것, 하여 네 의지를 관철하라는 것. 이게 파우스트주의입니다. 아버지가 여기서 얘기하는 것도 바로 그것입니다. 말하자면 자기 삶의 주인 노릇을 하라는 거죠. 그게 자유이고, 그게 삶이라는 것이 아버지의 교훈입니다.

아버지는 그런 삶을 살았죠. 가정이니 결혼이니 하는 것에 얽매이지 않았습니다. 자신의 의지가 중요하고 그런 것은 관습적 도덕일 뿐이니, 전혀 제약을 받지 않았습니다. 지나이다와의 스캔들도 아버지로서는 문제되지 않습니다. 자기가 원하면 그런 연애도 할 수 있는 겁니다. 옆집 처녀라고 해서 안 될 것도 없고, 아내가 있다고 해서 안 될 것도 없습니다. 그게 아버지의 인생관인데 그걸 블라지미르한테 가르쳐준 거죠. 그런데 이 작품에서 아버지가 들려주는 교훈이 한 가지 더 있습니다. 아버지가 죽기 직전에 아들에게 "여자의 사랑을 두려워하거라"라고 편지를 쓰죠.

그러니까 의지대로 하라는 것이 첫 번째 가르침이고, 여자의 사랑을 두려워하라는 것이 유언이자 두 번째 가르침인 셈입니다. 사실 이 두 가지는 서로 충돌하죠. 첫 번째는 아무것도 두려워하지 말고 네가 원하는 바를 하라, 즉 네 의지대로 하라는 것이고, 두 번째는 두려워하라, 즉 금하라는 것이니까요. 네 의지대로 하라는 것은 괴테의 『파우스트』의 주제인데, 이 파우스트의 테마를 다루면서 반대로 자기 자신을 제어하고, 욕망을 거부하라는 주제를 다룬 것이 투르게네프의 『파우스트』란 작품입니다. 두 테마 사이를 왔다 갔다 하는 작품이 『첫사랑』이고요.

여자의 사랑을 두려워하라

주인공 블라지미르는 열여섯 살입니다. 아이도 아니고 성인도 아닌 애매한 나이죠. 집에서 부르는 애칭은 볼로쟈입니다. 그 사이에 끼어 있는 이름이 있습니다. 지나이다가 붙여준 프랑스식 이름으로 '볼데마르'라고 합니다. 이 이름은 지나이다와의 관계에서 쓰이는 이름이죠. 말하자면『첫사랑』은 블라지미르의 '볼데마르 시절' 이야기인 셈입니다. 블라지미르라는 공식적인 이름을 가진 열여섯 살 청년이 잠시 볼데마르로 불렸던 시기, 볼로쟈에서 벗어나 첫사랑을 잃고 이제 정식으로 블라지미르가 되려는 시기, 그 어중간하고 모호한 정체성의 시기를 다룬 작품입니다.

블라지미르가 되는 과정에서 겪게 되는 것이 바로 프로이트가 말한 오이디푸스 콤플렉스입니다. 어머니를 사이에 두고 아버지와 아이가 벌이는 한판 승부죠. 어머니에 대한 아이의 욕망이라는 게 아버지 때문에 방해받고 금지됩니다. 그래서 프로이트식으로 말하면 아들이 살부 충동을 느끼게 되죠. 이른바 부친 살해 욕망입니다. 이 소설에선 지나이다가 어머니 역할을 합니다. 볼로쟈는 지나이다를 욕망하지만, 자신의 진짜 경쟁자가 아버지라는 걸 알지 못합니다. 몇 가지 힌트가 주어짐에도 감히 지나이다와 아버지의 관계를 상상하지 못하죠. 마지막에 그 관계가 완전히 드러난 다음에야 강하게 충격을 받습니다.

블라지미르가 처음 사랑을 느끼는 장면에서 그는 잠을 이루지 못합니다. 번개가 치는 밤을 꼬박 새웁니다. 그리고 현재 사십대의 시점에서 "아, 감동받은 영혼의 상냥한 마음과 부드러운 소리, 선량함과 평안, 그 첫사랑의 감동이 주는 황홀한 기쁨이여! 너는 어디에 있는가, 어디에?"라고 회고하죠. 하지만 이 작품에는 첫사랑만 나오는 게 아닙니다. 두 가지

사랑이 나옵니다. 하나는 볼로쟈가 처음 느꼈던 첫사랑, 그 아련하고, 애틋하고, 달콤하고 황홀한 그런 사랑이고, 또 하나는 파멸적 사랑입니다. 십대의 볼로쟈로서는 상상할 수 없는 사랑인데, 아버지와 지나이다의 사랑이 바로 그런 사랑입니다. 두려운 사랑이죠. 아버지가 여자의 사랑을 두려워하라고 할 때, 달콤한 첫사랑을 두려워하라는 게 아니라 이처럼 파괴적이고 파멸적인 사랑을 두려워하라는 거였죠.

파괴적 사랑에 대한 얘기는 작품의 결말 부분에 나옵니다. 지나이다와 아버지의 관계가 드러나고 어머니와 대판 싸움을 한 다음 이사를 하게 되는데, 이후로 소식을 접하지 못하다가 어느 날 블라지미르가 아버지와 함께 말을 타고 갑니다. 러시아 문학에서 말은 대개 여성을 상징하죠. 이 작품에서도 아버지는 말을 상당히 잘 다루는 걸로 나옵니다. 거기에 비하면 볼로쟈는 미숙하기 그지없죠.

아버지가 말을 잠깐 맡겨놓고 어딘가로 가는데 볼로쟈가 뒤따라갑니다. 아버지가 한 목조주택 창 앞에 서 있습니다. 그리고 창틀에는 검은 옷을 입은 여자가 앉아서 아버지와 얘기를 나누고 있어요. 자세히 보니 지나이다예요. 이 작품 전체에서 볼로쟈는 주인공이지만 관찰자로만 나옵니다. 행위의 주체가 아니라 결정적 장면의 관찰자로만 나오는데 특이한 점은 작중 화자인 볼로쟈는 자기가 보는 현실의 의미를 깨닫지 못한다는 것입니다. 아직 미숙하고 어수룩한 탓입니다. 오히려 그가 보여주는 것을 통해 독자만 알 수 있어요.

나는 그 자리에서 얼어붙었다. 고백하건대, 이런 상황을 보게 되리라고는 상상도 못했다.

그러니까 아버지와 지나이다의 관계는 볼로쟈의 상상 속에서 늘 부인됩니다. 감히 상상할 수 없는 것으로 억압되죠. 그래서 처음에는 도망가려고 합니다. '아버지가 본다면 나는 끝이야'라고 생각하죠. 아버지의 권위에 그만큼 예속돼 있는, 따라서 독립적인 인격체라기보다는 아직 미숙한 어린아이 볼로쟈의 모습입니다.

파멸적인 열정에 눈 뜨다

볼로쟈는 아버지와 지나이다, 두 사람을 바라보기만 할 뿐 멀리 떨어져 있어 무슨 대화를 나누는지는 알 수 없습니다. 투르게네프가 고수하는 인간에 대한 에티켓이랄까요. 지나이다와 아버지의 사생활은 끝까지 보호하죠. 둘 사이에 무슨 얘기가 오고갔는지는 아무도 알 수 없습니다. 그런 다음 "당신은 헤어져야 합니다"라는 소리가 희미하게 들려오더니 지나이다가 몸을 바로하고 손을 내밀자, 아버지가 코트 앞깃에서 채찍을 치켜들어 지나이다의 팔을 내리칩니다.

> 지나이다는 몸을 떨고는 말없이 나의 아버지를 바라보았다. 그리고 천천히 팔을 입술로 가져가 그 붉어진 상처에 입을 맞추었다. 아버지는 채찍을 옆으로 힘껏 던졌다. 그리고 바로 현관으로 달려가 집 안으로 들어가 버렸다……. 지나이다는 등을 돌렸다. 손을 내밀며 고개를 뒤로 젖히고 그녀도 창문에서 멀어졌다.
> 놀란 가슴에 불가해한 공포로 인해 나는 뒤로 돌아 내달렸다.

채찍으로 내리쳐 팔에 상처가 납니다. 피가 맺혔겠죠. 그 상처에 입을 맞춥니다. 이건 달콤한 첫사랑이 아니죠. 공포를 야기하는 장면입니다. 프로이트식으로 말하면, 원초적 장면(primal scene)에 해당할까요. 보통은 아이가 부모의 부부관계를 처음 목격했을 때 그 장면을 원초적 장면이라고 합니다. 아이에겐 충격적인 장면이라 알면 안 되는 장면으로 억압됩니다. 이게 프로이트가 말하는 원초적 장면인데 볼로쟈에게는 아버지와 지나이다의 이 장면이 원초적 장면에 해당합니다. 뭔가 자기가 봐서는 안 되는 장면을 보고 만 겁니다. 그래서 공포감으로 내달립니다.

어머니와 싸울 때 폭발하는 것을 몇 번 봤을 테니까, 아버지가 항상 냉정하지만은 않다는 것은 알지만, 아버지가 채찍으로 내리치는데도 지나이다가 아버지한테 화를 내거나 항의하기는커녕 오히려 자기 상처에 입을 맞추는 행동은 이해할 수가 없는 겁니다. 볼로쟈에게 지나이다는 숭배의 대상입니다. 아버지처럼 사랑의 관계에서 지배자의 위치에 서는 것을 볼로쟈로서는 상상할 수가 없죠. 하물며 채찍으로 때린다는 것은 볼로쟈로서는 도저히 엄두도 못 낼 일입니다. 그리고 집에 돌아오니 아버지가 먼저 돌아와 있습니다.

이것이 사랑인 것이군, 이것이 열정이야!

이것이 두 번째 깨달음입니다. 초반에 첫사랑에 대한 깨달음, 사랑의 감미로움에 황홀해 하면서 뜬눈으로 밤을 새울 때에 이어 볼로쟈는 다시 한 번 이런 것이 사랑이로구나 하는 깨달음을 얻습니다. 하지만 그에게 이런 열정은 아직 그저 기이하고 낯설고 두려운 감정일 뿐이죠. 그렇지만 사랑을 넘어서서 파괴적인 열정이라는 것도 가능하다는 것을 느끼게 됩니다. 그러면서 성숙해지는 것이죠.

부쩍 성숙해짐과 동시에 블라지미르는 자신이 아직 어린애에 불과하다는 것을 깨닫게 됩니다. 역설적으로 그만큼 성장했다는 얘기겠죠. 그러니까 첫사랑의 달콤함뿐만 아니라 파멸적인 열정에까지 눈을 뜨면서 비로소 소년이 어른이 되는 겁니다. 오이디푸스 콤플렉스가 해소되는 것인데, 일단 볼로쟈와 지나이다의 관계가 금지되고 볼로쟈는 현실 원칙을 수용합니다. 경쟁관계인 아버지에게 내가 상대가 안 된다는 현실을 받아들입니다. 그렇지 않으면 부친 살해로 가는 거죠. 이렇게 현실을 수용한 다음에는 아버지가 라이벌에서 전범으로 바뀝니다. 말하자면 내가 아버지처럼 되면 나중에 지나이다를 차지할 수 있다는 거죠. 이런 식으로 오이디푸스 콤플렉스를 넘어서는 것을 '승화'라고 합니다.

그런데 볼로쟈의 문제점은 아버지가 죽는다는 데 있습니다. 그러니 볼로쟈는 두 번째 단계, 즉 전범관계로 넘어갈 수가 없죠. 모델이 없으니까요. 게다가 아버지는 여자의 사랑을 두려워하라는 유언을 남깁니다. 완전히 금지하는 거죠. 그래서 블라지미르는 나중에 사십대가 돼서도 지나이다에 대한 사랑이 처음이자 마지막 사랑이 됩니다. 아버지의 자리에 갈 수가 없어요. 블라지미르가 지나이다와의 사랑을 경험할 수 있는 것은 아버지의 자리를 누군가 대신할 때만 가능합니다. 누군가 아버지의 역할을 대신할 때 사랑하는 것이 가능해요.

작가 투르게네프의 사랑도 비슷한 구도를 보여줍니다. 그의 평생의 연인이었던 오페라 가수 비아르도에게는 남편이 있었습니다. 이 경우에는 사랑이 가능합니다. 아버지의 자리에 아버지뻘 나이의 남자가 있어서 삼각구도가 유지될 수 있는 거죠.

도스토예프스키는 유부녀를 사랑했다가 그녀의 남편이 일찍 죽자 그녀와 결혼할 기회를 잡았는데, 투르게네프가 과연 그럴 수 있었을까요? 비아르도의 남편이 죽었다면 투르게네프가 그 자리를 대신 차지할 수 있었을까요? 아마 도망가지 않았을까요. 투르게네프의 사랑은 남편이 그 자리를 차지하고 있는 관계에서만 유지될 수 있는 사랑이에요. 투르게네프에게는 이런 관계가 고통스럽지 않았다는 거죠. 정말 비아르도를 사랑했다면 라이벌인 남편을 의식했을 텐데 그렇지 않았어요. 매우 안정적인 관계로 받아들였습니다. 저는 그런 사랑의 기원이 『첫사랑』에 그려져 있다고 생각합니다.

작품 속의 투르게네프

지나이다는 몰락한 공작 집안의 딸입니다. 아버지는 죽고 어머니는 공작부인이라기엔 천박하고 무식한 여자로 그려집니다. 반면 지나이다는 상당히 자존심이 강한 여자입니다. 투르게네프는 이런 타입의 여자들을 잘 그립니다. 『아샤』에서도 이복남매인데 여동생이 사생아로 그려집니다. 투르게네프에게도 사생아인 딸이 있었죠. 정상적인 사랑에 대한 두려움이랄까. 그런 심리를 잘 묘사합니다.

지나이다 또한 콧대가 높고 자존심 강한 여자지만 열악한 집안 처지를 잘 알고 있으면서 블라지미르 아버지와의 파멸적인, 자기 파괴적인 사랑에 빠지는 여성으로 등장합니다. 블라지미르가 이웃집에 이사 온 지나이다에게 가서 인사를 하면서 첫 대면을 합니다. 그때 지나이다가 자기는 구면이라고 얘기하면서 '무슈 볼데마르'라고 합니다. 자기 식으로 부름으로써 뭔가 특별한 관계로 만드는 거죠. 그러고는 처음 온 손님에게 실 감기를 시킵니다. 실패를 갖다놓고 실 뭉치를 들리죠. 여느 처녀들과 다르다는 것을 알 수 있습니다. 두 사람의 첫 대화 장면을 볼까요.

"어제 나에 대해 무슨 생각을 하셨나요, 무슈 볼데마르?"

그녀는 조금 기다렸다가 내게 물었다. "아마도 당신은 나를 비난했겠지요?"

"나는……. 아가씨……. 아무 생각도 하지 않았습니다……. 제가 감히 어떻게……?" 나는 당황하며 이렇게 대답했다.

"들어보세요." 그녀가 말했다. "당신은 나를 아직 알지 못해요. 나는 참으로 특이한 여자랍니다. 언제나 진실만을 말해주시기 바라요. 내가 듣기론, 당신은 열여섯 살이라는데, 나는 스물한 살이랍니다. 보시다시피 내가 당신보다 훨씬 위지요. 그러니 당신은 내게 언제나 진실만을 말해야 해요……."

첫 대면부터 제압하려는 지나이다입니다. 내가 다섯 살이나 많고 너는 어린애니까 항상 진실만을 말해야 한다고 분위기를 잡아요. 그러고는 "내가 마음에 들어요?" 하고 묻습니다. 그리고 자신을 지나이다 알렉산드로브나라고 부르라고 말합니다. 애칭으로 만만하게 부르지 말라는 거죠. 나는 볼데마르라고 부를 수 있지만 너는 나를 만만하게 부르면 안 된다는 거예요. 그리고 나중엔 실 뭉치를 똑바로 들지 못한다고 손을 탁 치기도 합니다. 이런 게 바로 투르게네프식입니다. 일일이 설명하기보다 대사나 묘사를 통해 보여주는 방식이죠. 그 전에 아버지와 지나이다가 스쳐가는 장면에 대한 묘사에서도 마찬가지입니다.

아버지는 멈춰 섰다가 뒤꿈치로 크게 몸을 돌리더니 왔던 길로 다시 돌아갔다. 지나이다와 나란히 선 아버지는 예의 바르게 그녀에게 인사를 했다. 그녀도 아버지에게 인사를 했다. 그녀의 얼굴에 당혹스러운 표정이 비쳤고 그녀는 책을 든 손을 내렸다.

블라지미르를 다룰 때의 지나이다와 비교하면 뭔가 암시를 느낄 수 있는 부분이죠. 누군가를 앞에 두고 좀처럼 당황해하는 법이 없는 지나이다가 블라지미르의 아버지 앞에서는 무척 당혹스러워합니다. 그리고 '나'는 그녀의 시선이 아버지의 뒤를 쫓는 것을 봅니다. 지나이다도 아버지를 오랫동안 보고 있고, 자기가 보기에도 아버지가 무척 멋있습니다. 하지만 지나이다가 어떻게 봤을지에 대해서는 생각을 못하죠. 둘의 관계가 어떻게 발전해나갈지에 대해서는 전혀 눈치를 못 챕니다. 마지막 장면에 가서야, 지나이다가 아버지에게 채찍으로 맞는 모습을 보고서야 비로소 뭔가를 알게 되고 조금 성숙해지는 거죠. 자신이 그동안 어린애였다는 것을 알게 됩니다.

에필로그에서 훗날 지나이다를 다시 찾아가지만 결혼했다가 출산 중에 죽었다는 소식을 접해요. 운명의 장난처럼 주소를 알고도 두어 주쯤 지체하다 찾았더니 바로 며칠 전에 죽었다는 이야기를 듣게 되죠. 그때 특이하게도 이런 상상을 합니다.

나는 이렇게 생각하며 좁은 상자 안 습한 지하의 어둠 속에 놓인 그 귀한 모습, 그 눈동자, 그 고수머리를 상상했다.

흥미로운 부분인데 보통은 그렇게까지 생각하지 않죠. 그녀가 죽었다고 얘기했을 때, 그녀가 무덤 속, 관 속에 누워 있을 것이라고 떠올리지는 않죠. 아주 그로테스크합니다. 투르게네프에게 이런 면이 있습니다. 어떤 세계관인가요? 허무주의적 숙명론입니다.

　　내 마음속에서 이 시가 울렸다. 아, 청춘이여! 청춘! 네게는 아무것도 상관없겠지. 너는 우주의 모든 보물을 가진 것 같겠지. 슬픔조차도 너를 기쁘게 하지. 네겐 비애조차도 어울려. 너는 자신만만하고 불손하지. 너는 '나는 혼자 살아간다, 보아라!'라고 말할 테지. 바로 그날로 흔적도 없이, 계산도 없이 모든 것이 지나가고 사라지게 될 것이다.

청춘은 아주 자신만만하게 얘기합니다. 그런데 이게 다 사라져버리고 만다는 것, 이것이 투르게네프의 염세적인 세계관입니다. 사십대에 돌아보니 청년 시절, 열여섯 살 때 첫사랑의 감정을 처음 느끼던 그 밤이 아직 기억에 생생하지만 이미 다 지나가버린 시간입니다. 그런 감상에 덧붙여 투르게네프는 또 다른 임종 장면을 이어 붙입니다.

　　지나이다의 죽음을 알게 된 며칠 뒤, 나는 거부할 수 없는 이끌림에 이웃에 살았던 가여운 한 노파의 죽음을 지켜보게 되었던 기억이 난다.

이웃에 살았던 한 노파의 죽음을 가서 봅니다. 평생 고생만 하면서, 기쁨도 알지 못하고, 행복의 단맛도 보지 못했을 텐데 죽음 앞에 이르러 몸시 두려워하고 고통스러워합니다. 그러면서 신이여, 제 죄를 사하소서라고 계속 속삭이면서 죽어갑니다. 이 가난한 노파의 추한 모습에서 지나이다를 떠올리며 두려웠던 기억이 났다고 술회하죠.

지나이다의 죽음을 추측한 거죠. 노파의 죽음을 통해서, 노파의 죽음을 애도하는 게 목적이 아니라, 그 죽음의 장면을 통해서 지나이다의 죽음을 한 번 더 목격하고 경험해보고자 합니다. 그러고는 "나는 그녀를 위해, 아버지를 위해 그리고 나 자신을 위해 기도하고 싶어졌다"고 말하는 것으로 작품은 끝이 납니다. 투르게네프가 작품 끝에 '나'라는 단어를 배치함으로써 이 작품에 자신의 인장을 찍습니다. 이 작품은 투르게네프가 남긴 전체 작품을 통틀어서 자전적인 내용을 가장 많이 포함하고 있습니다. 어떻게든 문학적으로 형상화해야 하는 내적인 요구가 있었던 거죠. 그로서는 쓰지 않을 수 없었던 작품이었달까요.

투르게네프의 『아버지와 아들』 읽기

이어서 『아버지와 아들』을 읽어볼까요?

『아버지와 아들』은 투르게네프가 1862년에 발표한 작품으로 '아버지와 아들'이라고 번역됐지만 사실 원제는 복수형으로, '아버지들과 아들들'입니다. 한 가족의 부자 이야기를 다룬 게 아니라, 세대 문제를 다룬 작품이죠. 작품 속에서 대표적인 아버지 세대는 키르사노프 형제인데, 파벨과 동생 니콜라이가 그들이죠. 그리고 아들 세대로는 니콜라이의 아들

아르카디와 그의 친구 바자로프가 등장합니다. 아르카디가 친구인 바자로프를 데리고 아버지의 농장으로 돌아오면서 이야기가 시작되죠.

'아버지들과 아들들'의 세계관 대립

농장은 젊은 친구들의 등장으로 자못 활기를 띠지만 곧 묘한 대립 상황이 벌어집니다. 아버지 세대인 니콜라이와 그의 형 파벨 그리고 자식 세대인 아르카디와 그의 친구 바자로프 간의 대립이죠. 특히 아르카디의 큰아버지인 파벨과 바자로프의 대립이 날카롭게 이어집니다. 바자로프는 구세대이자 귀족적 낭만주의에 젖은 아버지 세대를 시대에 뒤떨어진 낡은 세대라고 비난하고, 파벨은 바자로프를 오만하고 뻔뻔스러운 냉소주의자이자 천한 놈이라고 경멸합니다. 대립은 점점 깊어져 나중엔 두 사람이 결투를 벌이게 될 정도였죠. 결국 파벨이 부상을 입고 맙니다. 하지만 돈키호테 같은 인물이었던 바자로프도 오딘초바라는 미망인을 만나면서 햄릿 같은 인물로 변합니다. 그렇지만 사랑을 얻지는 못하죠. 사랑을 얻은 쪽은 아르카디입니다. 그녀의 여동생과 결혼하거든요. 반면 낙심한 바자로프는 고향으로 돌아가 아버지의 일을 돕다가 티푸스에 걸려 죽습니다.

파벨과 바자로프는 결투까지 하지만 둘 다 극단주의자이고 둘 다 결혼을 하지 않았습니다. 반면 니콜라이와 아르카디 부자는 나란히 결혼에 성공하죠. 그러면서 삶과 화해합니다. 결국 이 작품은 파벨과 바자로프 대 니콜라이 부자의 대립으로 변합니다. 그러니까 이 작품은 양면적 대립구도, 즉 이중적 대립구도를 갖는 셈입니다. 세대 간 대립과 세계관의 대립 이랄까요. 정작 더 중요한 대립은 후자 쪽의 대립이 아닌가 싶은데 작품

발표 당시에는 제목 그대로 세대 간의 대립만 강조되었죠. 지금 와서 보면 투르게네프의 염세적 세계관을 고려할 때 그가 작품 이면에서 더 강조하고자 한 대립은 후자의 대립이 아닌가 하는 생각이 들기도 합니다. 실제로 작품 속 대립구도도 전자에서 후자로 이행해가거든요. 바자로프의 성격도 변하고 말이죠.

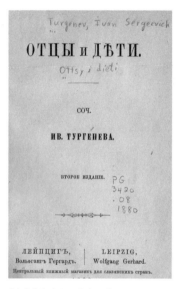

『아버지와 아들』 2쇄 속표지(1880)

작품 초반에 바자로프는 파벨을 경멸합니다. 파벨이 전설적인 연애담의 주인공이라는 사실을 알게 되면서죠. 한번 치명적 사랑을 경험한 뒤 다시는 사랑에 빠지지 못하는 낭만적 인물인 파벨에 대해 바자로프는, 여자의 사랑이라는 카드에 평생을 건 사람이 그 카드를 잃어버리자 맥이 빠져서 아무것도 할 수 없다면 그 사람은 남자가 아니라 수컷이라며 경멸조로 얘기하죠. 연애감정 때문에 인생을 망친 것을 조롱한 것인데 나중에는 바자로프 자신이 오딘초바에게 푹 빠져서 그야말로 수컷이 돼버립니다. 차이가 사라진 것이죠. 결국 니콜라이와 아르카디는 결혼을 통해 새로운 삶을 찾는 반면 파벨과 바자로프는 고립 또는 파국을 맞게 되니 다른 곳에서 차이가 발생한 셈이랄까요.

『아버지와 아들』 삽화(코발레프스키, 1898) _
아이들은 바자로프와 친해져서 해부용 개구리 잡기를 돕기도 한다.

누구를 위한 문학인가

투르게네프가 시골 의사를 모델로 이 작품을 썼다고 알려져 있습니다. 사실은 당시 아버지 세대에 속했던 투르게네프가 다음 세대인 아들 세대에 속하는 인물, 즉 바자로프를 등장시켜 그 세대를 이해해보려고 쓴 작품이라고 할 수 있습니다. 파벨의 대사 중에 이런 게 있습니다. "전엔 헤겔주의자들이 있었는데 이젠 니힐리스트란 말이지."

1840년대를 주름잡았던 철학자가 바로 헤겔입니다. 러시아 문학에서는 헤겔이나 셸링 같은 독일 철학자들이 상당히 큰 영향을 끼치는데, 평론가 벨린스키가 대표적 헤겔주의자였어요. 벨린스키가 강조했던 것 중 하나는 리얼리즘이고 나머지 하나는 민중성이었습니다. 말하자면 낭만주의의 대표적 장르인 서정시의 시대는 끝났고, 리얼리즘 산문소설의 시대가 도래했다는 거죠. 그리고 벨린스키는 누구를 위한 문학인가, 즉 귀족계급(지배계급)을 위한 문학인가, 아니면 억압받는 민중을 위한 문학인가라는 물음을 제기하면서 민중을 위한 문학을 해야 한다고 주장했어요. 벨린스키의 이 두 가지 명제를 자기의 문학에 전적으로 수용한 작가가 바로 투르게네프입니다. 리얼리즘에 입각한 산문소설을 썼고, 민중성을 구현하고자 합니다. 물론 민중이 주인공이 돼야 한다는 건 아니었지만 러시아 사회의 전체적인 변혁을 위해서 중간계급에 해당하는 지식인들이 어떻게 해야 하는지 그 전망을 모색해보려고 했어요.

실제로 『아버지와 아들』의 중심에는 두 계급 간의 갈등이 자리합니다. 귀족 출신의 이상적 자유주의자와 잡계급 출신의 혁명적 민주주의자. 파벨로 대표되는 계급이 귀족주의적 자유주의자라면 바자로프는 잡계급에 속하죠. 의사, 상인, 사제 등이 잡계급에 해당한다고 말씀드렸죠? 바자로프의 아버지가 군의관이었어요. 바자로프와 아르카디 두 친구 간에도 신분 차이는 사라지지 않습니다. 막역하게 지내지만 결국 헤어질 때 바자로프는 "자네는 귀족 도련님이잖아"라고 말합니다. 신분상의 엄연한 차이를 부정할 수 없는 것이죠.

작품에서 바자로프는 처음 등장할 때부터 상당히 오만하고 버릇없어 보입니다. 인사성도 없고, 파벨이 얘기하는데 옆에서 하품을 하는 등 말 그대로 막돼먹은 놈처럼 등장하죠. 그런가 하면 파벨식 귀족주의는 한껏 희화화됩니다. 바로 바자로프가 냉소적으로 조롱하는 모습으로 그려지는 거죠.

이 두 사람의 갈등이 작품 초반부에 중요한 대립구도를 만드는데 여기서 아주 유명한 장면이 나옵니다. 바로 바자로프가 니힐리스트로 소개되는 장면이죠. 파벨이 "그런데 도대체 바자로프는 뭐 하는 사람이냐?" 하고 바자로프에 대해 묻자 아르카디가 "그는 니힐리스트예요" 하고 대답합니다. "뭐라고?" "그는 니힐리스트입니다." 아르카디가 재차 얘기합니다. 그러자 니콜라이가 "니힐리스트라고? 내가 알기로 그건 라틴어 '니힐(nihil)', 즉 '무(無)'에서 나온 말인데. 그러면 그 단어는…… 아무것도 인정하지 않는 사람을 의미하는 것 아니냐?" 하고 묻자 이번엔 파벨이 "아무것도 존경하지 않는 사람이라고 말해" 하고 말합니다. 그리고 아르카디가 "모든 것을 비판적 관점에서 보는 사람입니다" 하고 말하죠. 그러니까 세 사람의 입을 통해 니힐리스트에 대한 세 가지 정의가 나온 셈입니다.

니힐리스트라는 말이 당시에는 아주 생소했다는 것을 알 수 있습니다. 이 작품에서 등장한 뒤로 유행어가 되었죠. 1860년대 러시아의 인텔리겐치아, 그러니까 젊은 지식인들은 스스로 니힐리스트라고 부르지 않았어요. 투르게네프가 이 작품을 통해 처음으로 이들을 니힐리스트라고 부른 셈이죠. 그런데 이 말이 보통 허무주의자로 번역되기도 하는데 여기에는 좀 어폐가 있습니다. 원래 니힐리스트는 상당히 과격한 사람들입니다. 세상의 모든 권위를 부정하죠. 그러니까 여기서의 부정은 파괴적인 부정을 뜻합니다. 인생이 허무하다는 의미와 허무주의는 좀 다를 수밖에 없습니다. 그래서 19세기 후반 니힐리스트라는 말은 테러리스트와 거의 동의어였습니다.

러시아의 경우 나중에 나로드니키(인민주의자)가 등장해 1881년에는 황제 알렉산드르 2세를 암살하기도 하죠. 그러면서 러시아 정국이 경색되면서 반동적인 국면으로 넘어가게 됩니다. 1861년에 농노해방이 된 뒤 개혁에 대한 요구가 점점 커지게 되는데 황제 암살 사건은 그 상황을 지나

〈알렉산드르 2세의 초상〉(콘스탄틴 마코프스키, 1881)

치게 앞지른 것이었죠. 체제는 그에 대한 대응으로 매우 억압적으로 변하게 됩니다. 변화의 흐름을 억누른 거죠. 결국 점진적 개혁은 지체되고 그 결과로 러시아 혁명까지 이어지게 됩니다.

사회 변화에는 두 가지 모델이 있습니다. 아래로부터의 변화 요구를 위

에서 수용해 점진적으로 개혁해나가는 것이 그 하나입니다. 이 경우 혼란을 줄여가면서 변화를 이루어나갈 수 있죠. 그런데 그걸 누르게 되면, 한동안은 억압이 되지만 결국에는 터지게 됩니다. 또 하나의 모델인 급격한 변화가 이루어지는 것이죠. 프랑스 혁명 모델이 바로 이 경우입니다. 러시아는 그 모델을 따릅니다. 황제 암살 사건이 계기가 된 것이죠.

러시아 역사에서는 운명처럼 항상 그런 일이 벌어졌어요. 처음에는 1825년의 데카브리스트 봉기, 푸슈킨 강의에서 말씀드렸듯이, 황제 즉위식 때 장교들이 봉기를 일으켰다가 실패한 사건이죠. 이 때문에 점진적인 개혁으로 나아가려다 오히려 상당히 억압적인 체제를 부르게 되었죠. 역시 황제 암살 사건 때문에 점진적 변화의 노선을 취하려던 러시아 사회가 거꾸로 아주 반동적인 체제로 바뀌게 됩니다. 그 이후 1905년 1차 혁명, 1917년 러시아 혁명이 이어지죠. 니힐리즘은 이러한 혁명에 일조하게 됩니다.

도스토예프스키의 『악령』을 낳은 소설

이 작품에서 거론하는 니힐리스트는 초기 니힐리스트에 해당합니다. 1860년대 초반이기 때문에 일찍 등장한 니힐리즘이죠. 하지만 1870년대가 되면 분위기가 달라집니다. 그 달라진 분위기를 보여주는 게 도스토예프스키의 『악령』이에요. 『악령』은 투르게네프의 영향을 받아 쓰인 작품입니다. 작가 투르게네프를 모델로 한 인물이 등장하기도 하죠. 희화화되고 조롱받는 인물로 그려집니다. 투르게네프와 도스토예프스키의 사이가 그다지 좋지 않았기 때문입니다. 도스토예프스키가 투르게네프의 작품 중에서 그래도 인정해준 것이 바로 『아버지와 아들』이었어요.

흥미로운 건『악령』도 똑같이 세대 문제를 다루고 있다는 것입니다. 그런데 도스토예프스키는 생각이 좀 달랐어요. 아버지와 아들 두 세대가 대립되는 것이 아니라 연속적이라고 생각했죠. 그래서『악령』에도 스테판 베르호벤스키와 그의 아들 표트르가 등장하는데, 표트르는 테러리스트로서 급진적 혁명분자입니다. 정치적 비밀결사 내부에서 배신자가 발견되자 암살합니다. 그런가 하면 스테판이 정신적 아들로 키우는 인물이 스타브로긴이죠. 도스토예프스키의 생각은 스타브로긴과 표트르 같은 괴물을 낳은 게 아버지 스테판, 즉 1840년대 세대라는 겁니다. 투르게네프와는 정반대죠. 투르게네프는 이 두 세대가 대립된다고 봤어요. 서로 조롱하고 냉소하며 불화관계에 놓이는데, 도스토예프스키는 두 세대가 연속적이라고 본 거죠.

『아버지와 아들』에서 아르카디는 미망인인 오딘초바의 동생 카챠와 서로 사랑하게 됩니다. 처음에는 아르카디나 바자로프 모두 오딘초바에게 매력을 느낍니다. 하지만 아르카디는 오딘초바가 자신이 감당할 수 있는 여자가 아니라는 생각에 그녀의 동생 카챠한테 접근해 둘이 사랑에 빠지고 마침내 결혼하게 되죠. 가정이라는 보금자리를 만들려고 하는데, 이게 바로 바자로프가 경멸해 마지않은 것이었죠.

한편 아르카디의 아버지 니콜라이는 페니치카라는 농민 처녀를 데려다 보살피다가 아이까지 낳고 역시 결혼하게 됩니다. 아버지와 아들이 같은 날 결혼하죠. 그럼으로써 부자가 세대적인 연속성을 보여주는 겁니다. 하지만 이는 바자로프가 경멸한 결혼이라는 세계로 넘어가는 것이어서 아르카디와 바자로프는 결별하게 됩니다. 아르카디의 선택과 결정은 니힐리즘과의 결별이기도 하죠.

파멸적인 사랑에 맞서는 법

이 작품에서 아들 세대의 주된 공격 대상은 예술과 자연, 그리고 감정과 사랑 등입니다. 주로 바자로프가 맹공격을 하죠. 푸슈킨의 시를 좋아하는 니콜라이의 책상에 아들 아르카디는 푸슈킨의 시집 대신 『물질과 힘』 같은 책을 갖다놓습니다. 바자로프주의라는 게 그런 거예요. 유물론적 과학주의랄까요. 그래서 실제적인 것에만 관심을 둡니다. 전통적인 도덕이라든가 예술 같은 것에는 관심이 없죠. 자연도 마찬가집니다. 자연을 예찬하는 것이 유치하다고 생각해요. 자연은 그저 실험 대상이고 작업장일 뿐이니까요.

또 다른 공격 대상은 사랑이라는 감정입니다. 그래서 파벨을 조롱하는데 정작 바자로프 자신이 예기치 않은 사랑에 빠지게 됩니다. 이건 설명이 안 되죠. 투르게네프 자신이 경험한 거잖아요. 오페라 여가수 비아르도와의 사랑. 운명적이고 치명적인 사랑이었죠. 바자로프가 오딘초바에게 빠진 것도 비슷한 상황입니다. 운명적이고 치명적인 사랑이에요. 하지만 바자로프는 자기 안에 이런 감정이 싹트는 것을 매우 불쾌하게 생각합니다. 그래서 오딘초바에게 유감스러워하면서 고백을 해요. 당신을 아주 열렬히 사랑한다고. 그러고는 자신이 화가 나서 뛰쳐나갑니다. 자기가 생각해도 말이 안 되는 거죠. 그렇게 당당하던 돈키호테적 인물이 햄릿 같은 인물이 되어서는 자신이 얼마나 하찮은 존재인지 고민합니다. 그러고는 티푸스 환자를 치료하다가 일부러 부주의하게 대처하는 바람에 자살과도 같은 죽음을 맞게 되죠.

오딘초바라는 이름의 '오딘'은 '하나'라는 뜻입니다. 이름만 봐도 혼자 살 여자죠. 나중에 결혼하는 걸로 돼 있지만, 바자로프의 열정적 구애에 비록 마음이 약간 흔들리기는 했지만 빠져들지 않습니다. 둘이 된다는 것 자체가 그녀에게는 불확실하고 불안정한 삶을 의미하죠. 그래서 응하지 않습니다. 잠시 흔들리면서 감미로운 즐거움을 맛보면서도 끌리지는 않아요. 그게 오딘초바입니다. 그런데 중요한 것은 바자로프가 그걸 다 알고 있다는 거예요. 오딘초바가 어떤 여자인지 다 알고 있는 겁니다. "사랑하고 싶어하지만 사랑에 빠지지 않는 게 당신의 불행입니다"라고 말하거든요. 말하자면 바자로프의 분석적 이성은 다 알고 있는 겁니다. 그런데 자신의 감정이 통제되지 않는 거예요. 이성적으로는 사랑이라는 감정을 부정하면서도 감정은 통제할 수 없는 거죠. 이게 바로 투르게네프적인 비관주의, 염세주의입니다. 투르게네프의 진보적 정치의식을 고려하면 상당히 기이한 부분이기도 합니다. 기묘한 결합이라고 해야 할까요.

파벨의 사랑과 마찬가지로 바자로프의 사랑도 파멸적인 사랑이고 치명적인 사랑이죠. 그런 점에서 공통적이라고 생각합니다. 바자로프가 티푸스에 걸려 죽음을 앞두고 있을 때 오딘초바가 바자로프를 찾아옵니다. 바자로프의 부모가 오딘초바에게 사람을 보내 부탁했죠. 그 대목이 감동적인데, 바자로프가 이렇게 말합니다. "마치 황제 같군요. 황제도 죽어가는 사람을 방문한다잖아요." 오딘초바는 "바라건대 속히 쾌유하세요"라고 말하죠. 하지만 바자로프는 자신도 의사라서 이미 다 알고 있습니다. 가망이 없다는 것을 말이죠. 그는 말합니다.

아아, 안나 세르게예브나, 솔직하게 말합시다. 저는 이제 마지막입니다. 바퀴 밑에 깔렸어요. 그러니 미래에 대해 생각할 필요도 없지요. 죽음은 오래된 농담이지만 누구에게나 새롭지요. 아직 두렵지는 않지만…… 이제 의식을 잃게 되면 모든 게 끝입니다!

실제로 오딘초바와 대화를 마친 뒤 바자로프는 곧 의식을 잃고 죽게 됩니다. 마지막으로 이런 말을 남기죠. "저는 당신을 사랑했습니다! 이것은 전에도 아무런 의미가 없었지만 지금은 더욱 그러합니다." 과거형으로 말합니다. 바자로프는 유물론자죠. 죽으면 끝이라는 이야기입니다. 사랑은 형태를 갖고 있다는 게 바자로프의 주장입니다. 그 형태가 무너지고 있는 거죠. 그러니까 사랑이라는 감정도 자기라는 유기체 안에 있는 것인데 육체가 티푸스라는 병으로 죽어가고 있기 때문에 사랑이라는 감정 또한 스러지고 있다는 것이죠. 사랑도 유한한 것이어서 육체의 죽음과 함께 소멸한다는 것이 바자로프의 생각입니다. 당신을 사랑했다, 그런데 사랑이라는 것은 육체를 갖고 있고 그 육체가 지금 소멸하고 있으므로 당신에 대한 사랑 또한 지금 소멸해가고 있다, 당신은 그걸 지금 보고 있는 것이다. 멋진 복수 아닌가요? 자멸적이기는 하지만 말이죠. 바자로프의 이야기가 이어집니다.

당신은 정말로 젊고, 생기 넘치고, 깨끗하군요……. 그런데 이렇게 누추한 방에 있다니! 그럼, 부디 안녕히! 오래오래 사세요, 그게 무엇보다 좋은 일입니다. 그리고 시간이 있을 때 인생을 즐기세요. 날 봐요, 얼마나 추한 꼴입니까. 반쯤 짓밟힌 버러지가 여전히 꿈틀거리고 있어요. 이 꼴을 하고 죽어가면서도 '나는 많은 일을 할 거야. 죽지 않을 거야, 내가 왜 죽어! 난 거인이고 할 일이 있는데!' 하고 생각했어요.

바자로프가 자존심을 드러내는 대사죠. 나는 거인인데 왜 죽어야 하나. 그런데 실제로는 죽어가고 있어요. 이 거인의 과업은 어떻게 하면 의연하게 죽을 수 있을까. 이것뿐입니다. 이 작품 결말 부분에서 바자로프는 주인공답게, 영웅답게 죽습니다. 거인으로서 러시아 사회에서 할 일이 아주 많을 것 같은데, 지금은 딱 하나 남았어요. 그냥 의연하게 죽는 것. 그냥 당당하게 죽음을 맞이하는 것, 실제로 바자로프는 그렇게 죽습니다.

당신은 나를 잊을 겁니다. 죽은 사람은 산 사람의 친구가 될 수 없으니까요.

당연한 말이죠. 그러면서 자신의 부모에 대한 당부를 해요. 바자로프의 부모는 그를 정말 끔찍이 사랑합니다. 외아들이니 더 그랬겠죠. 그런데 바자로프는 그런 부모에게 일부러 냉담하게 대해요. 하지만 죽기 직전 바자로프는 자기 안에 부모에 대한 사랑이 있음을 인정합니다. 부모를 잘 이해해달라고, 잘 위로해달라고 오딘초바에게 당부하고 죽습니다.

러시아에는 내가 필요합니다…… 아니, 필요 없는 것 같아요. 그럼 누가 필요하죠? 제화공이 필요해, 재봉사가 필요해, 고기장수가…… 고기를 팔고 있어…… 고기장수가…….

마지막 말을 남기고는 혼수상태에 빠진 뒤 사망합니다. 유물론자 바자로프의 모순이에요. 러시아에는 실제적인 일을 하는 제화공이나 푸주한 같은 사람들이 필요하다고 생각하지만 정작 자신은 지나치게 관념적 인물입니다. 실제적 필요에 복무하는 인물이 될 수 없었죠. 너무 일찍 온 니힐리스트였어요. 그리고 혼자였고. 그렇게 바자로프는 죽어갑니다.

푸슈킨과 투르게네프의 '무심한 자연'

에필로그는 일종의 후일담인데, 니콜라이와 아르카디 부자는 결혼하고 파벨은 떠납니다. 그러니 소설 공간에 남는 것은 니콜라이와 아르카디 부자 그리고 아들을 잃은 바자로프의 노부모뿐이죠. 니콜라이와 아르카디의 경우는 연속적이에요. 아버지에서 아들로 쭉 이어집니다. 하지만 바자로프의 부모는 외아들이 죽었으니 끝이죠. 노부부가 죽은 다음에는 지상에 아무것도 남지 않을 테니까요. 그 차이가 대비돼요. 제가 보기에는 세대 간의 대립보다 이 대립이 더 강렬해보입니다. 연속적인 것과 불연속적인 것 사이의 대립. 작품은 바자로프의 노부모가 아들의 무덤에 찾아와 슬피 우는 장면으로 끝납니다.

정말로 그들의 기도, 그들의 눈물은 헛된 것일까? 정말로 사랑, 그 성스럽고 헌신적인 사랑이 무기력한 것일까? 오, 아니다! 죄 많은 반역의 심장이 그 무덤 속에 숨어 있을지라도 무덤 위에 자란 꽃들은 순진무구한 눈으로 평온하게 우리를 바라보고 있다. 이 꽃들은 우리에게 영원한 안식이나 '무심한 자연'의 위대한 평온만을 말해주는 것은 아니다. 그것들은 영원한 화해와 무궁한 생명에 대해서도 말하고 있다…….

결말은 갈등이 아니라 영원한 화해에 대해서 얘기하고 있습니다. '무심한 자연'에 따옴표를 친 이유는 인용이기 때문입니다. 원문에는 이탤릭체로 돼 있죠. 푸슈킨의 시에서 인용한 것입니다. 푸슈킨이 1829년에 쓴 「내가 소란한 거리를 따라 배회하거나……」라는 시입니다. 푸슈킨이 결혼하기 전인 서른 살 때 쓴 시죠.

『사냥꾼의 수기』의 배경이 된 오룔 주 투르게네프 가문의 영지

내가 소란한 거리를 따라 배회하거나,
사람들로 붐비는 사원에 들어갈 때나,
분별없는 젊은이들 틈에 앉아 있을 때,
나는 나의 공상들에 빠져든다.

나는 말한다: 세월이 흐르고,
여기 모인 우리가 몇 명이든 간에
우리는 모두 영원한 안식처로 갈 것이고

누군가는 벌써 때가 가까워졌다고.

외로이 서 있는 참나무를 볼 때마다
나는 생각한다: 이 숲의 족장은
내 망각의 세기도 살아가리라고,
조상들의 세기를 살아왔듯이.

사랑스러운 아기를 어루만질 때
나는 벌써 생각한다: 잘 있거라!
너에게 내가 자리를 내어주마
나는 썩고 너는 꽃피어야 할 시간이다.

하루하루, 한 해 한 해를
나는 생각에 잠겨 보내는 데 익숙하다.
장래의 기일(忌日)이 그 가운데
언제일까를 점쳐보려 하면서.

어디에서 운명은 나에게 죽음을 보낼까?
싸움터일까, 방랑길일까, 바다에서일까?
아니면 가까운 골짜기가
내 차가운 시신을 거두어줄까?

비록 감각이 없는 육신에게는

어디서 썩든지 마찬가지지만,

그래도 사랑하는 나라 가까이에서

나는 잠들고 싶어라.

무덤 입구에서

젊은 생명이 뛰놀게 하고,

무심한 자연이

영원한 아름다움으로 빛나게 하라.

　여기서 '무심한 자연'이 나온 겁니다. 푸슈킨에서 투르게네프까지 이어지는 연결점이죠. 은밀한 계보인데, 키워드는 자연의 무심함이에요. 달리 말하면 『이기적 유전자』를 쓴 리처드 도킨스를 따라 '무심한 DNA'라고 할 수 있겠죠. '이기적 유전자'란 말은 오해의 소지가 있으니까 무심하다고 하는 게 낫겠습니다. DNA는 그냥 불멸의 연속체잖아요. 자식한테 부모의 유전자가 내려가는 거니까요. 아버지 세대에서 자식 세대로 이어져 가는 것, 그런 무심한 DNA야말로 니힐리즘이죠. 그 자연사적 과정이 아무런 목적도 없이, 그냥 세대에서 세대로 죽 이어져가는 거예요. 할아버지에서 아버지 세대로, 다시 손자 세대로.

　그런 관점에서 보면 이 작품에는 두 가지 니힐리즘이 등장해요. 하나는 바자로프가 갖고 있는 이념적 니힐리즘입니다. 모든 권위나 가치에 대해 부정하는 니힐리즘이죠. 하지만 그보다 훨씬 강력한 니힐리즘이 또 있죠. 니콜라이와 아르카디 부자의 연속성. 이념이나 사상을 넘어서는 더 견고하고 더 질긴 연속성이 있습니다. 말하자면 자연사적 니힐리즘이에

러시아의 작가들(1856) _
왼쪽부터 곤차로프, 투르게네프, 톨스토이, 그리고로비치, 드류지닌, 오스트로프스키

요. 결말만 보면 이념적 니힐리즘이 자연사적 니힐리즘에 패배한다고 할
까요.

투르게네프의 비관적 염세주의

바자로프는 거인이에요. 따라서 그는 인간의 그러한 운명, 즉 니
체 식으로 얘기하면 자연사적 리얼리즘의 다리에 지나지 않은 운명, 인간
이 갖는 바로 그 자연사적 운명에 저항합니다. 하지만 그 저항은 그저 의
연하게 죽음을 맞는 것, 그 정도에서 끝나고 말아요. 인간의 운명은 꿈쩍
도 하지 않습니다. 이게 허무주의죠. 아주 굳건한 허무주의인데 한국 사
람들에게는 매우 친숙하기 때문에 굳이 강조하지 않아도 될 것 같습니

다. 한국인의 사고방식 가장 밑바탕에 흐르는 게 바로 허무주의거든요. '인생 뭐 있어'주의랄까요. 먹는 게 남는 거야, 다 먹자고 하는 거지 하는 식이죠. 정치적으로 진보니 보수니 하지만 대개는 다 껍데기라고 생각해요. 그냥 자기 지방 사람이 나오면 찍잖아요. 그게 허무주의예요. 정치적 허무주의죠. 그런데 서구 사람들에게는 그런 세계관 자체가 충격적입니다. 다위니즘이 던진 충격이죠. 그냥 생명의 연속일 뿐이라는 것. 투르게네프에게서도 그런 세계관을 찾아볼 수 있습니다. 뭔가 세상을 바꿔보려는 모든 인간적인 노력, 의식적이고 이성적인 노력이 있지만 결국엔 다 패배하고 말잖아요. 한 개체로서의 삶은 유한한 운명 앞에서 허무하게 무너집니다. 그게 투르게네프의 비관적 염세주의라 할 수 있습니다. 다만 투르게네프가 최선을 다해서 그리고자 했던 것은 그와 같은 근본적 허무주의 앞에서 의연하게 죽음을 맞는 것, 그 정도가 최대치가 아니었나 싶습니다.

오늘 강의는 여기까지입니다.

러시아적 수난과
구원의 변증법

**도스토예프스키의 『죄와 벌』,
『카라마조프가의 형제들』 읽기**

젠장, 도대체 뭐가 뭔지 알게 뭐람, 정말! 이성에겐
치욕으로 여겨지는 것이 마음에겐 완전히 아름다움
이니 말이다. (……) 이 비밀을 너는 알고 있었니? 정
말 무서운 건 말이지, 아름다움이란 비단 섬뜩한 것
일 뿐만 아니라 신비스러운 것이기도 하다는 사실이
야. 그러니까 악마와 신이 싸우는데 그 전쟁터가 바
로 사람들의 마음속인 거지.

『카라마조프가의 형제들』 가운데서

도스토예프스키에 대해서

오늘은 도스토예프스키 이야기를 하겠습니다.

도스토예프스키는 워낙 유명한 작가이고 톨스토이와 함께 러시아 문학의 간판스타죠.『톨스토이냐, 도스토예프스키냐』라는 제목의 연구서도 있지만, 말 그대로 러시아 문학은 두 작가에 의해서 양분될 수 있습니다. 더 확장하면 문학, 그중에서도 소설의 세계를 두 작가가 양분한다고 해도 지나친 말이 아닙니다. 두 작가를 비교한 연구서도 많은데, 상당히 대조됩니다. 상식적으로 도스토예프스키 소설은 비극, 톨스토이 소설은 서사시에 견주기도 합니다. 도스토예프스키 작품은 그만큼 드라마틱한 데다 비극이라는 장르와 친연성이 있습니다. 톨스토이 작품을 서사시라고 하는 이유는『전쟁과 평화』같은 작품 때문인데 서사시라는 이름값을 할 만큼 방대한 스케일의 서사를 담고 있죠. 이와 달리 도스토예프스키 소설의 중요한 특징 하나는 시간이 대단히 압축돼 있다는 것입니다.『카라마조프가의 형제들』은 방대한 분량임에도 주요 사건은 3일 동안 벌어진 것입니다.『죄와 벌』은 일주일 정도고요. 어떤 비평가는 작품 속에서 일어난 사건들이 물리적 시간 안에 다 들어가지 않는다고 불평하기도 합니다.

〈도스토예프스키의 초상화〉(바실리 페로프, 1872)

도스토예프스키는 다른 세계에 속한다

루카치의 유명한 소설 이론서인 『소설의 이론』이 사실은 도스토
예프스키론의 서론 격으로 쓰인 것이었습니다. 도스토예프스키의 소설
을 이해하기 위해서는 유럽의 근대 소설사 전체에 대한 개관이 필요하다
는 판단인 거죠. 그래서 서론을 썼는데, 그 이후에 본격적인 도스토예프
스키 이론은 쓰지 못했어요. 도스토예프스키에게서 새로운 세계의 비전
을 보고자 했는데, 1917년 러시아 혁명이 일어나면서 루카치는 현실로
눈을 돌리게 됩니다. 현실에서 대단한 일이 벌어지고 있는데 굳이 문학을

통해 우회할 필요가 없었기 때문이죠.

그런데 이 책의 마지막 대목에서 루카치는 "도스토예프스키는 단 한 편의 소설도 쓰지 않았다. 도스토예프스키는 다른 세계에 속한다"고 썼습니다. 이게 무슨 뜻인지 알려면 먼저 루카치가 소설을 어떻게 정의했는지 살펴봐야 합니다. 그는 소설에서 '본질은 시간과 함께 주어진다'고 규정합니다. 세계의 본질을 시간 속에서 파악한다는 얘기입니다. 서사시는 무시간적 세계인 것과 달리 소설은 철저하게 시간적 세계입니다. 하지만 도스토예프스키 소설에서는 시간이 별 의미가 없어요. 톨스토이는 서사시적 스케일을 갖고 있다고 했는데, 루카치가 말한 근대 소설의 정식에 잘 맞습니다. 『전쟁과 평화』에서도 주인공 나타샤가 소녀에서 아이 엄마가 되기까지의 시간을 다루면서 그 안에서 인물들이 변화하고 성숙해가는 과정을 보여주니까요. 그런데 도스토예프스키의 작품에서는 시간이 변수가 되지 않습니다. '다른 세계'라고 볼 수밖에 없지 않을까요.

그런가 하면 나보코프는 상반된 평가를 내리면서 도스토예프스키를 이류나 삼류 작가로 깎아내렸습니다. 어설프게 메시지를 전달하려는 설교적 문학을 그는 혐오했습니다. 그 대신에 톨스토이를 최고의 작가라고 치켜세웠지요. 흥미로운 것은 자신이 부인하면서도 그가 도스토예프스키의 영향을 많이 받았다는 사실입니다. 물론 사상적인 영향은 아니지만요. 소설 미학적 차원에서 보면 나보코프의 말에도 일리가 있습니다. 도스토예프스키는 소설이라는 형식이 감당할 수 없는 내용을 소설 속에 구겨넣은 형국이니까요. 루카치는 도스토예프스키가 단 한 편의 소설도 쓰지 않았다고 말했지만, 나보코프 관점에서 보면 쓰긴 썼는데 뭔가 수준 미달인 작품들을 쓴 것이죠.

『악령』의 일러스트레이션(므스티슬라브 도브짐스키, 1913)

『악령』 같은 작품은 잡지에 연재했는데 집필 과정에서 주인공이 바뀌어요. 톨스토이라면 말도 안 되는 일이죠. 『악령』은 스타브로긴을 주인공으로 하는 이야기입니다. 하지만 처음에는 표트르 베르호벤스키와 그의 5인조 악당들의 이야기로 구상했어요. 정치적 테러에 반대하는 팸플릿을 쓰자는 게 원래 의도였습니다. 그러다가 악의 심연을 보여주는 스타브로긴이라는 인물이 등장하면서 이야기가 매우 형이상학적이고 사변적으로 바뀌게 됩니다. 도스토예프스키가 이 인물에게 매혹되어 주인공으로 만들어버린 겁니다. 결국 『악령』은 스타브로긴이 주인공인 소설이 되었을 뿐만 아니라 아예 스타브로긴에 대한 소설이 돼버렸어요. 본래 이런 식이면 소설이 제대로 될 수 없죠.

이런 평가를 종합해보면 도스토예프스키라는 작가는 세르반테스 이후 잘 다듬어져온 소설의 미학적 형식을 존중하거나 준수하지 않은 작가입

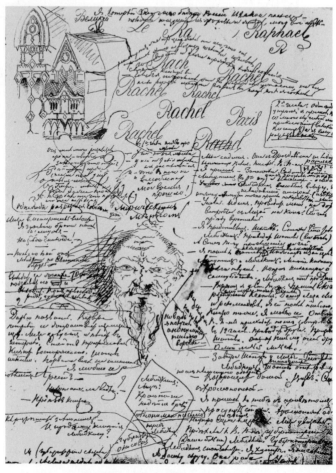

『악령』 초고_
인물상과 수도원 스케치 등이 그려져 있다.

190

니다. 소설의 형식미를 과감히 무너뜨리지만 그럼에도 강렬한 생명력이 있는 작품을 쓴 작가라고 할 수 있죠. 그게 도스토예프스키만의 특장입니다. 그러니 소설 미학적 시각에서 보면 이류 작가지만 기존의 소설을 뛰어넘는 소설을 쓴 작가라고도 말씀드릴 수 있습니다.

자네가 도대체 무슨 작품을 썼는지 알고나 있나?

도스토예프스키는 출신으로 보면 잡계급입니다. 아버지가 빈민 구제병원의 의사였어요. 귀족 출신의 투르게네프나 톨스토이와는 처지가 좀 다릅니다. 원고료에도 차이가 있어서 도스토예프스키는 그들보다 박하게 받았습니다. 도스토예프스키에게 돈은 평생의 화두였죠. 작품에서도 중요한 모티브로 등장합니다.

도스토예프스키는 1821년에 태어났는데, 성장기에 특기할 만한 것은 10대 후반, 그러니까 1839년에 아버지가 농노들한테 맞아 살해된 일입니다. 정신분석가 프로이트는 도스토예프스키를 이해하는 데 핵심적인 사건이라고 분석하죠. 또 한 가지 중요한 것은 지병인 간질인데, 언제 처음 발작했는지에 대해서는 여러 의견이 있습니다. 그중 한 가지가 아버지가 살해된 이후에 처음 발작을 일으켰다는 설입니다. 프로이트도 이 설을 지지하죠. 그에 따르면 아버지 살해는 보편적 소망입니다. 오이디푸스적 삼각형 구도에서 아이는 어머니를 사이에 두고 아버지와 경쟁 관계에 놓이기에 아버지가 없어졌으면 좋겠다는 소망을 자연스레 갖는데, 현실적으로 실현하기는 어렵죠. 그런 소망은 억압돼 무의식으로 가라앉습니다. 그런데 아버지가 농노들에게 살해당하는 일이 벌어집니다. 프로이트에 따르면 이 경우 자기도 죽이고 싶었기 때문에 농노들과 공범 의식을 갖게 되는 겁니다. 동시에 죄책감을 갖게 되죠. 그 죄책감으로 인한 자기 징벌의 욕구가 간질로 나타났다고 프로이트는 해석합니다. 『카라마조프가의 형제들』의 해설로 쓰인 『도스토예프스키와 부친 살해』에서 프로이트는 도스토예프스키의 부친 살해 테마를 그런 관점에서 이해합니다.

또 한 가지 설은 첫 번째 부인인 마리야 이사예바와의 첫날밤에 간질 발작을 일으켰다는 겁니다. 이사예바는 폐결핵을 앓던 유부녀였는데 남편이 죽고 나서 도스토예프스키와 재혼합니다. 결혼 전부터 열정적인 사랑에 빠져 수많은 편지를 주고받았는데, 도스토예프스키 스스로도 '이건 병적인 감정입니다'라고 토로했었죠. 그 결혼 첫날밤에 긴장한 끝에 발작을 일으켰다고 돼 있습니다. 시작부터 악몽 같던 결혼생활은 결국 불행하게 끝이 납니다. 이사예바가 폐병이 악화돼 1864년에 세상을 떠나죠. 이사예바는 『죄와 벌』에 등장하는 카테리나 이바노브나의 모델이기도 합니다. 귀족 출신이라는 자부심으로 매우 도도하지만 현실에서는 궁색한 처지에 놓여 있는 히스테리컬한 여성으로 전형적인 도스토예프스키의 인물입니다.

도스토예프스키의 데뷔작은 1846년에 발표한 서간체 소설 『가난한 사람들』입니다. 서간체 소설은 『젊은 베르테르의 슬픔』처럼 감상주의 시대에 유행한 장르입니다. 『가난한 사람들』에는 중년의 마카르 제부슈킨이라는 하급관리가 나오고 먼 친척뻘 되는 바르바라라는 소녀가 나옵니다. 둘이 주고받는 편지로 이루어진 소설입니다. 이 소설의 특징이라면 고골처럼 가난이라는 조건 자체를 다루거나 자연파처럼 가난한 사람들에 대한 생리학적 스케치를 제시하는 데 그치는 것이 아니라 심리학적 접근을 보여준다는 데 있습니다. 아마도 레르몬토프의 영향이 작용한 것으로 보입니다. 물론 도스토예프스키가 당시 서유럽 문학에도 많은 관심을 기울였기 때문에 단지 러시아 소설에서만 영향을 받았다고 할 수는 없겠지만 굳이 러시아 문학에서 계보를 찾자면 레르몬토프의 『우리 시대의 영웅』에 나오는 인물들의 복합적 심리가 가난한 인물들에게도 투사된 것입니다. 이렇게 해서 도스토예프스키의 세계가 만들어지는데 이 첫 작품이 문학사에 기록될 만한 데뷔작이 되죠.

도스토예프스키는 공병사관학교에 다니면서 학과 공부보다 문학에 더 열중합니다. 틈틈이 프랑스 소설을 읽고 습작을 하던 시기에 쓴 것이 바로 『가난한 사람들』입니다. 처음엔 그리고로비치라는 친구에게 읽어주고, 이 친구가 당시 《동시대인》이라는 잡지의 편집장이던 시인 네크라소프에게 보여줍니다. 네크라소프가 다시 그 길로 당시 최고의 비평가인 벨린스키에게 달려가 작품을 보여주자 벨린스키가 격찬을 하죠. 그래서 네크라소프와 벨린스키가 한밤중에 무명의 작가 지망생인 도스토예프스키를 찾아와서는 "자네가 도대체 무슨 작품을 썼는지 알고나 있나?" 하고 감격해 서로 껴안고 했답니다. 도스토예프스키가 두고두고 회상하는 장면입니다. 자기 인생에서 가장 행복했던 시절, 가장 우쭐했던 시절이죠. 정말 아무것도 아닌 존재, 그야말로 비존재였는데 당대 최고의 시인과 비평가가 찾아와서 "자네가 쓴 것은 걸작이야"라고 했으니 놀라 기절할 지경이었겠죠.

하지만 그 좋은 시절은 얼마 못 갑니다. 지나치게 우쭐해서 자신이 대작가라도 된 양 거만하게 행세하는 바람에 벨린스키와 투르게네프가 절도 없는 생활을 비난하고 나설 정도였습니다. 그리고 보란 듯이 두 번째 작품 『분신』을 발표합니다. 골랴드킨이라는 하급관리가 주인공인데 자

검열 위반으로 잠시 유치장에 수감된 도스토예프스키(왼쪽, 1874)

페트라셰프스키가 주도한 정치서클의 모의 처형 장면(B. 포크로프스키, 1849)

기 분신과 티격태격하는 내용의 소설이죠. 그런데 당시에는 분신이라는 테마를 아무도 이해를 못했어요. 결국 첫 작품이 워낙 주목받았기 때문에 다음 작품은 또 어떤 걸작을 쓸까 잔뜩 기대하고 있던 벨린스키도 "우리가 잘못 본 거 아닐까?" 하며 의심하기에 이르렀죠. 도스토예프스키 작품의 인물들은 감정 기복이 아주 심한데, 알고 보면 도스토예프스키의 삶 자체가 그랬습니다. 그의 생애를 고려하면 그런 인물들이 크게 이상하거나 작위적으로 비치지 않습니다. 자기가 겪은 감정을 그대로 묘사한 거니까요.

나중에 『분신』은 개작을 합니다. 도스토예프스키가 이 작품에 애착을 갖고 있었어요. 게다가 후기 장편소설에서도 분신 테마는 반복적으로 나타납니다. 『죄와 벌』의 경우에는 라스콜니코프와 스비드리가일로프가 분신적 관계입니다. 『악령』에서도 스타브로긴과 샤토프, 키릴로프 등 주요 인물의 관계가 분신적 관계고요. 『분신』에서는 이런 문학적 주제와 기법을 너무 일찍 보여준 셈이죠. 하지만 기여한 것도 있습니다. 도스토예프스키를 이류라고 평가 절하했던 나보코프도 『분신』만큼은 높이 평가하고 그 자신이 분신 테마를 즐겨 썼으니까요.

도박이라는 우연의 세계

도스토예프스키는 1849년 페트라셰프스키라는 인물이 주도한 정치서클에 가입해 활동하다가 체포돼서 잘 알려진 대로 사형선고를 받습니다. 그리고 황제의 특사로 풀려나서 이후 10년 동안 시베리아 유형 생활을 하게 됩니다. 삼십대를 통째로 시베리아에서 보낸 셈이죠. 재판 자체는 당시 황제 니콜라이 1세가 진보적 인텔리겐치아들에게 겁을 주기 위해서 기획한 쇼였습니다. 하지만 도스토예프스키는 사형 집행 직전의 극한적 순간을 경험하게 되고 이 경험은 그의 작품에서 여러 번 그려집니다. 만약 그가 진짜로 사형을 당했다면 문학사는 아마도 그를 고골의 아류 작가로 자리매김하지 않았을까 싶어요.

시베리아 유형을 가서는 4년은 강제노역을 하고 4년은 하사관으로 복무하다가 장교로 승진합니다. 결혼하고 1859년 말에 돌아오게 되니까 어림잡아 10년의 세월입니다. 마흔이 다 돼서 페테르부르크로 귀환하게 되죠. 그리고 자신의 체험담을 소설화한 『죽음의 집의 기록』으로 재기에 성공합니다. 한 살 위의 형인 미하일과 잡지 발간 사업을 하는데 처음엔 《시대》를 펴내고 나중에는 《세기》라는 잡지를 펴냅니다. 동시에 작가로서도 활발히 활동하는데 『지하로부터의 수기』 이후 4대 장편, 『미성년』까지 포함하면 5대 장편소설을 쓰죠. 나중에 두 권 분량으로 묶이는 『작가 일기』도 씁니다. 형과 함께 잡지를 발행하면서 도스토예프스키는 신문과 잡지를 열성적으로 탐독했습니다. 그러니까 당대 현실에 민감하게 촉수를 내밀고 있었던 작가입니다. 대작 소설의 아이디어를 대부분 신문 사회면에서 얻을 정도였죠. 그 이유 중 하나는 잘 팔리는 소설을 써야 했기 때문이었습니다. 늘 돈이 궁했기 때문에요.

흔히 도스토예프스키를 '낭비벽이 심한 작가', '돈 관념이 전혀 없는 작가'로 묘사하는데, 그는 돈을 필요로 했지만 욕망하지는 않았습니다. 돈을 모으기 위해 돈을 필요로 하는 사람은 아니었어요. 도스토예프스키의 문장력이 아버지에게 돈을 타내기 위해 편지를 쓰느라 길러졌다는 얘기가 있는데, 편지를 보낼 때마다 그의 아버지는 아들이 요구한 액수보다 더 보냈다고 합니다. 그만큼 편지를 잘 썼다는 얘기죠. 이렇게 돈이 올라오면 며칠 안 되어 다 써버리고, 나중에는 도박벽까지 생깁니다. 도박으로 원고료도 날려먹고 두 번째 아내까지 고생을 시키죠.

그런데 도스토예프스키의 도박벽에는 나름대로 이유가 있었습니다. 도스토예프스키는 합리주의에 불편한 감정을 갖고 있었어요. 『지하로부터의 수기』에도 나오지만 2×2=4라는 수식으로 상징되는 합법칙적인 세계, 즉 이성에 의해 세계가 측정될 수 있고 인간이 설명될 수 있다는 생각에 반감을 갖고 있었는데, 도박은 이것을 넘어서는 세계입니다. 물론 요즘은 확률을 계산해서 베팅하기도 하지만 도스토예프스키는 도박을 전적으로 우연이 지배하는 세계라고 생각했고, 그래서 매혹을 느꼈습니다.

존재를 보증하는 '고통'

도스토예프스키는 도박을 통해서 자신의 운명을 시험해보고자 했어요. 은행에 꼬박꼬박 저축해서 집을 사고 하는 것은 예측 가능한 삶입니다. 계획에 따른 삶이죠. 근대인의 합리적인 삶이라고 할 수 있습니다. 하지만 도스토예프스키는 이런 합리성을 혐오했어요. 인간의 자유를 부정한다고 생각해서요. 그래서 『지하로부터의 수기』 이후 그의 모든 작품은 합리주의에 대한 공박에 다름없다고 말할 수 있을 정도입니다. 도스토예프스키가 보기에는 그런 식의 합리주의가 바로 사회주의이고, 니힐리즘이며, 무신론이었습니다. 무신론은 신이 아니라 이성을 믿는 겁니다. 이성주의나 계산주의에 신의 자리는 없죠. 신의 섭리라는 것은 예측 가능하지 않습니다. 변덕스럽기 때문에 언제 은총을 내리고, 언제 저주를 내릴지 알 수 없어요. 그런데 무신론자들은 계산이 가능하다고 보는 겁니다. 윤리도 공리주의적 윤리관의 경우 최대 다수의 최대 행복이 바람직한 선이라고 말합니다. 신이 끼어들 여지가 없는 거죠. 최대 다수가 최대 행복을 얻는 길이 어떤 것인지 양적으로 계산하면 되니까요. 이런 계산에 대해서 도스토예프스키는 기본적으로 혐오감을 가졌던 것이죠. 그리고 도박과 소설을 통해 이런 니힐리즘적 세계관과 대결을 벌입니다.

도스토예프스키에게 인간의 자기 정체성, 자기의식은 무엇보다 고통으로부터 옵니다. 누구나 배부르고 등 따시면 아무런 생각이 없죠. 뭔가 불편하고 고통스러워야 의식을 합니다. 무엇보다 '나'를 의식하게 되죠. 『지하로부터의 수기』에 보면 치통이 사례로 나오는데 주인공은 치통에 대해서 자부심을 느낍니다. "너 치통 있어? 이건 내 거야, 나의 고통이야" 하는 식입니다. 나의 존재를 보증해주는 것이 고통입니다. 그러니 소중한 고통이죠.

이와 달리 이성적인 기획에 따른 사회주의 유토피아, 합리주의 유토피아는 고통을 제거한 '무통'을 지향합니다. 인간은 모든 고통으로부터 면제되고 심지어 죽음으로부터도 벗어나고자 합니다. 늙음이나 추함을 겪지 않아도 되는 사회를 지향합니다. 그런데 도스토예프스키가 보기에는 인류가 이런 식으로 가게 되면 인간 사회는 완전히 동물화, 가축화되고 맙니다. 사실 포스트모던 사회에 대해서 그런 우려를 표명하는 사람들도 있습니다. 이데올로기가 사라진 시대, 이념이 무의미해지는 시대는 가축들의 유토피아와 같을 겁니다. 굳이 애써서 문학 작품을 쓰려 하지도 않을 것이고 읽으려 하지도 않을 겁니다. 나한테 뭔가 결여돼 있고, 뭔가 고통스럽고, 뭔가 알고 싶고 그래야 문학 작품을 읽고 생각하는 거니까요. 이게 도스토예프스키가 우려했던 거예요. 그래서 그는 고통이 필수적이라고 생각한 것이죠. 합리주의와의 대결은 이런 관점에서 볼 수 있습니다.

도스토예프스키의 여인들

도스토예프스키에게는 세 여인이 있었습니다. 첫 번째와 두 번째 아내 그리고 폴리나 수슬로바라는 여대생입니다. 첫 번째 아내는 말씀드린 대로 마리야 이사예바입니다. 폐병을 앓는 유부녀였고 결혼 전부터 열광적인 사랑에 빠져 편지를 주고받았다고 말씀드렸죠. 흥미로운 것은 이사예바의 남편이 죽고 나서 도스토예프스키가 구애를 했는데 둘 사이에 라이벌이 끼어든다는 것입니다. 가난한 말단 교사였는데 처음에는 도스토예프스키가 상대를 깎아내렸어요. 그러자 이사예바가 오히려 그 교사에게 연민을 갖게 됐죠. 역효과가 난 겁니다. 도스토예프스키가 할 수 없이 작전을 바꿔 그를 치켜세웁니다. 결과적으로는 라이벌 교사가 너무 가난해서 이사예바가 마음을 고쳐먹고 도스토예프스키와 결혼하게 됩니다. 이 미묘한 라이벌 관계가 나중에 『영원한 남편』의 모티프가 됩니다. 흥미로운 심리분석을 담고 있는 작품인데, 아내가 죽은 뒤에 아내의 유품에서 정부가 있었다는 사실을 알게 된 남편이 그 정부를 찾아가서 벌어지는 이야기를 다룹니다. 둘 사이에 미묘한 애증 관계가 생기는데, 지극히 도스토예프스키적인 이야기죠.

1864년 이사예바가 결국은 폐병으로 사망합니다. 이 해는 도스토예프스키가 가장 불행했던 해입니다. 아내가 죽고 가장 절친했던 형 미하일도 이 해에 죽습니다. 형수를 비롯한 형의 가족 생계까지 떠안아야 했기에 경제적으로도 최악이었습니다. 빚도 많이 지게 되었죠. 이때 발표된 『지하로부터의 수기』가 가장 음울한 작품인 건 충분히 이해할 만한 일입니다.

폴리나 수슬로바는 이사예바가 죽기 전인 1863년 도스토예프스키와 유럽 여행을 함께한 여대생입니다. 중년 작가 도스토예프스키에게 편지를 보내며 접근했는데, 도스토예프스키가 구애했다가 거절당했다고도 합니다. 결국엔 도스토예프스키의 연인으로 문학사에 남은 여성입니다.

두 번째 아내는 안나 그리고리예브나입니다. 도스토예프스키가 『죄와 벌』을 쓴 1년 뒤인 1867년에 결혼하게 되는데 처음엔 속기사로 만났습니

페테르부르크에 있는 도스토예프스키박물관

다. 돈에 쪼들리던 도스토예프스키가 한 출판업자와 계약을 했는데 작품을 넘기기로 한 기한이 촉박했어요. 기한을 넘기면 자기가 쓴 모든 작품의 판권을 넘기기로 했었죠. 그 때문에 시급하게 작품을 써야 해서 속기사를 불렀습니다. 그렇게 해서 『도박자』라는 작품을 넘기고 나서 『죄와 벌』의 마지막 부분을 작업하기 위해 속기사를 다시 부르죠. 일 때문에 만난 두 사람은 연인 관계로 발전하게 됩니다. 둘의 나이 차이가 스물다섯

살입니다. 안나는 도스토예프스키의 데뷔작이 발표되던 해에 태어났어요. 그러니 사십대 중반의 작가와 갓 스무 살 여성의 만남이었죠.

나이로만 치면 딸뻘인 셈이니 도스토예프스키가 죄의식 같은 걸 느꼈을 것이라고 진단하는 정신분석학자들도 있지만, 결혼생활을 하다 보면

도스토예프스키의 두 번째 아내 안나 그리고리예브나

다 똑같아집니다. 말년에는 안나가 여주인 노릇을 하게 됩니다. 원고료 관리도 다 하죠. 페테르부르크에 있는 도스토예프스키박물관에는 도스토예프스키의 유품과 함께 아내 안나의 책상과 장부도 전시되어 있는데 남편이 원고지를 몇 매 쓰고, 원고료를 얼마 받았다는 것까지 모두 적혀 있습니다.

둘 사이에는 4남매가 있었는데 둘은 일찍 죽습니다. 특히 막내인 알료

샤는 간질로 죽습니다. 유전이었던 거죠. 『카라마조프가의 형제들』의 주인공 이름이 알료샤가 된 것은 그런 사정 때문입니다. 막내아들을 잃은 슬픔 때문에 도스토예프스키가 죽을 만큼 괴로워했다고 안나가 자신의 회고록에서 기록하고 있습니다. 그 책에서 안나는 도스토예프스키가 작가로서는 위대했을지 모르지만 인간으로서나 남편으로서는 위대하지 않았다고 술회합니다.

도스토예프스키의 일상생활에 대한 묘사도 있는데 '야행성'이었다고 해요. 저녁식사를 마친 뒤 아이들한테 책을 읽어주고 아이들을 다 재운 다음 도스토예프스키는 서재에서 밤새워 『카라마조프가의 형제들』을 쓴 걸로 돼 있습니다. 최고의 걸작이지만 미완성인 작품이죠. 1부만 쓴 겁니다. 작가 서문에 자기가 쓰려는 건 주인공 알료샤의 33세 때 이야기인데 알료샤를 이해하기 위해서는 그가 젊은 날 겪은 사건이 중요하기 때문에 그걸 먼저 이야기하겠다고 합니다. 그런데 분량이 늘어나서 막대한 분량의 장편소설이 돼버렸죠. 그게 바로 현재의 『카라마조프가의 형제들』입니다. 원래 쓰려던 본론으로 들어가지도 않은 거죠. 어쨌든 작가가 가장 안정적인 조건에서 쓴 작품입니다.

1867년, 도스토예프스키가 안나와 결혼했을 때 장장 4년 동안 신혼여행을 떠납니다. 결혼하고 나서 안나가 생각해보니 이렇게 돈에 쪼들려서는 죽도 밥도 안 되겠다 싶은 거예요. 바로 짐을 싸서는 남편과 함께 유럽으로 떠납니다. 빚쟁이들 때문에 러시아로 돌아올 수도 없었죠. 그런 상태에서 작품을 썼던 것에 비하면 『카라마조프가의 형제들』은 가장 안정적인 여건에서 쓸 수 있었다는 얘기죠. 도스토예프스키에게는 예외적인 경우입니다. 막내아들이 죽은 것 빼고는 말년에는 경제적으로 안정을 찾아갔고, 죽기 전엔 채무에서 완전히 해방됩니다. 안나의 공이 크다고 해야겠죠.

작품이 작가보다 위대하다

『작가 일기』에 실린 시론적인 글을 보면 도스토예프스키가 대단한 국수주의자라는 걸 알 수 있습니다. 슬라브주의자에다 반동주의자로서의 면모도 강합니다. 도스토예프스키뿐만 아니라 그 당시 국수적 슬라브주의에 편향돼 있던 인텔리겐치아들이 대부분 그런 면모를 보이곤 했죠. 도스토예프스키는 약간 지나칠 정도여서 성전(聖戰)이 필요하다고까지 주장했습니다. 그런데 인간 도스토예프스키와 작가 도스토예프스키는 조금 다르다고 생각합니다. 도스토예프스키의 아내도 인간으로서는 위대하지 않았다고 했잖아요. 하지만 작가로서는 위대합니다. 소설의 형식을 빌리지 않고 쓴 시사적인 글에 대해서는 이런저런 흠을 잡을 수 있지만, 소설은 문제가 다릅니다.

도스토예프스키의 소설에 대해 러시아의 문학이론가 미하일 바흐친은 '독백적 소설'과 대비해서 '대화적 소설', '다성악적 소설'이라고 얘기했죠. 독백적 소설을 대표하는 작가는 톨스토이입니다. 작가가 신적인 위치에서 작품의 모든 것을 다 지배하고 관장합니다. 그러니까 인물들을 마치 인형처럼 조종하죠. 당연히 작품의 주제는 항상 작가의 사상이나 이념으로 수렴됩니다. 이와 달리 도스토예프스키의 소설에서는 작가가 인물을 압도하는 것이 아니라 그들과 대등한 목소리를 갖고서 등장합니다. 작가와 인물이 지분을 똑같이 갖는다고 할까요. 그래서 『카라마조프가의 형제들』의 주제에 대해서도 독자들마다 의견이 다를 수 있어요. 원래 작가의 생각은 알료샤나 조시마 장로의 편을 드는 것인데 작품에서는 이반 카라마조프 같은 인물이 대단히 매혹적으로 묘사돼 있습니다. 즉 소설만 읽어서는 작가가 어느 편을 들고 있는지 알기 어렵습니다.

드레스덴에 있는 도스토예프스키의 동상

그런 관점에서 보면 인간 도스토예프스키와 작가 도스토예프스키를 곧바로 등치할 수 없습니다. 인간으로서 좀 모자란다고 해서 위대한 작가가 못 된다고 말할 수는 없는 거죠. 인간으로서 모자라도 위대한 작가가 될 수 있습니다. 마르크스만 하더라도 유대인 혐오증을 공공연하게 드러내기도 했지만, 그 때문에 그의 사상이 갖는 가치가 떨어지는 건 아닙니다. 이론은 별개 문제니까요. 작가가 어떤 생각을 가지고 있었느냐와 작품의 성취는 별개 문제입니다. 작품이 작가보다 더 위대하다고 해야 할까요.

도스토예프스키의 『죄와 벌』 읽기

이제 『죄와 벌』에 대해 이야기하겠습니다.

『죄와 벌』은 1866년 작품입니다. 일단 제목부터 보면, 러시아어의 '죄'라는 말은 우리말에는 없는 뜻을 갖고 있습니다. '한 걸음을 내딛다'라는 뜻입니다. 넘어가는 것이죠. 영어로 하면 오버스텝(overstep). 이게 죄입니다. 작품에서 보면 라스콜니코프가 첫걸음을 내디딘다는 표현이 자주 나옵니다. 이것이 러시아어로 죄라는 말의 어원적 의미입니다.

이 작품은 전체 6부와 에필로그로 이루어져 있는데, 죄를 다루는 부분은 라스콜니코프의 직접적 살인을 다룬 1부이고 나머지가 전부 벌에 해당합니다. 에필로그에서 라스콜니코프가 마음이 편하다고 얘기하는 대목이 나오는데, 사법적인 재판을 받고 8년형을 선고받은 뒤 시베리아로 유형을 가서는 오히려 마음이 편하다는 겁니다. 벌이 끝난 거죠. 그 전까지는 계속 고통받았던 거고요. 그러니까 벌의 의미도 형사상의 벌과는 다릅니다. 오히려 형사상의 처벌, 즉 법적 책임은 그의 고통을 덜어줍니다. 그 전까지만 고통스럽죠.

소설로 철학하기

잘 알려져 있다시피 『죄와 벌』에서 도스토예프스키가 다룬 사상은 초인사상입니다. 3부에서 라스콜니코프가 포르피리와 첫 대면하는 장면에서 범죄에 관한 라스콜니코프의 논문 얘기가 나옵니다. 라스콜니코프의 범죄 이론인 셈인데, 그에 따르면 세상에는 범인과 비범인이 있습니다. 즉 평범한 사람과 뭔가 비범한 사람이 있는데 두 부류에는 각기 다른 권리가 부여돼 있어요. 범인에게는 가능하지 않은 일도 비범인에게는 허용됩니다. 세계사적으로 보아도 영웅들은 전쟁도 일으키고 무수한 사람을 죽였어요. 그런데 영웅입니다. 나폴레옹이 대표적이죠. 반면에 평범한 사람들은 한 사람만 죽여도 살인자가 돼요. 두 부류는 종류가 다르다고 보는 거죠. 각자의 역할이 다르다고 보는 겁니다. 초인사상인 거죠.

이런 사상을 놓고 도스토예프스키는 철학적 논박을 제시하는 대신에 소설이라는 공간 속에서 시험해봅니다. 사상이 육화된 인물을 등장시켜서 과연 현실에서는 그것이 어떻게 구현되는지 관찰해보는 거죠. 그게 도스토예프스키 소설의 특징입니다. 특히 후기 장편소설에서는 인물들이 저마다 한 가지씩 사상의 체현자가 되죠. 도스토예프스키의 소설이 소설이면서 동시에 철학책이 되는 이유입니다. 실제로 러시아에서 나온 철학사 책을 보면 도스토예프스키나 톨스토이 같은 작가들이 한 장씩 차지하고 있어요. 철학사를 작가들이 다 차지한 것이지요. 20세기로 가면 영화감독 타르코프스키도 나옵니다. 러시아에서는 철학의 개념 자체가 서구와 달라서 그렇습니다.

서구에서는 철학을 자기주장을 논리적으로 입증하는 것이라고 규정합니다. 주장하는 내용은 시시해도 상관없습니다. 중세 때 바늘 끝에 천사가 몇이나 올라앉을까, 이런 걸로 논쟁하기도 했다잖아요. 지금 생각하면 실없는 논쟁이지만 당시에는 진지했어요. 현대 영미권의 분석철학에서

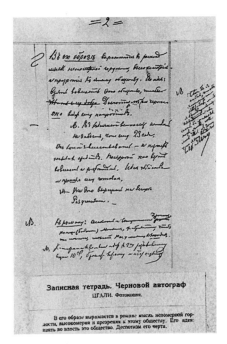

『죄와 벌』 자필 원고

도 주제 자체는 사소해보이더라도 어려운 개념들을 동원해서 아주 정밀
하게 논증해나갑니다. 왜냐하면 이 과정이 철학이라고 생각하기 때문이
죠. 그런데 러시아에서는 시시한 문제를 다루면 철학이 아닙니다. 중요한
문제를 다루는 게 철학입니다. 방법은 반드시 논증이 아니라도 상관없습
니다. 다양한 방식으로 다룰 수가 있습니다. 이를테면 소설가는 언어로,
화가는 그림으로, 작곡가는 음악으로, 영화감독은 영상으로 철학을 할 수
가 있어요. 인간에게 중요한 문제를 다루는 게 바로 철학입니다. 얼마나
논리적으로 엄격하게 입증하느냐는 오히려 부차적입니다. 철학의 개념
이나 이미지가 다른 것이죠.

초인사상 vs 유로지비

　『죄와 벌』에는 세 명의 초인, 곧 경계를 넘어가는 인간이 등장합니다. 라스콜니코프, 소냐, 스비드리가일로프. 각각 살인자(라스콜니코프), 매춘부(소냐), 아내를 죽였다는 살인 혐의를 받는 자(스비드리가일로프)인데 라스콜니코프를 놓고 소냐와 스비드리가일로프가 대립하는 구도입니다. 스비드리가일로프는 자기 정욕을 만족시키기 위해서 모든 것이 허용될 수 있다고 생각해요. 라스콜니코프는 자신의 범죄 이론에 따라서 자기가 비범인인지 아닌지를 확인받고 싶어합니다. 그런 욕구 때문에 살인을 저지르게 되죠. 소냐는 이타적인 동기지만 여하튼 가족을 구제한다는 명분으로 자기 몸을 팝니다.

　이런 구도에서 보면 라스콜니코프의 길이 어디로 이어져야 하는지, 스비드리가일로프는 또 어떤 길을 가야 하는지, 소냐는 또 이들과 어떻게 만나야 하는지가 이 소설의 핵심이랄 수 있어요. 흥미로운 것은 5부에서 라스콜니코프가 소냐에게 자신이 살인자라고 고백하는 장면에서, 스비드리가일로프가 바로 옆방에서 그 얘기를 다 엿듣는 겁니다. 셋이 한자리에 모여 있는 셈이죠. 이 장면이야말로 이 소설의 구도를 압축해서 보여준다고 할 수 있습니다.

　그럼 1부부터 볼까요. 1부의 주된 내용은 살인 리허설입니다. 라스콜니코프가 하숙집을 나서는 장면으로 시작하는데, 하숙집 주인을 피해 전당포로 가는 길입니다. 하숙집 방에서 전당포까지 거리가 어느 정도인가요? 730보라고 나옵니다. 그건 라스콜니코프가 이미 치밀하게 계획하고 계산해봤다는 뜻입니다. 그는 한 달 전부터 전당포 노파 살인을 궁리해왔는데 머릿속에서는 시나리오를 다 짜놓은 셈입니다. 아직 결행을 못하고 미적거리고 있는 상태이죠. 자기 행동에 대해 확신을 못하고 있습니다. 그는 '그 일'이 혐오스럽다고 생각합니다. 전당포에 찾아가 장물을 맡기고 다음에 다른 물건을 가지고 한 번 더 오겠다고 하죠. 노파가 의심이 많으니까 그렇게 안면을 익혀둔 겁니다. 하지만 전당포에서 나오자마자 그런 범죄를 계획하고 있는 자신에게 혐오감을 느낍니다. 라스콜니코프의 내면에서 무엇인가가 꺼려하는 거지요. 그게 무엇인지는 그의 꿈을 통해서 알 수 있습니다.

관목 숲에서 잠시 잠이 든 라스콜니코프가 어린 시절 아버지와 함께 시장에 갔던 꿈을 꾸죠. 거기서 늙은 암말이 학대당하는 장면을 보게 됩니다. 마부가 노쇠한 말이 끄는 마차에 사람들을 가득 태우니까 말이 일어나질 못합니다. 그걸 옆에서 채찍으로 때리고 나중에는 쇠공이로 내려칩니다. 그런 식으로 학대당하는 말에게 어린 라스콜니코프, 애칭으로는 로쟈가 달려가 끌어안으면서 흐느낍니다. 그때 잠이 깨서 이렇게 생각해요. '다행이다, 꿈이었구나!' 그러고는 이렇게 부르짖습니다.

정말, 정말로, 나는 도끼를 들고 노파의 머리를 내려찍고 두개골을 박살내려고 하는 것일까……?

즉 라스콜니코프는 이 꿈과 자신이 계획한 살인을 곧바로 연관 짓습니다. 그렇다면 꿈에서 마부는 자신이고 늙은 암말은 전당포 노파를 상징할 수 있습니다. 한편으론 마부와 암말 둘 다 라스콜니코프 자신이기도 합니다. 자기 자신을 학대하는 거예요. 3부 끝부분에 나오는 꿈에 보면 라스콜니코프는 알료나를 죽이지도 못했어요. 적어도 심리적으로는 그렇습니다. 꿈에 전당포를 다시 찾아가는데 노파가 허리를 수그리고 있죠. 도끼를 꺼내서 내려치는데, 노파가 꼼짝도 안 하고 고개만 더 수그려요. 그래서 밑에서 올려다보니까 키득키득 웃고 있습니다. 그런 광경을 사람들이 다 보고 있고요.

온 힘을 다해 노파의 머리를 내려치기 시작했으나, 도끼를 내려칠 때마다 침실의 웃음소리와 소곤거림은 더 크고 또렷하게 들려왔다. 노파도 온몸을 흔들어대면서 웃고 있었다.

『죄와 벌』 삽화(유리 바실리예프)

이런 식으로 묘사돼요. 라스콜니코프가 노파를 죽인 게 아니라 자기 자신을 죽인 셈이죠. 이 장면이 라스콜니코프의 자긍심, 자존심이 최저로 떨어지는 지점입니다. 바로 그때 스비드리가일로프가 등장합니다.

4부에서는 라스콜니코프가 소냐의 집으로 가게 됩니다. 여기가 일종의 전환점입니다. 바닥까지 추락한 라스콜니코프가 갱생의 계기를 마련하게 되는 대목이에요. 거기서 소냐와의 만남이 중요한 의미를 갖습니다. 처음에 라스콜니코프는 소냐를 동료로 대합니다. 똑같은 죄를 저지르지 않았느냐는 생각에서죠. 하지만 자신과 달리 소냐는 괴로워하는 기색이 없어요. 그래서 궁금해 합니다. 왜 자살하거나 미치지 않을까? 창녀인 소냐에게는 세 가지 길이 있어요. 미치거나, 자살하거나 아니면 아예 음탕의 길로 들어서거나. 그런데 알고 보니 소냐는 '유로지비'였어요. 러시아어로 유로지비는 '광신도'라고도 번역됩니다. 영어로는 'holy fool'이라고 옮기는데 말 그대로 '성스러운 바보'입니다. 정신은 나갔지만 신의 은총을 받아서 진리를 말하는 자가 유로지비입니다. 라스콜니코프가 생각지 못했던 또 다른 길이 있었던 거죠.

그런 소냐에게 라스콜니코프가 『성경』에 나오는 '나자로의 부활'을 읽어달라고 합니다. 촛불 아래서 소냐가 흥분된 목소리로 나자로의 부활을 읽어주고 라스콜니코프가 그걸 듣습니다. 이 장면이 긍정적인 전환의 계기입니다. 부활의 실마리가 암시되는 것이고요. 여기서 라스콜니코프는 범행을 계획하고 실행한 이후에 처음으로 고립된 상태에서 벗어납니다. 비로소 자기 외에 누군가와 소통하게 된다는 것이 중요합니다.

라스콜니코프라는 이름에서 '라스콜'은 분리, 분열이라는 뜻인데 어원적으로는 17세기의 분리파 교도들에서 나온 것으로, 분리 자체가 라스콜니코프에게는 벌에 해당합니다. 자신의 범죄행위 때문에 사람들로부터 분리되는 거죠. 그렇게 모든 사람으로부터 소외됩니다. 가장 가까운 가족과도 멀어지죠. 그게 라스콜니코프가 받는 벌입니다. 6부에서 자수하기 직전에 대지에 입을 맞추면서 자신의 죄를 속죄함으로써 대지로부터의 분리를 극복합니다. 그 실마리가 바로 소냐와의 만남입니다. 더는 홀로 고립되지 않고 둘이 공동의 운명을 갖게 되는 거죠.

5부의 핵심 내용은 세 사람이 한 곳에 모이는 장면을 통해 압축적으로 제시됩니다. 라스콜니코프에게는 소냐의 길과 스비드리가일로프의 길이 선택지로 주어집니다. 사실 범행 이후 라스콜니코프에게는 세 가지 길밖에 없었어요. 도망가거나, 자살하거나, 자수하거나. 거기서 도망가는 건 창피한 노릇이니까 배제됩니다. 스비드리가일로프도 아메리카로 가겠다는 얘기를 들먹입니다. 러시아 소설에서 가끔 미국 간다는 얘기가 나오는데, 보통 다 자살합니다. 라스콜니코프도 자살의 유혹을 느끼지만 기회를 놓칩니다. 작품 초반에 운하 다리를 건너다가 물 밑을 내려다보는 장면이 나와요. 그런데 그때 웬 처녀가 물에 빠져 자살하죠. 같이 따라서 죽을 수는 없잖아요? 자살도 그렇지만 자수할 기회도 놓칩니다.

2부에서 자수하겠다고 결심하고는 마음이 조금 편해져요. 마음을 결정하고 경찰서로 직행하기 전에 주변을 둘러보다가 마차 사고를 목격합니다. 마르멜라도프가 마차에 치여서 죽어가는 걸 보고는 그를 집으로 데려다주죠. 그 바람에 자수도 흐지부지됩니다. 그런 상황에서 소냐와 스비드리가일로프가 연이어 등장하는 것이죠. 그리고 결국 라스콜니코프는 소냐의 길을 가게 됩니다. 6부에서 스비드리가일로프가 자살하죠. 라스콜니코프에게서 자살이라는 선택지를 제거해주는 셈입니다. 하지만 아직 라스콜니코프는 소녀의 길과 자기 길을 일치시키지 못합니다. 소냐와 자신의 차이에 대해서도 깨닫지 못하죠. 그 깨달음이 일어나는 곳이 에필로그입니다.

'위대한 죄인'의 생애

에필로그는 후일담인데 살인범인 주인공이 나는 양심이 편안하고 떳떳하다고 얘기하니 작가로서는 써놓고도 곤란한 형국이에요. 소냐의 자수 권유를 받은 라스콜니코프가 6부 마지막에 자신이 전당포 노파를 살해했다고 자백하고 자수하는 걸로 마무리 지은 이야기인데, 에필로그에서 이렇게 나오면 문제가 해결된 게 없지요. 다시 시작하는 셈이니까요. 도스토예프스키는 인물도 제대로 장악하지 못해서 자기 소설도 못 끝낸다는 말을 들을 수도 있습니다. 하지만 저는 작가가 그만큼 정직한 게 아닌가 생각합니다.

이 작품의 에필로그에 대해서는 논란이 좀 있습니다. 에필로그가 군더더기인가 아닌가 하는 거죠. 저는 라스콜니코프의 양심 문제가 불거진 것만으로도 에필로그를 가볍게 처리할 수 없다고 생각합니다. 그렇다면 도스토예프스키는 이야기를 왜 편하게 종결짓지 않은 걸까요?

라스콜니코프가 소냐를 만났을 때 자신을 소냐와 동일시합니다. "우리는 같은 처지다. 똑같이 넘지 말아야 할 어떤 선을 넘어선 것 아니냐"는 거죠. 왜냐하면 소냐는 가족을 위해서 몸을 팔았으니까요. 그러니 독실한 정교도면서도 자신의 육체를 타락시킨 것이고 이 또한 넘지 말아야 할 선을 넘은 것이죠. 살인자나 매춘부나 거기서 거기 아니냐는 게 라스콜니코프의 생각입니다. 결국 두 사람이 시베리아로 떠나면서 함께 속죄의 길을 가는 것이 라스콜니코프에게는 지극히 당연한 일입니다. 그런데 라스콜니코프가 소냐와 자신의 차이를 인지하는 일은 바로 에필로그에서 벌어집니다.

에필로그에서 시베리아의 죄수들은 소냐와 라스콜니코프를 전혀 상반된 태도로 대합니다. 나이도 많지 않은 소냐를 어머니라고까지 부릅니다. 말 그대로 성모의 이미지인 것이죠. 반면 라스콜니코프는 타박하죠. 무신론자라고 구박하고 때립니다. 라스콜니코프는 비로소 소냐와 자신의 차이에 대해 생각해보게 됩니다. 그리고 선모충 꿈을 꾸고 소냐에게 다시 무릎을 꿇죠. 소냐의 발아래에 몸을 던지면서 속죄하는 것이죠. 그런 관점에서 보면 에필로그는 필수적입니다.

영화 〈죄와 벌〉의 한 장면(레프 쿨리자노프 감독, 1969)

에필로그의 꿈은 말하자면 주입된 꿈입니다. 라스콜니코프로 하여금 자기반성을 하게 만드는 장치인 셈이죠. 꿈에서 사람들이 선모충에 감염

되어 모두들 자기만 옳다고 생각합니다. 라스콜니코프가 걸린 병과 같죠. 모두 자기만 옳다고 주장하니 당연히 다툼이 벌어지고 전쟁이 나겠죠. 전쟁으로 인류가 멸망해갑니다. 이 꿈을 꾸고서 비로소 라스콜니코프는 소냐의 길이 자신의 길이 되어도 좋지 않을까 생각합니다. 그래서 오직 소냐를 위해서, 소냐에 대한 사랑의 감정으로 무릎을 꿇죠. 소냐도 그 마음을 이해하고 둘이 서로 끌어안습니다. 그리고 갱생의 삶이 도래할 거라는 기대와 함께 작품이 마무리됩니다. 이 장면에서 핵심 문구가 나옵니다.

그는 다만 느끼고 있을 뿐이었다. 변증법 대신에 삶이 찾아왔으며,
따라서 의식 속에서도 완전히 다른 무엇이 형성되어야만 했다.

'변증법' 대신 '삶'이 찾아왔다. 도스토예프스키가 라스콜니코프의 여정을 한 줄로 명징하게 요약한 겁니다. 변증법은 물론 헤겔 철학의 용어입니다. 도스토예프스키가 수용소에 있을 때 형한테 헤겔의 『역사철학』을 꼭 보내달라고 부탁한 적이 있습니다. 헤겔은 『역사철학』에서 '세계사적 개인'에 대해 말합니다. 두 부류가 있어요. 세계를 끌고 가는 부류와 세계를 유지하는 부류. 세계를 끌고 가는 부류에게는 인류를 어디로 끌고 가느냐가 중요하지만 종족을 보존하고, 유지하는 사람들의 목표는 자손을 낳는 거예요. 세계를 양적으로 팽창시키는 게 평범한 사람들의 소명입니다.

도스토예프스키가 여기서 변증법 대신 삶이 찾아왔다고 말한 것에 대해서 여러 가지 해석이 가능합니다. 가령 변증법은 오류로 판명됐고 그 대신 삶이 찾아온 것이라는 식으로요. 하지만 제 생각에는 삶이 변증법을 대신할 수 있으려면 삶 자체가 변증법적이어야 합니다. 이 때문에 여기서

대립하고 있는 것은 삶과 변증법이 아니라 개념의 변증법과 구체적 삶의 변증법이라고 봐요. 도스토예프스키가 말하는 삶의 변증법은 인간이 구원에 이르기 위해서는 언제나 고통과 수난이 동반되어야 한다는 것입니다. 톨스토이의 형식논리적 윤리학과는 다릅니다. 톨스토이의 세계는 선과 악의 이분법적 세계입니다. 두 세계가 분명히 나뉩니다. 우회가 불가능하죠. 소설이라는 미학적 형식을 통해 우회해서 선에 도달한다는 것은 지나치게 소모적입니다. 그래서 『안나 카레니나』를 쓴 다음에 톨스토이는 더 이상 예술로서의 소설은 쓰지 않습니다.

하지만 도스토예프스키는 다릅니다. 도스토예프스키의 논리는 헤겔식의 변증법적 논리입니다. 변증법적 논리라는 것은 대립물의 동일성을 말합니다. 선이 곧 악이고, 악이 곧 선이다, 이런 식의 논리입니다. 가령 『파우스트』에서 메피스토펠레스가 "나는 악을 행하려고 하지만 궁극적으로는 선을 행하는 힘의 일부다"라고 말할 때처럼 악이 궁극적으로는 선에 속한다는 의미입니다. 도스토예프스키에게 죄라는 것도 마찬가지입니다. 인간이 구원받고자 할 때, 바로 선의 길로 갈 수 있는 게 아니라 항상 우회해야 한다는 겁니다. 죄와 그로 인한 고통의 단계를 거쳐야만 구원받을 수 있다는 거죠. 고통이 자기 인식에 필수적으로 요구되는 것처럼, 죄를 통한 고통과 수난은 구원에 필수적입니다. 그것이 말하자면 삶의 변증법입니다.

따라서 『죄와 벌』의 메시지를 '죄를 지으면 벌을 받는다'는 식으로 정리할 수는 없습니다. 오히려 인간이 구원받기 위해서는 죄를 지어야 한다는 쪽입니다. 절차로 보면 죄를 짓고 고통을 받아야 그다음에 구원을 받을 수 있으니까요. 이것이 도스토예프스키의 사상입니다. 그가 후기에 줄

곧 '위대한 죄인의 생애'를 쓰려고 구상했던 이유이기도 하고요. 사실 위대한 작가 도스토예프스키 자신이 '위대한 죄인'이었죠.

도스토예프스키의 『카라마조프가의 형제들』 읽기

이번에는 『카라마조프가의 형제들』에 대해 이야기하겠습니다. 『카라마조프가의 형제들』에 대한 해설 중에서 가장 유명한 것은 프로이트가 쓴 『도스토예프스키와 부친 살해』일 거예요. 『카라마조프가의 형제들』에서 부친 살해 모티프를 끌어내 자신의 이론을 입증한 글이기도 합니다. 프로이트는 이 작품을 세계 문학사의 최고 걸작이라고 봤어요. 세계 문학사에 3대 걸작이 있습니다. 『오이디푸스 왕』, 『햄릿』, 『카라마조프가의 형제들』이죠. 모두 자식이 아비를 죽이는 얘기입니다. 프로이트로선 오이디푸스 콤플렉스 이론에 딱 들어맞는 작품들인 셈이죠.

유럽의 무신론과 러시아 정신

이 유명한 소설은 카라마조프가 사람들의 이야기입니다. '카라마조프'는 러시아어로 '악에 문드러진'이라는 뜻입니다. 그러니 악에 문드러진 집안 이야기입니다. 러시아의 특별한 집안 이야기라기보다 보편성을 갖는 이야기로도 읽힙니다. 사생아까지 모두 네 아들이 집안 구성원인데, 아버지 표도르가 살해되고 용의자가 체포된 다음에 재판이 벌어지는 식의 범죄소설 구성을 따르고 있어요. 『죄와 벌』도 그렇지만 도스토예프스키 소설이 잘 읽히는 비결이기도 합니다.

소설의 주요 인물은 아버지 표도르와 세 아들이죠. 첫째 드미트리, 둘째 이반, 셋째 알렉세이(알료샤). 드미트리는 첫 아내에게서 얻은 아들이고, 이반과 알료샤는 두 번째 아내가 낳은 아들들입니다. 두 아내를 모두 잃은 뒤에도 방탕한 생활에 빠진 표도르는 아들들을 모두 방치했습니다. 이들이 장성해서 한데 모이게 됩니다. 문제의 발단은 표도르와 드미트리 사이에서 벌어진 재산권 다툼입니다. 게다가 그루센카라는 여성을 사이에 두고도 둘은 경쟁 관계에 놓여 있습니다. 이것이 행위적 차원에서 소설의 플롯을 끌고 가는 구도입니다. 그러니까 이 소설의 주인공은 행위적 차원에서는 드미트리입니다. 아버지 표도르를 죽인 것은 집안의 하인이자 사생아인 스메르쟈코프이지만, 드미트리는 아버지를 죽이겠다는 의사 표시를 했을 뿐만 아니라 정황상 그가 죽였다고 해도 이상할 것이 없었기에 재판에서 유죄 판결을 받습니다. 이것이 기본 줄거리이기 때문에 결국 드미트리가 주인공입니다.

서문에 나와 있듯이 도스토예프스키는 원래 알렉세이를 주인공으로 설정했어요. 알렉세이가 13년 전에 겪은 에피소드가 중요한 의미를 갖기에 먼저 이야기하겠다고 합니다. 작품에서는 스무 살로 등장하니까 서른세 살의 알렉세이 이야기가 더 남아 있는 것이죠. 우리에게 주어진 『카라마조프가의 형제들』은 전체의 딱 절반에 지나지 않습니다. 아쉽게도 전체가 완성되지 않았기에 작품의 주인공도 알렉세이가 아니라 드미트리로 볼 수밖에 없습니다.

이 작품은 행위적 차원에서만 이야기가 전개되는 건 아닙니다. 사상적 차원에서도 매우 심오한 주제가 다루어집니다. 사상적 차원에서의 핵심은 알료샤를 사이에 두고 벌어지는 이반과 조시마 장로의 대결입니다. 그렇다면 이 구도에서는 이반이 주인공 역을 맡고 있는 셈이죠. 5장에 나오는 「대심문관」 편과 6장 「러시아 수도사」가 사상적 차원에서는 정면 대결을 펼칩니다.

무신론에 대한 정면 도전

이반이 대표하는 사상은 유럽식 사회주의, 공리주의와 허무주의 즉 유럽의 무신론입니다. 이와 달리 조시마 장로가 대표하는 건 러시아정교적 입장이죠. 이를테면 유럽의 무신론 대 러시아 정신의 대결이랄 수 있습니다. 이러한 구도에 대해서 영국 작가 로렌스는 도스토예프스키가 이 작품에서 무신론이라는 도전에 직면해 러시아정교적 신앙, 즉 신의

영화 〈카라마조프가의 형제들〉의 한 장면(이반 피리예프 감독, 1969)

존재를 긍정하는 주장을 펼치려고 했지만 안타깝게도 실패했노라고 평하기도 했습니다. 로렌스는 아예 이 작품의 주인공이 이반 카라마조프라고 못 박았어요. 그리고 도스토예프스키는 이반 카라마조프를 굴복시키지 못했다고 봤습니다. 「대심문관」 편에서 대단히 강력하게 제시된 무신론에 대해 조시마 장로로 대표되는 러시아 정신이 제대로 반박하지 못했다고 보는 겁니다. 이반이 주장하는 무신론이 워낙 매력적이어서 실제로 독자들 대부분이 이반의 주장에 설득당하는 편이죠. 그에 반해 조시마 장로가 어떤 주장을 펼쳤는지는 기억도 잘 못할 정도입니다. 이반 카라마조프가 뭐가 문제인가? 이반은 나중에 자기 분신인 악마를 만나 파멸해가는 모습으로 그려지는데, 작가가 억지스러운 결론으로 끌고 간다고 비판하기도 합니다. 로렌스도 그렇게 봤어요. 도스토예프스키가 잘한 것은 이반이라는 훌륭한 인물을 형상화한 것이고, 잘못한 것은 억지로 이반이 패배했다고 편파적 판정을 내린 것이라고 말이죠.

당대의 독자들도 평가는 비슷했습니다. 잡지에 이 작품이 연재됐을 때, 「대심문관」 편을 읽고 다들 경탄하면서도 작가가 뒷감당을 어떻게 할 것인지 한편으로는 걱정스러웠겠죠. 이반 카라마조프를 제압하려면 더 강력한 게 있어야 하는데, 과연 어떤 것일까. 물론 도스토예프스키는 나름대로 계산을 하고 있었습니다. 그런데 막상 「러시아 수도사」 편이 공개됐을 때 사람들은 좀 부족하다는 반응이었어요. 이반의 주장이 가진 매력에 비해서 조시마 장로의 설교는 좀 밋밋하게 여겨진 것이죠. 어쨌든 이 작품의 사상적 두 기둥은 이반과 조시마 장로이고, 실제로 도스토예프스키의 사상이 조시마 장로를 통해서 어떻게 표출되고 있는지는 작품을 직접 읽으면서 살펴볼 문제입니다. 여기서는 이 작품의 인물들에게 구현된 사상적 측면만을 정리해보겠습니다.

도스토예프스키 인간학

『카라마조프가의 형제들』에 등장하는 인물들은 누구 하나 단순한 이가 없습니다. 가령 걸출한 호색한 표도르는 수완이 좋아 두 번 결혼하죠. 첫 번째 아내가 바람나서 도망갔다가 병에 걸려 죽습니다. 그 사실을 알고 표도르가 드디어 해방이라고 만세를 불렀다고도 하고, 엉엉 울었다고도 하는데 둘 다 가능합니다. 아마 엉엉 울다가 만세를 불렀을 겁니다. 이게 카라마조프적 기질입니다. 어떤 사람에 대한 사랑의 감정과 증오가 한데 다 들어 있습니다. '사람이 어떻게 그럴 수가 있어? 아내가 죽었으면 울든가 만세를 부르든가 둘 중 하나지, 울다가 만세 부르는 건 뭐야' 싶겠지만 도스토예프스키의 인물들은 그런 일반적 잣대로 잴 수 없는 모습을 보여줍니다.

아버지의 피를 이어받은 드미트리 역시 호색한에다 방탕한 인물이지만 실러의 시를 읊으면서 등장하죠. 그렇게 등장해서 알료샤에게 이런 말을 합니다.

이제는 너에게 '벌레들' 이야기를 하고 싶구나, 하느님에게서 정욕을 선사받은 저놈들에 대해서 말이다.

드미트리의 고백대로 다 벌레들입니다. 드미트리도 벌레고 알료샤도 벌레예요. 동물적인 욕정은 다 갖고 있습니다. 하지만 그것은 동시에 살아 있다는 표시이기도 합니다. 삶에 대한 욕망, 성욕이건 생존욕이건 그런 걸 다 갖고 있어요. 하지만 동시에 그렇게만 규정되지 않는 존재들입니다. 숭고함에 대한 욕망도 있어요. 자기를 더 높이 끌어올리려는 욕망과 타락에 이끌리는 성향이 한 인물 속에 공존합니다. 그리고 그 두 가지가 쟁투를 벌입니다. 이게 바로 도스토예프스키 소설의 인물들이 보여주는 특징입니다. 그러니까 특정한 '성격'으로 규정할 수 없습니다. 착한 인물, 나쁜 인물, 모자란 인물 식으로 정형화할 수 없는 셈이죠.

가령 드미트리는 방탕한 호색한이지만 얼마든지 숭고하고 경건한 인간이 될 수도 있습니다. 그걸 가장 잘 보여주는 것이 아버지가 횡령 혐의로 체포될 수 있다는 사실을 카테리나에게 알리고, 자기 방으로 찾아올 경우 그 돈을 빌려주겠다고 하는 대목입니다. 곤경을 이용해서 아름답고 자존심이 강한 여성을 유혹하고 싶었던 것이죠. 막상 카테리나가 찾아오자 드미트리는 갈등합니다. 그에겐 모든 가능성이 열려 있습니다. 돈

『카라마조프가의 형제들』 자필 원고

을 빌려주겠다는 말을 진담으로 알아들었냐며 조롱할 수도 있고 약점을 이용해서 욕정을 채울 수도 있습니다. 아주 비열하게 행동할 수도 있었던 거지요. 하지만 정반대 행동도 가능합니다. 아무런 요구 조건 없이 돈을 빌려주는 거예요. 이건 고결한 행동이죠. 드미트리는 결국 그렇게 합니다. 하지만 중요한 것은 드미트리가 고결한 인간이어서 고결하게 행동했다는 것이 아닙니다. 그는 얼마든지 비열하게 행동할 수도 있었습니다. 그 두 가지가 그에겐 모두 가능하다는 게 중요합니다. 비열한 인간이 비열하게 행동하고, 고결한 인간이 고결하게 행동하는 세계가 아닌 거죠. 도스토예프스키는 인간이 그렇게 단순하지 않다고 생각했습니다. 그것이 바로 도스토예프스키 소설의 인간학입니다.

셰익스피어가 휴머니티, 즉 인간성을 발명했다면 도스토예프스키는 '병든 인간'을 발명합니다. 이때 병적인 인간이란 마음이 좁은 인간이 아니라 너무 넓어서 문제가 되는 인간입니다. 도스토예프스키를 일컬어 '정신병동의 셰익스피어'라고도 부르는데, 매우 적절한 비유라고 생각합니다. 도스토예프스키적 세계라는 정신병동은 속 좁은 인간들이 아닌 속 넓은 인간들을 모아놓은 곳입니다. 그리고 도스토예프스키의 세계에 빠져든다는 것은 자연스럽게 자기 안에서 그러한 넓이와 심연을 보는 겁니다.

드미트리는 정념의 인간이고 미학적 인간입니다. 미(美)라는 것은 넓은 세계입니다. 가령 미에는 숭고미도 있고, 퇴폐미도 있습니다. 쓰레기장도 사진으로 찍어놓으면 아름다워 보여요. 바퀴벌레도 빛이 납니다. 반면 도덕적 선(善)은 상당히 좁습니다. '좁은 문'의 세계랄까요. 선이라는 가치를 생각하게 되면 사람들은 자꾸 선택지를 줄이게 됩니다. 규제하는 것이죠. 이와 달리 미는 확장되죠. 톨스토이와 도스토예프스키는 정반대의 길을 가는데, 톨스토이는 선의 이념에서 구원의 가능성을 찾으려고 합니다. 바람직한 삶이란 무엇인가를 묻고 그 길을 찾으려고 합니다. 반면 도스토예프스키는 넓은 것에서 찾으려고 합니다. 미에서 찾는 거죠. 미가 인간을 구원할 것이라는 말은 그래서 나옵니다. 그런데 미라는 것은 언제나 고통을 수반하게 됩니다. 드미트리가 알료샤를 만나서 이렇게 얘기해요.

천사인 너의 안에도 이 벌레가 살고 있어서 너의 핏속에서 폭풍우를 낳는 거야. 이건 폭풍우야, 정욕은 폭풍우거든, 아니, 폭풍우 이상이지! 아름다움이란 말이다, 섬뜩하고도 끔찍한 것이야! 섬뜩하다 함은 뭐라고 정의 내릴 수 없기 때문이고, 뭐라고 딱히 정의 내릴 수 없다 함은 하느님이 오로지 수수께끼만을 내놨기 때문이지. (……) 나는, 동생아, 교양이라곤 통 없는 놈이지만 이 점은 많이 생각했어. 비밀이 너무도 많아! 너무도 많은 수수께끼들이 지상의 사람을 짓누르고 있어. (……) 아름다움이란 정말! 덧붙여 내가 참을 수 없는 건 어떤 사람이, 그것도 고귀한 마음과 드높은 이성을 가진 사람이 마돈나의 이상에서 시작하여 소돔의 이상으로 끝을 맺는다는 거야. (……) 아니야, 인간이란 넓어, 너무도 넓어, 나는 차라리 축소시켰으면 싶어. 젠장, 도대체 뭐가 뭔지 알게 뭐람, 정말! 이성에겐 치욕으로 여겨지는 것이 마음에겐 완전히 아름다움이니 말이다.

이게 드미트리의 문제의식입니다. 인간은 수수께끼라는 것 그리고 인간의 마음이라는 것은 소돔의 이상과 마돈나의 이상이 투쟁하는 전쟁터라는 것. 그래서 드미트리는 성격(캐릭터)을 갖지 않은 인물입니다. 성격을 가진 경우에는 정해진 틀이 있어서 자극에 대한 반응이 예측 가능합니다. 하지만 드미트리는 예측할 수가 없어요. 그가 자유로운 인간이기 때문입니다. 그런 자유를 갖는다는 것은 그만큼 넓은 내면을 가지고 있다는 얘깁니다. 도스토예프스키는 그런 인간들을 다룹니다.

예상할 수 있는 일이지만 소비에트에서는 도스토예프스키 문학이 상당 기간 평가절하되고 폄하됐습니다. 잔인한 재능이라고 불렸는데 그럴 수밖에 없겠죠. 사회주의적 인간형이라는 게 있는데 도스토예프스키식 인간학으로 보면 속 좁기 이를 데 없는 인간들일 테니까요. 따라서 현실 사회주의 이념에 동조하는 사람들은 도스토예프스키를 퇴폐적이면서 반동적인 작가라고 치부하곤 했습니다. 모두가 행복한 이상사회를 건설하려고 하는데, 고통에서도 쾌감을 느낀다는 인간이 등장하면 곤란하겠죠.

또 다른 합리성의 세계

이반은 서구 합리주의와 무신론을 대변하는 인물입니다. 그가 제시하는 무신론의 핵심은 「대심문관」에 집약돼 있습니다. 16세기 스페인에 그리스도가 재림하지만 바로 체포돼 대심문관한테 심문을 받습니다. 그는 그리스도가 인간에게 꼭 필요한 세 가지 힘 즉 기적과 신비와 권위를 거부하고, 지상의 빵 대신 자유를 부여함으로써 그들을 영원히 불행하게 만들었다고 비판합니다.

그리스도적 자유라는 것은 인간에게 여러 가지 선택이 가능하다는 것, 곧 결정돼 있지 않다는 것이죠. 그래서 선을 선택할 수도 있고 악을 선택할 수도 있습니다. 그리고 그 선택에 대해 책임을 지거나 대가를 지불해야 합니다. 대심문관이 보기에 그것은 나약한 인간에게 너무 과도한 부담입니다. 인간에겐 선택의 자유, 양심의 자유만큼 짐스러운 게 없습니다. 인간은 나약하기 때문에 자신을 이끌어줄 강력한 힘과 물질적 풍요를 갈망하게 되는데 대심문관은 그리스도가 이런 요구를 무시했다고 말합니다. 이런 주장은 서구 합리주의, 공리주의, 무신론 그리고 모든 형태의 사회주의, 메시아주의의 논리이기도 합니다.

이러한 논리의 밑바탕에 있는 것이 휴머니즘입니다. 그래서 대심문관의 주장, 곧 이반의 사상에 매력을 느끼게 되죠. 그런데 이반의 휴머니즘, 서구식 휴머니즘에는 맹점이 있습니다. 이반이 알료샤에게 얘기합니다. "어떻게 자기와 가까이 있는 사람들을 사랑할 수 있는지 나는 절대로 이해할 수가 없었어." 멀리 있는 인간에 대한 사랑, 이것이 휴머니즘에 대한 정의입니다. 인간에 대한 사랑이지만, 좀더 구체적으로는 멀리 있는 인간이나 추상적인 인간에 대한 사랑이 서구식 휴머니즘입니다.

이와 반대되는 건 물론 가까이에 있는, 구체적 인간에 대한 사랑이자 이웃에 대한 사랑이겠죠. 이반과 조시마 장로가 사상적으로 대립한다고 할 때 쟁점은 인간에 대한 사랑이냐 아니냐가 아니라 어떤 사랑이냐는 것입니다. 멀리 있는 인간에 대한 사랑으로서의 휴머니즘인가 아니면 그리스도가 "네 이웃을 네 몸같이 사랑하라"라고 할 때의 그 이웃에 대한 사랑인가.

이 사상적 대립은 작품에서 유클리드적 이성 대 비유클리드적 이성 간의 대립으로 변주됩니다. 이반 카라마조프는 자주 '나의 제한적 이성'이니, '나의 유클리드적 이성'이니, '나의 가련한 지상적 유클리드적 지혜에 따르면' 하는 식으로 말합니다. 이반이 자신의 이성에 대해 말하면서 '유클리드적'이라고 스스로 표현하는 것이고, 거기엔 작가 도스토예프스키의 의도가 반영돼 있다고 봐야겠죠. '지상적·유럽적·유클리드적'이라는 말은 모두 동의어입니다. 그렇다면 유클리드적 이성이란 무엇인가요? 핵심은 유클리드 기하학의 평행선 공리입니다. 유클리드 기하학을 구성하는 공리 가운데 가장 길고 조잡해서 공리로서 자격을 의심받아온 다섯 번째 공리가 평행선 공리입니다. 그러다가 19세기 수학자들이 다른 공리들은 다 만족시키지만 평행선 공리는 만족시키지 않는 다른 기하학 체계가 가능하다는 것을 증명해냅니다. 그게 비유클리드 기하학이에요.

『카라마조프가의 형제들』 「대심문관」 편 삽화(일리야 그라즈노프)

유클리드 기하학의 평행선 공리란 한 직선이 있고, 그 선 위에 있지 않은 한 점으로부터 이 직선과 평행한 직선은 단 하나만 그을 수 있다는 것입니다. 하지만 이 공리는 평면 공간, 그러니까 곡률=0일 경우에만 성립합니다. 오목하거나 볼록한 공간, 즉 곡률이 0보다 크거나 작은 공간에서는 성립하지 않죠. 유클리드 기하학에서는 삼각형의 내각의 합이 180이죠. 그러면 볼록한 구(球)에서는 어떻게 될까요? 180보다 커요. 반대로 오목한 공간에서는 180보다 작죠. 볼록한 공간에서는 평행한 직선을 하나도 그을 수 없는 반면 오목한 공간에서는 평행한 직선을 무수히 많이 그을 수 있어요. 이건 난센스가 아닙니다. 비유클리드 기하학은 비합리적인 세계가 아니라 또 다른 합리성의 세계입니다. 그러니까 기하학은 유클리드 기하학과 비유클리드 기하학을 합친 겁니다. 산술적으로 치면 유클리드 기하학은 전체의 3분의 1밖에 안 되죠. 곡률=0인 경우, 곡률>0인 경우, 곡률<0인 경우, 세 가지가 있다고 할 때 유클리드 기하학은 곡률=0인 경우에만 한정되니까, 3분의 1이라고도 볼 수 있는 거죠.

도스토예프스키는 유클리드 기하학을 유럽적 세계라고 봅니다. 유럽적 이성을 대표하는 이반 카라마조프는 평행선이 서로 만나는 것을 이해하지 못합니다. 자신이 두 눈으로 그런 걸 보아도 믿을 수 없다고 말합니다. 도스토예프스키는 그런 한계를 지적하고 싶은 것이죠. 이와 달리 비유클리드 기하학을 포함한 넓은 세계가 러시아적 세계입니다.

실제로 비유클리드 기하학을 처음 발견한 사람이 러시아 수학자 니콜라이 로바체프스키입니다(또 다른 발견자는 독일 수학자 리만입니다). 19세기 중반 도스토예프스키와 동시대에 활동했던 수학자죠. 도스토예프스키의 생각으로는 이건 우연이라고 치부할 수 없는 것이었습니다. 러시아의 수학자가 유럽의 유클리드 기하학의 허점을 밝혀내고 새로운 기하학 체계를 세웠다는 것이 도스토예프스키에게는 중요한 모티프가 된 거죠. 그래서 '유럽 대 러시아'는 '유클리드 기하학 대 비유클리드 기하학'으로 변주됩니다. 그리고 자연스럽게 유럽은 러시아를 이해할 수 없지만, 러시아는 유럽을 이해할 수 있다는 말이 나오죠. 러시아는 비이성을 대변하는 게 아니라 폭넓은 이성을 대변합니다. "유럽은 러시아를 이해할 수 없지만,

러시아는 유럽을 이해할 수 있다"고 한 도스토예프스키의 말은 그래서 가능합니다. 억지가 아니라 수학입니다.

만인은 만인에게 죄인이다

요컨대 이반의 사상의 핵심은 유럽적 휴머니즘과 유클리드 기하학입니다. 서구적 이성의 합리주의와 휴머니즘의 최대치를 보여주는 게 이반의 사상인데 그것이 어떻게 실패하는가, 어떻게 실족하는가 그리고 러시아 사상이 그것을 어떻게 극복할 수 있는가를 보여주는 것이 『카라마조프가의 형제들』에서 작가가 떠안은 과제입니다. 저는 로렌스처럼 도스토예프스키가 그걸 보여주는 데 실패했다고 생각하지 않습니다. 이 작품에서 도스토예프스키는 휴머니즘 대신 이웃에 대한 사랑 그리고 이걸 포함하는 넓은 의미의 이성을 제시합니다. 그러한 작가의 사상을 대변하는 인물이 조시마 장로입니다. 대심문관 이야기에 이어지는 「러시아 수도사」 편에는 조시마 장로의 자전적 이야기가 들어 있습니다. 어렸을 때의 일로 조시마 장로의 형 마르켈이 18세에 폐결핵에 걸려 죽습니다. 죽기 전에 하루는 마르켈이 병상에서 일어나서는 하인들한테 얘기합니다.

사랑스러운 여러분, 소중한 여러분, 무엇 때문에 나한테 이렇게 잘 해주시는 겁니까, 내게 이런 대접을 받을 만한 자격이라도 있습니까?

서구의 근대적 정치이념은 모든 인간이 평등하다고 얘기합니다. 그래서 주인도 노예도 없죠. 모두 대등하다는 건데 도스토예프스키는 그렇게 보지 않았습니다. 인간에겐 주인과 하인이 있다고 봤습니다. 그리고 이런 위계 관계는 변하지 않습니다. 그 점에선 반동적이죠. 다만 도스토예프스키가 생각하는 유토피아는 하인이 주인한테 봉사하는 게 아니라 주인이 하인한테 봉사하는 겁니다. 평등한 사회에서라면 아무도 봉사하지 않아요. "네가 뭔데 내가 너에게 봉사를 해야 하느냐?"라고 말하는 사회가 평등사회라면 도스토예프스키의 세계는 "여러분, 제게 무슨 자격이 있어서 저한테 잘해주십니까? 제가 봉사하겠습니다"라고 말하는 세계예요.

'만인은 만인에게 죄인이다' 또는 '만인은 만인에게 책임이 있다' 이게 조시마 장로의 핵심 사상입니다. 한 사람이 책임지는 게 아니라 다 책임지는 겁니다. 개인주의적 관점에서 보면 불합리하고 억울할 수 있습니다. 서구식 개인주의는 '만인은 만인에게 이리다'(토머스 홉스)라는 생각에 기초합니다. 사회계약론의 기본 사상이죠. 우리 모두가 각자에게 이리 같은 존재이기에 자연 상태는 지옥이죠. 그래서 국가라는 괴물(리바이어던)을 만들어낸다고 봅니다. 각자의 권리를 조금씩 양도해서 국가라는 괴물을 만들어놓고 거기에 복속되는 겁니다. 국가는 그렇게 만들어진 차악(次惡)의 공동체입니다. 그런데 그와는 대조적으로 도스토예프스키는 죄의식과 책임의 공동체를 유토피아로 제시한 겁니다.

드미트리가 실제로 살인을 저지르지 않았으면서도 유죄를 선고받고 시베리아 유형을 가게 되는 것은 이런 사상을 구현하는 의미가 있습니다. 만인은 만인에게 죄인이니만큼 모두에게 다 책임이 있으니까요. 그런데 모두에게 책임이 있다면 전체를 n분의 1로 나눠 가지는 것이냐? 그건 아닙니다. 그건 서구식입니다. 우리는 모두에게 책임이 있지만, 그중에서도 내가 가장 책임이 크다는 게 도스토예프스키식이고 러시아식입니다.

즉 두 가지가 같이 있어야 합니다. (1) 인간은 모두에게 책임이 있다.

(2) 나에게 가장 큰 책임이 있다. 이렇게 정리한 사람은 유대계 프랑스 철학자 레비나스입니다. 그는 원래 리투아니아 출신이라 러시아어가 모국어예요. 그래서 러시아 문학의 영향을 많이 받았는데, 특히『카라마조프가의 형제들』을 읽고서 감동을 받았다고 합니다. 레비나스와 도스토예프스키의 세계에서는 내가 '1인칭'이기 때문에 가장 많은 책임을 떠안게 됩니다. 그런 면에서 '나'와 '너'는 비대칭입니다. 모두가 평등하다고 가정하는 서구식 관점과는 차이가 있지요. 만약에 '나'와 '너'가 대칭적이고 동일하다면 윤리적 주체는 탄생하지 않습니다. '최대 다수의 최대 행복'이 도덕적 선이라 말하는 공리주의에서처럼 계산으로 환원돼버립니다.

끝으로 알료샤는 이 작품에서 특별한 사상을 갖고 등장하지 않습니다. 아직 미숙해서 단지 메신저 역할을 할 뿐이죠. 작품에 등장하는 모든 인물과 사이가 좋습니다. 모두를 연결하는 인물입니다. 다만 미래의 주인공입니다. 미래의 러시아죠. 그러므로 알료샤의 장래를 두고 이반과 조시마 장로가 대결하는 구도 또한 미래의 러시아를 두고 논쟁하는 것과 같습니다. 다만『카라마조프가의 형제들』이 작가의 원래 계획과 달리 미완으로 남았기 때문에 알료샤의 이야기는 본격적으로 다뤄지지 않았습니다. 메모에 따르면 알료샤는 나중에 테러리스트가 되는 것으로 그려질 예정이었는데, 그렇다면 수난을 통한 구원이라는 도스토예프스키 문학의 주제가 한 번 더 반복되었을 것입니다. 도스토예프스키는 인간이 구원받기 위해서는 먼저 러시아인이 되어야 한다고도 말했습니다. 그에겐 지름길이란 없었던 것이죠. 라스콜니코프가 우회할 수밖에 없었듯이 말입니다.

오늘 강의는 여기까지입니다.

사람은 무엇으로 사는가

톨스토이의 『안나 카레니나』 읽기

레빈으로서는 당시엔 진실을 알았지만 지금은 잘못 알고 있다고 인정할 수 없었다. 왜냐하면 그걸 침착하게 생각할 때마다 모든 것이 산산조각 났기 때문이다. 그렇다고 당시 잘못 알고 있었다고 인정할 수도 없는 것이, 당시의 정신 상태를 소중하게 여겼기 때문이다. 따라서 그걸 유약함으로 설명하면 소중한 순간을 더럽히는 셈이었다. 그는 자신과의 괴로운 반목 상태에 놓여 있었고 거기서 빠져나오려 온 힘을 기울였다.

『안나 카레니나』 가운데서

톨스토이에 대해서

　오늘은 톨스토이 이야기를 하겠습니다.

레프 톨스토이는 따로 설명을 하지 않아도 될 만큼 러시아의 대문호이고 특히 우리나라에는 일찍부터 소개되어 많은 독자에게 사랑을 받아온 작가이기도 합니다. 우리만 그런 건 아닙니다. 2007년 영어권의 현역 작가 125명에게 가장 좋아하는 최고의 작품을 10편씩 골라달라는 설문조사를 한 적이 있습니다. 그때 1위가 톨스토이의 『안나 카레니나』였고, 2위가 플로베르의 『마담 보바리』, 3위가 다시 톨스토이의 『전쟁과 평화』, 4위가 나보코프의 『롤리타』였습니다. 톨스토이의 두 장편소설이 베스트 5 안에 들어 있다는 것만으로도 작가의 위상과 명성을 짐작할 수 있습니다. 톨스토이는 러시아를 넘어서 세계적인 대문호로 평가받는 거장이기도 합니다.

유년 시절에 얻은 두 가지 주제

레프 니콜라예비치 톨스토이는 1828년 야스나야 폴랴나의 톨스토이 백작 가문의 4남으로 태어난 걸로 돼 있습니다. 톨스토이의 유년과 관련해서 중요한 대목은 일찍이 어머니와 아버지를 여의었다는 겁니다. 어머니는 1830년에 세상을 떠났습니다. 작가가 두 살 때 그러니까 우리 나이로는 세 살 때고, 아버지는 아홉 살 때 세상을 떠납니다. 말하자면 고아인 셈인데 이 때문에 성장기 대부분을 친척 집을 전전하면서 지내게 됩니다. 어머니의 부재가 톨스토이에게 끼친 영향은 매우 커서 단지 불우한 어린 시절로 끝나는 게 아니라, 그 자신의 여성상과 그의 문학에 나타나는 여성상에 깊은 그림자를 드리우게 됩니다.

집필하는 톨스토이(니콜라이 게, 1884)

1844년 카잔대학교 동양어학부에 들어가는데 이곳에서 톨스토이는 여러 언어를 배우게 됩니다. 거의 10개 국어를 익혔다는군요. 만년에 톨스토이가 세계적인 대작가이자 성자의 반열에 오르자 러시아뿐만 아니라 세계 각처에서 톨스토이의 영지로 직접 찾아오기도 하고 편지를 보내기도 했는데, 톨스토이는 해당 언어로 답장을 써줬다고 합니다. 스스로 자부심을 가질 만큼 대단히 박식하고 명석한 학생이었죠. 하지만 대학을 졸업하지는 않았습니다. 대학을 중퇴한 뒤 카프카스 지역의 군에 입대해 크림전쟁에 참전하게 됩니다. 이때의 경험이 나중에 『전쟁과 평화』를 쓰는 데 도움이 많이 되죠.

1852년 잡지 《동시대인》에 『유년시절』을 발표하면서 작가로 데뷔합니다. 이 작품은 톨스토이의 데뷔작이기 때문에 중요하기도 하지만 그의 작품 중에서 가장 쉽게 읽을 수 있는 작품이기도 합니다. 『유년시절』에서 톨스토이는 자신이 작가로서 평생 다루게 될 두 가지 주제의 실마리를 보여주는데, 하나는 '죽음'이고, 하나는 '예술'입니다. 죽음은 주인공이 아홉 살 때 세상을 떠난 어머니의 죽음을 통해 그려 보이죠. 그때의 낯섦, 공포, 슬픔 등을 그 나이의 시선으로 다루고 있습니다. 죽음 문제는 성 문제만큼이나 톨스토이를 평생 따라다니는 주제입니다. 예술 문제는 주인공이 시를 한 편 쓰는데, 운율을 맞추기 위해 자신의 솔직한 감정과는 거리가 먼 거짓된 표현을 집어넣게 됩니다. 그런데 외할머니를 비롯해 주변 사람들에게 칭찬을 받죠. 거짓과 기만이 칭찬받는 예술작품을 만든다는 것, 나중에 톨스토이의 예술론으로 이어지는 테마이기도 합니다. 아무튼 죽음과 예술 이 두 가지 주제가 데뷔작에 이미 나타나 있다는 점에서 상당히 의미 있는 작품이라고 볼 수 있습니다.

당시 러시아 문단에서 가장 정평 있는 잡지에 작품이 실리면서 톨스토이는 일약 러시아의 대표 작가로 알려지게 되는데, 워낙 반응이 좋아 내리 3부작을 쓰게 됩니다. 『유년시절』에 이어 『소년시절』, 『청년시절』까지. 하지만 이 3부작 가운데 『유년시절』이 가장 뛰어나고 자신의 속내를 제일 많이 드러낸 작품이기도 합니다.

여성 심리의 대가

젊은 시절엔 방탕한 생활을 했습니다. 결혼도 늦게 하죠. 34세 때인 1862년, 18세의 소피야 안드레예브나 베르스와 결혼합니다. 두 사람의 불화는 워낙 유명해서 관련 책도 많이 나왔을 정도입니다. 특이한 것은 두 사람이 평생에 걸쳐 일기를 썼다는 사실입니다. 톨스토이는 이십대부터 만년에 이르기까지 거의 60년 동안 일기를 썼습니다. 아내 소피야도 일기를 썼죠. 처음에는 상대방이 보라는 의미에서 쓰기 시작했지만, 그래도 오해가 해소되지 않으니까 나중에는 후대 사람들이 보고 판단할 수 있는 자료를 남긴다는 차원에서 썼다고 합니다. 그 바람에 부부간의 불화와 전쟁에 대한 하나의 인류학적 자료로 남게 되었습니다. 그 긴 시간 같은 사안을 두고 부부가 함께 기록했으니 정말 특이한 경우죠. 특히 19세기 러시아 상류 귀족사회에서 부부간의 갈등과 불화 문제는 물론, 굳이 시대적으로 한정하지 않더라도 남녀 간의 오해와 불화가 어떻게 빚어지는지를 살펴보는 데도 중요한 자료가 됩니다.

먼저 시비를 건 쪽은 톨스토이인데 자신이 청년 시절에 썼던 일기를 결혼하자마자 아내에게 읽으라고 보여줬답니다. 보통은 다 태워버리고 깔끔하게 정리하는데, 톨스토이는 아내에게 자신의 치부까지 다 보여줘야 과거 생활이 정화된다고 생각한 모양입니다. 톨스토이가 가장 싫어했던 게 거짓과 기만이었으니 그럴 수 있겠다 싶지만, 한편으로는 사회적 행위라는 것이 자신의 뜻대로 행동하는 것이라기보다 자신에게 요구되는 역할을 수행하는 것이라고 볼 때, 아무리 부부간이라 해도 지나친 셈이었죠. 현실은 보통 어느 정도의 기만과 가장으로 이루어지는 것이니까요.

톨스토이의 아내 소피야와 딸 알렉산드라

저는 톨스토이가 너무 일찍 부모를 잃어서 대타자, 즉 자기에게 뭔가를 금지할 수 있는, 명령할 수 있는 존재를 갖지 못했기 때문이라고 생각합니다. 다른 한편으로는 아홉 살에 고아가 되어 여러 친척 집을 전전하는 동안 톨스토이는 늘 눈치를 볼 수밖에 없었는데, 남의집살이를 하게 되면 아무래도 '저 사람들이 나를 어떻게 생각할까?' 하고 예민하게 반응하게 되죠. 그런 심리가 체질화된 탓도 있을 겁니다. 그 덕분에 톨스토이는 어린 나이에 대단한 관찰력의 소유자가 됩니다. 톨스토이 작품에 나타난 섬세한 묘사는 아마도 그런 숙련 과정의 결과가 아닌가 싶습니다.

톨스토이는 특히 여성 심리의 대가입니다. 도스토예프스키와 많이 비교되는 부분 중 하나죠. 도스토예프스키는 여성에 대해서 잘 몰랐습니다. 지나치게 이상화하거나 거꾸로 지나치게 비하하거나 둘 중 하나였죠. 게다가 일반적인 여성보다 신경질적인 여성을 주로 그린 편입니다. 그쪽으로는 세계 문학사에서 도스토예프스키만 한 작가가 없죠. 하지만 그는 정상적인 여성에 대해서는 잘 몰랐습니다.

이와 달리 톨스토이는 여성에 대해서는 일가견이 있습니다. 열네 살에 처음 성경험을 갖는데 그때 느꼈던 것까지 빠짐없이 적어놓았어요. 소피야와 결혼하기 전에는 마을의 젊은 아낙과 육체적 관계에 빠지기도 했죠. 지주였던 톨스토이는 경제적으로 보상을 해주면서 유부녀인 그 아낙과 계속 관계를 한 겁니다. 매번 자기비판을 하면서도 그런 관계 속에서 헤어나오지 못했고, 결혼하게 된 계기도 빨리 그 생활에서 벗어나기 위해서였죠. 그런데 소피야가 갓 결혼해서 남편이 보여주는 일기를 보니 집에서 일하는 여자인 악시냐의 이름이 자주 나오는 거예요. 몸집이 뚱뚱한 악시냐가 바로 톨스토이와 관계를 한 아낙이었으니 소피야가 경악할 수밖에 없었겠죠.

결혼생활의 빛과 그림자

부부 모두 결혼생활이 끔찍했다고 술회했지만, 자녀를 모두 13명이나 낳았습니다. 1862년에 결혼해서 1863년 첫아이를 낳고, 열세 번째로 이반을 1888년에 낳았어요. 1888년이면 부부 사이가 아주 안 좋았을 때인데 그 이후에도 부부관계는 계속된 걸로 돼 있습니다. 그래서 애증의 관계라지만 오늘날의 시각으로는 이해하기 어려운 부분도 있습니다.

그래도 결혼 이후에는 방탕한 생활에서 벗어나 나름대로 정서적으로 안정된 생활을 영위할 수 있었기에 1860년대에는 『전쟁과 평화』, 1870년대에는 『안나 카레니나』 등 대작 장편소설을 쓰게 됩니다. 대작을 쓰려면 경제적으로나 정서적으로 안정되지 않으면 불가능합니다. 부부가 서로 안 맞는 부분이 있고 불화를 빚었지만 두 작품이 나올 수 있었다는 것만으로도 그들의 결혼생활은 정당화될 수 있지 않을까요. 특히 『전쟁과 평화』는 톨스토이가 갈겨써놓은 것을 아내 소피야가 여러 번 정서했습니다. 한 번 읽기도 어려운 그 방대한 분량의 소설을 여러 번 필사했다는 것은 대단한 정성이죠. 게다가 소피야는 그 작업을 자발적으로 했습니다. 어린 나이에 고집스러운 작가와 결혼했지만 내조는 헌신적으로 한 셈입니다. 다만 남편에 대한 독점욕, 소유욕이 강했던 것만은 분명해보입니다.

결국 마지막에 크게 다툰 톨스토이는 1910년 10월 28일 가출해서 11월 7일 객사합니다. 집을 나가서 열흘도 못 버틴 것입니다. 육체적으로 대단히 건강했는데도 집 나가서 열흘 정도밖에 못 버텼다는 것에서 가정의 혜택이 얼마나 컸는지 짐작할 수 있습니다. 가정 안에서 아내와 동고동락하면서는 모든 것을 이룰 수 있었지만, 집을 나가서는 채 열흘도 버티지 못하고 만 것이죠.

톨스토이는 외모에 콤플렉스가 있었습니다. 일기에 '나는 구제불능이다'라고 써놓기도 했죠. 그래서 결혼도 일부러 늦게 한 면이 있습니다. 청년 시절 숱한 여성편력을 경험했으면서도 쉽게 결혼하지 못한 것은 누구든 자기와 결혼하고자 하는 여자는 자기를 사랑하거나 존경해서가 아니라, 자기 지위나 재산 때문일 거라고 생각했어요. 자기 외모를 보고는 자신을 사랑해줄 여자는 없다고 생각했기 때문이죠. 이런 콤플렉스는 결혼하고 나서도 없어지지 않아 아내 소피야와도 문제가 되었습니다. 아내가 자기를 사랑해줄 거라고 믿지 못한 것이죠.

『전쟁과 평화』 자필 원고

톨스토이는 자기 자신을 혐오하고 비하하면서도 거의 신적인 존재라 생각했어요. 우울해 할 때도 있었습니다. 어떤 때는 신으로서 부족해보였거든요. 자신에 대한 기대치가 낮을 때는 '이 정도면 훌륭해' 하겠지만 자신을 신이라고 생각했기 때문에 조금만 부족하다고 느끼면 자기 비하까지 가게 되는 겁니다.

톨스토이에 대한 유명한 연구서도 많이 나와 있는데 그중 한 권은 『카우치에 누워 있는 톨스토이』입니다. 카우치는 정신과 치료받을 때 드러 눕는 소파인데, 정신분석의 대상으로서 톨스토이를 연구한 것이죠. 도스토예프스키도 프로이트 이후 정신분석학자들의 관심 대상이지만 톨스토이도 그에 못지않습니다.

48번째 결혼기념일에 찍은 사진(1910)

러시아란 무엇인가

톨스토이가 『전쟁과 평화』를 구상한 것은 1825년 12월의 데카브리스트 봉기가 계기가 되었습니다. 톨스토이의 조상 중에 봉기에 직접 참여한 인사도 있었기에 톨스토이는 데카브리스트의 역사에 대해 쓰려고 했습니다. 그런데 데카브리스트 봉기는 1812년 나폴레옹 전쟁의 결과로 발생한 것이었습니다. 그러니 데카브리스트 봉기에 대해 쓰려면 1812년 전쟁에 대해 먼저 써야 했던 것이죠. 그래서 쓴 게 『전쟁과 평화』인데 워낙 방대하다 보니 정작 데카브리스트 봉기에 대해서는 쓰지 못했어요. 『전쟁과 평화』는 1805년부터 1820년경까지 15년 정도를 다룬 대하소설입니다.

『전쟁과 평화』는 러시아라는 국가의 정체성, 통일성을 모색한 작품으로서 의의가 있습니다. 한 나라의 정체성은 자발적으로 형성되지 않습니다. 외부의 자극이나 충격이 있어야 스스로의 정체성에 대해 고민하게 되는 거죠. 사춘기가 보통 그렇잖아요. 자기 정체성이 형성되는 기간으로, 비로소 남과 자신을 분리하고 자아 개념이 확고해지죠. 남과 자신을 분리하려면 당연히 타인의 자극이 있어야 해요. 마찬가지로 한 나라의 정체성 또한 외부의 어떤 충격 때문에 생겨나는데, 러시아의 경우 1812년 전쟁이 그런 자극과 충격을 주는 역할을 하게 됩니다.

나폴레옹 군대와의 전쟁이 바로 타자 역할을 한 셈이죠. 그런 타자에 대한 반응으로 러시아란 무엇인가에 관심이 생기게 됩니다. 그러면서 전쟁 이후 러시아의 역사가 처음 쓰입니다. 카람진의 『러시아 국가사』가 푸슈킨에게 대단히 큰 영향을 끼쳤다고 말씀드렸죠. 그러니까 『전쟁과 평화』는 단순히 전쟁과 평화의 이야기이거나, 주인공 나타샤의 성장소설인 것만이 아니라 그 이상의 의미, 즉 러시아란 무엇인가를 질문하는 소설이기도 합니다.

도스토예프스키의 경우는 유럽이라는 타자에 대한 대타의식으로서 러시아(자아)라는 민족의식을 강조합니다. 그에게는 '나'와 '타자'를 어떻게 구획할 것인지가 『가난한 사람들』 이후 줄곧 이어진 문제의식이었고, 그 것이 나중에 러시아 대 유럽이라는 대립으로 확장됩니다. 그래서 나보코 프는 도스토예프스키를 일컬어 가장 러시아적인 작가이면서 가장 유럽 적인 작가라고도 말했습니다. 러시아라는 정체성이 유럽이라는 타자와 의 대비 속에서 규정되니 가장 러시아적인 작가가 되려면 가장 유럽적인 작가가 되어야 합니다. 아닌 게 아니라 도스토예프스키는 유럽의 정황에 대해 대단히 민감하게 관심을 보였고, 신문이나 잡지, 신간 들을 그때그 때 읽고 관심을 표명했죠.

하지만 톨스토이는 타자보다 '나'의 세계에 관심이 더 많았습니다. 도 스토예프스키가 평생 니힐리즘과 대결했다면, 톨스토이는 에고이즘과 싸웠다고 생각되는데, 톨스토이의 경우 데뷔작부터가 자전 3부작이죠. 자기 이야기였던 셈입니다. 이게 확장되면 러시아라는 나라의 정체성과 통일성의 문제가 됩니다.

『전쟁과 평화』에 보면 궁정에서는 물론 지주나 귀족들이 모두 프랑스 어를 씁니다. 그런데 프랑스 군대가 쳐들어와요. 그때 러시아는 과연 무 엇인가? 상류 계급은 모두 프랑스어를 쓰고, 프랑스 문화를 모방하는 세 태에서 과연 러시아란 무엇인가? 그런 문제를 제기합니다. 러시아 민중 과 이반돼 있는 귀족과 지주들의 문화가 외부의 충격에 대응해서 어떤 통일성을 확보할 수 있을까? 그런 문제를 다룬 겁니다.

소설가 또는 사상가 톨스토이

그런가 하면 자신의 욕망과 도덕률을 어떻게 조화시킬 것인가 또한 톨스토이가 관심을 가졌던 문제입니다. 단순화하면 육체와 정신을

『전쟁과 평화』의 무도회 장면

어떻게 조화시킬 것인가의 문제죠.

『안나 카레니나』는 앞에서 말씀드린 대로 소설가들이 뽑은 최고의 작품입니다. 그런데 이 작품은 완결되지 않았습니다. 마지막까지 레빈이 품고 있는 형이상학적인 물음, 즉 죽음에 직면해서 스스로에게 자문하는 삶의 신비나 의미에 대한 물음이 답변을 얻지 못하고 열린 채 남아 있게 되죠. 톨스토이는 이 작품 이후에 모든 예술로서의 소설을 부정하고 포기하게 됩니다. 더는 본격적인 소설을 쓰지 않습니다. 중단편 소설은 이후에도 계속 쓰지만 대부분 교훈적인 의도성을 담은 작품들입니다. 국내에도 톨스토이 단편선들이 많이 소개돼 있지만, 그건 작가 톨스토이와는 별관계가 없는 작품들입니다. 예술작품으로서의 소설은 아니라는 얘기죠. 그래서 보통은 『안나 카레니나』 출간을 기점으로, 즉 1878년을 기점으로 톨스토이를 전기와 후기로 나눕니다. 소설가 톨스토이와 그 이후의 사상가 또는 설교가로서 톨스토이를 대비하죠.

영화 〈전쟁과 평화〉의 한 장면(세르게이 본다르추크 감독·주연, 1966~1967)

그런가 하면 『전쟁과 평화』의 톨스토이와 『안나 카레니나』의 톨스토이 또한 작가적 세계관이 다릅니다. 『전쟁과 평화』는 변증법적인 것과 달리

『안나 카레니나』는 형식 논리적입니다. 『안나 카레니나』에서는 선과 악의 이분법적 대비가 분명합니다. 선은 선이고 악은 악이에요. 두 대립 사이의 화해나 동일성에 대해서는 고려하지 않습니다. 그런 점이 『안나 카레니나』의 특징입니다. 따라서 『안나 카레니나』 이후에는 소설이라는 미학적 장치가 필요하지 않습니다. 오히려 거추장스러워지죠.

농부의 아이들과 함께한 톨스토이(1856)

미학적 장치라는 것은 우회로입니다. 도스토예프스키는 미가 세상을 구원한다고 생각했기 때문에 마지막까지 소설가로 남아 있을 수 있었습니다. 미를 우회로로 생각한 것이죠. 반면 후기 톨스토이는 미를 기만이라고 생각했습니다. 선으로 가는 지름길이 있다고 여긴 겁니다. 그래서 뒤로 갈수록 소설이 짧아져요. 도덕적 교훈을 위해서는 방대한 소설을 쓸 필요가 없습니다. 간단하게 「사람은 무엇으로 사는가」, 「바보 이반 이야기」 등을 쓰게 됩니다. 그냥 그렇게 단순하고 소박하게 살면 되지 공연히 복잡하게 사유하거나 우회할 필요가 없다고 보는 겁니다. 이는 전기 톨스토이와 후기 톨스토이의 차이기도 한데 이 차이는 『전쟁과 평화』와 『안나 카레니나』의 대립구도 속에서도 반복됩니다.

『안나 카레니나』를 완성하자마자 쓴 작품이 『참회록』입니다. 1882년에 발표된 『참회록』은 『안나 카레니나』 이후의 톨스토이를 이해하는 데 매우 중요한 책입니다. 톨스토이가 왜 소설가로서의 자신을 부정하고 설교가의 길로 들어서게 됐는지를 알 수 있습니다. 그 이후에 쓴 소설 중 장편소설 『부활』이 『전쟁과 평화』, 『안나 카레니나』와 함께 흔히 톨스토이의 3대 장편소설로 불리지만, 『부활』을 과대평가한 것으로 여겨집니다.

『부활』은 1899년 당국의 탄압을 받던 두호보르교도들이 캐나다로 이주할 수 있도록 비용을 대주기 위해서 쓴 소설입니다. 흔히 네홀류도프와 카츄샤의 사랑 이야기로 알려져 있지만 카츄샤 이야기는 많지 않고, 적잖은 분량이 러시아의 토지개혁 문제, 사법제도개혁 문제 등을 다루고 있습니다. 그런 사회적 이슈를 소설이라는 틀을 빌려 전달할 뿐 예술작품으로서 중요한 의의를 갖는 것은 아닙니다. 이 작품이 그런 목적성이 있음에도 뭔가 예술성을 갖는다면 톨스토이에게 숨길 수 없는 작가적 끼가 있기 때문일 겁니다. 실제로 이 작품이 발표되고 나서 2년 뒤인 1901년, 톨스토이는 러시아정교로부터 파문당합니다. 후기 단편들이 기독교 신앙을 옹호하지만 톨스토이 자신은 파문당한 몸이었죠.

참고로, 사회주의 해체 이후에 톨스토이 복권 운동이 일어나 톨스토이의 파문을 철회해달라고 러시아정교 측에 탄원한 적이 있습니다. 하지만 정교에서 내린 최종 판결은 '안 된다'였죠. 톨스토이가 러시아의 위대한 작가인 건 맞지만 정교도는 아니라는 게 최종 결론입니다. 톨스토이가 이교도의 성향을 가졌던 것은 사실입니다. 굳이 정교도가 아니더라도 기독교적 맥락에서도 정통 기독교와는 다른 신앙적 태도를 갖습니다. 톨스토이가 보기에 신은 자기 안에, 우리 안에 있는 겁니다. 우리 안에 신성이 있고 '나'가 곧 신입니다. 이런 태도를 기독교에서 받아들일 수는 없겠죠.

신에 대한 인간의 관념은 세 가지가 가능합니다. 인간에 대해서 신이 밖에 있는 경우, 즉 절대적 타자로서의 신입니다. 유대교의 신을 보통 이렇게 얘기합니다. 이와 달리 기독교의 신은 좀 특이합니다. 안에 있으면서 밖에 있는 신, 그리스도가 신이면서 동시에 인간이었죠. 그런가 하면 내 안에 신성이 내재하는 것, 즉 범신론적 신이고 불교적 신입니다. 저마다 부처인 거죠. 자기 안에서 신을 발견하는 겁니다. 톨스토이의 신관은 세 번째에 가깝습니다. 그래서 톨스토이는 동양사상에 매우 친화적입니다.

후기 톨스토이는 비폭력 무저항주의 사상의 원조라 할 수 있습니다. 간디보다 톨스토이가 먼저 이른바 톨스토이즘이라고 불리는 비폭력 무저항주의 사상을 내세우죠. 후기 톨스토이는 국가 폭력에 대해서도 신랄하게 비판하면서 국가조차 부정합니다. 대단히 과격한 사상이죠. 이런 부분이 한국에서는 제대로 수용되지 않고 오직 종교적 사상가로만 읽혔는데, 일면적 수용이라고 해야겠습니다.

톨스토이의 『안나 카레니나』 읽기

그럼 『안나 카레니나』로 들어가볼까요?

〈맨발의 톨스토이〉(일리야 레핀, 1901)

복수는 나의 것이니 내가 갚으리라

톨스토이는 『안나 카레니나』의 제사로 『성경』의 「로마서」에서 "복수는 나의 것이니 내가 갚으리라"를 인용합니다. 이 작품의 테마 중 하나가 복수라는 거죠. 다만 신의 시점에서 행하는 복수이니 너희의 몫은 아니라는 겁니다. '너희가 함부로 복수하지 마라, 응징하지 마라'라는 건데, 여기에 대해서는 나보코프가 분석한 것이 있습니다.

나보코프가 『롤리타』를 쓰기 전에 코넬대학에서 러시아 문학과 세계 문학에 대해 강의했는데, 그중 러시아 문학 강의가 책으로 묶였습니다. 그 책의 거의 3분의 1가량이 『안나 카레니나』에 대한 분석입니다. 나보코프는 이 책에서 안나의 자살을 해석하면서, 변심한 브론스키에 대해 안나가 자살로써 복수하는 것으로 보기도 하고, 브론스키와 안나의 사랑을 당시 사교계가 복수하는 것으로 보기도 합니다. 그리고 그런 복수에 대한 작가의 논평으로 제사를 읽기도 합니다. 복수에 대해서는 너희가 심판할 권리가 없다. 안나는 브론스키를 심판하려 했고, 사교계는 브론스키와 안나 커플을 심판하려 했고, 독자들과 다른 인물들도 안나의 불륜에 대해서 비판하려 했지만, 너희에게는 그럴 만한 자격이 없다, 복수는 내가 하겠다. 그런데 여기서 '나'는 톨스토이입니다. 신이면서 톨스토이, 작가는 자기 창조적 우주를 주관하는 자이면서 창조자, 말 그대로 조물주이기도 하니까요. 그럴 만한 자격이 있습니다.

『안나 카레니나』의 첫 문장은 소설의 첫 문장 가운데 가장 유명합니다. 많이 인용되기도 하죠.

행복한 가정은 서로 닮았지만, 불행한 가정은 모두 저마다의 이유로 불행하다.

번역본마다 조금씩 다르기는 합니다. 직역하면 모든 행복한 가정은 서로 닮았다는 겁니다. 다 비슷비슷하다는 얘기죠. 반면 불행한 가정은 제각각으로 불행하다는 겁니다. 그 불행한 가정 중 하나인 스치바 오블론스키 집안 얘기로 시작됩니다. 오블론스키가 가정교사와 바람피운 게 들통나서 어수선해졌고, 여동생인 안나가 오빠 부부를 중재하기 위해 모스크바로 오는 게 소설의 첫 대목입니다.

『안나 카레니나』 초판본(1878) 속표지

소설은 이원적 구성으로 돼 있습니다. 안나 이야기와 레빈 이야기. 그래서 작품 제목이 '안나 카레니나'인 것은 레빈으로선 불공평하기도 합니다. '안나와 레빈'이 더 형평에 맞는 제목이죠. 제목이 '안나 카레니나'이다 보니 영화화했을 때 전부 안나가 죽는 것으로 끝나곤 했습니다. 전체가 8부로 구성돼 있는데 7부에서 안나가 죽습니다. 그다음 8부에서는 순전히 레빈의 이야기가 이어지는데 영화에서는 모두 빼버렸었죠. 하지만 소설에서는 두 인물의 비중이 비슷합니다. 안나 이야기와 레빈 이야기가 교대로 제시되고 있죠.

처음엔 왜 두 이야기를 같이 묶었느냐, 소설 두 편이 한데 묶인 것 아니냐는 등 작품의 통일성을 두고 문제가 제기되기도 했는데, 톨스토이의 대답은 늘 확고했습니다. '이 작품은 이렇게밖에는 구성될 수 없다.' 필연적이라는 거죠. 그러니 안나의 이야기에만 집중하는 것은 톨스토이가 이 작품에서 말하려는 의도를 제대로 파악하지 못하는 것입니다.

톨스토이의 분신들

이 작품엔 안나와 브론스키, 나중에 결혼하게 되는 레빈과 키치, 그리고 돌리와 스치바 이렇게 세 커플이 나오고, 안나와 카레닌을 포함한 세 가지 유형의 결혼생활이 나옵니다. 스치바와 돌리는 가장 흔한 커플입니다. 우리 주변에서 가장 흔하게 볼 수 있는 타입이죠. 스치바는 아이의 가정교사와 바람을 피우지만, 자기 잘못은 그 사실을 들킨 것이라고 생각합니다. 들키지만 않았다면 문제될 게 없다는 거죠. 돌리 또한 짐까지 쌌다가 시누이인 안나의 중재로, 더군다나 다섯이나 되는 아이들의 장래를 생각해서 결혼생활을 유지하기로 합니다. 가장 평범한 커플입니다.

다음 안나와 카레닌은 조금 예외적 커플입니다. 나이 차이가 많지만 결혼생활 10년차에 여덟 살 된 아들 세료자를 두고 있고, 부부간에 딱히 돈독한 애정이 있는 건 아니지만 세료자에게 사랑을 쏟아부으며 큰 문제 없이 살아갑니다. 그러다 어느 날 안나가 운명적으로 브론스키를 만나면서 불륜에 빠지게 됩니다.

레빈은 이름에서도 알 수 있듯 작가 톨스토이의 분신입니다. 톨스토이의 모든 작품 가운데 톨스토이를 가장 많이 닮은 인물입니다. 레프 톨스토이의 레프(Lev)에 어미를 붙여서 레빈(Levin)이 됐습니다. 외모도 비슷합니다. 레빈도 자기가 못생겼다고 생각해요. 나이도 서른이 넘어 톨스토이가 결혼할 때와 비슷합니다. 톨스토이도 원래 마음에 둔 여성은 둘째 딸인 소피야가 아니라 그 밑의 동생 중 한 명이었답니다. 청혼을 하러 가서 이 집안의 네 딸 중 우연찮게 튀어나온 이름이 소피야였어요. 그 전에는 별로 관심이 없었는데, 청혼한 뒤 일주일 만에 결혼했죠. 이 작품에서 레빈도 원래는 키치와 결혼하려던 게 아니었습니다. 딸 셋 중 처음엔 돌리에게 관심이 있었지만 돌리는 친구인 스치바와 결혼해버렸고, 시골 영지에 내려갔다 왔더니 둘째인 나타샤도 결혼해버리고 키치만 남았던 거죠. 그래서 키치한테 청혼한 겁니다.

가끔 강의 시간에 이런 질문을 하는데요. 만약 고골이 『안나 카레니나』를 썼다면 누가 주인공일까요? 스치바가 주인공입니다. 대표적인 생리학적 인간이죠. 잘 먹기만 하면 모든 게 해소됩니다. 도덕적인 문제도 생리학적 문제로 해소되는 인간형이죠. 고골의 소설에 등장하는 속물적 인간의 전형입니다. 그렇다면 도스토예프스키가 이 작품을 썼다면 누가 주인공일까요? 도스토예프스키가 가장 흥미를 느낄 만한 인물은 카레닌입니다. 오쟁이 진 남편 이야기. 도스토예프스키는 뭔가 굴욕적인 대우를 받는 인물에 관심이 많았으니까요.

톨스토이는 안나와 레빈을 주인공으로 썼습니다. 그런데 두 사람은 비슷한 점이 많습니다. 레빈이 톨스토이의 분신이라면 안나 또한 톨스토이

톨스토이가 직접 그린 데생

의 분신이라고 할 수 있습니다. 그것이 이 작품의 비밀이기도 하죠. 톨스토이 자신이 육체적 인간이었고, 동시에 자신의 육체적 본능에 대한 혐오감도 강했던 인물입니다. 그런 육체성을 대표하는 인물이 안나입니다. 그런데 톨스토이는 이 작품을 마무리하면서 육체성에 대한 모든 기대를 거부하게 됩니다. 그것이 이 소설에서 안나에게 어떤 화해의 가능성, 이를테면 결혼생활로 다시 돌아가 속죄할 여지를 전혀 남겨두지 않고 안나의 자살로 마무리하는 것으로 나타납니다. 육체성에 대한 톨스토이의 완강한 부정과 결부되는 결론이기도 합니다.

야만의 눈을 가진 레빈

인물을 좀더 자세히 들여다볼까요? 스치바 아르카디치를 가장 잘 대변해주는 대사가 있습니다.

> 모든 원인이 나에게 있지만, 즉 잘못은 나에게 있지만, 죄는 없다.
> 무엇보다 나쁜 것은 모두 내 잘못이라는 거지. 내가 잘못했어, 하지만 내 책임이 아니야. 바로 여기에 모든 드라마가 있는 거지.

바람을 피운 게 도덕적인 죄라고 생각하지 않습니다. 실수로 들킨 게 문제라고 생각하죠. 자기는 아직 서른넷이고 건장한데 아내는 죽은 아이까지 포함해서 모두 일곱을 낳은 데다 애들한테만 매달려 있으니 다른 여자를 만날 수밖에 없지 않느냐는 식입니다. 그리고 그게 건강하다는 증거라고까지 생각해요.

이와 달리 레빈은 키치와의 관계를 이렇게 생각합니다.

추남이지만 선량한 남자를(그는 자신을 그렇게 생각했다) 친구로서는 사랑할 수 있겠지만, 자신이 키티를 사랑하듯 그런 사랑을 받으려면 미남이어야 하고, 더 중요하게는 비범한 사람이어야 한다고 생각하는 것이었다.

자신은 키치를 사랑하지만 키치에게서 그만큼의 사랑을 받을 수는 없을 거라고 생각하는 겁니다. 자신이 못생겼다고 여기기 때문이죠. 그래도 용기를 내어 키치한테 청혼하는데 키치는 브론스키에게 마음이 가 있습니다. 브론스키는 결혼할 생각이 없는 청년 장교인데 스테르바츠키 집안에 뻔질나게 드나들면서 집안사람과 키치로 하여금 곧 청혼할 거라고 착각하게 만듭니다. 그래서 키치는 레빈의 청혼을 거절하죠. 그런데 무도회 때 브론스키가 안나에게 푹 빠진 걸 알게 된 키치는 앓아눕습니다.

브론스키는 사교계의 쾌남이고, 레빈은 야만인에 가까운 시골 지주입니다. 야만인은 톨스토이의 분신적 주인공들의 공통된 특징입니다. 『전쟁과 평화』에서도 피에르 베주호프가 처음 등장할 때 문명이나 문화적 생활과는 거리가 먼 야만적 인물로 등장합니다. 톨스토이에게 이른바 사교계의 에티켓과 대치되는 야만이라는 것은 진실하다는 의미입니다. 거짓이 없다는 것이죠. 문화적인 삶이나 사교계의 에티켓, 이런 것들은 모두 꾸며대는 거죠. 감정이건 행동이건 꾸며대는 건 기만과 다르지 않습니다. 톨스토이가 거짓과 기만을 지극히 싫어했어요. 게다가 톨스토이 자신이 비사교적이었고 사교계를 매우 싫어했죠.

톨스토이 평전 『레프 톨스토이』를 쓴 러시아의 문학이론가 빅토르 슈클로프스키는 「기법으로서의 예술」이란 고명한 에세이도 썼는데, 이 에

세이는 러시아 형식주의라는 문학이론의 출발점이면서 동시에 현대문학 이론의 시작점이기도 합니다. 거기서 슈클로프스키는 예술이란 '낯설게 하기'를 통해서 지각에서 인지 사이에 걸리는 시간을 연장한 것이라고 말합니다.

가령 누군가 방 안으로 들어왔을 때 그가 누구라는 것을 인지하는 데 걸리는 시간, 그 시간을 연장하는 것이 바로 예술적 테크닉이라고 봤습니다. 그래서 동원된 게 '낯설게 하기'입니다. 낯설게 만듦으로써 인지하기까지 걸리는 시간을 늘리는 것이죠. 그런데 슈클로프스키가 가장 많이 사례로 들고 있는 게 톨스토이의 작품들입니다. 특히 사교계를 묘사할 때 관습적인 시선이나 자동화된 시선으로 그리지 않고 말하자면 야만인의 시선으로 그립니다.

『전쟁과 평화』에서 나타샤가 처음 무도회에 가는 장면도 그렇고, 『부활』에서 교회의 의식 등을 그릴 때도 마찬가지며, 『안나 카레니나』에서는 심지어 사냥 장면을 개의 시선으로 그리기까지 하죠. 바깥의 시각, 제3자적 시각으로 관찰하고 묘사하는 것, 이게 톨스토이의 예술성인데 그 비결이 사교적 일상의 바깥인 야만의 시점으로 본다는 데 있습니다. 레빈은 그런 점을 잘 보여주는 인물이기도 하죠.

과잉된 생기와 생명력을 가진 안나

그렇다면 안나는 어떨까요? 안나가 처음 등장하는 기차역 장면이 인상적이죠. 브론스키가 안나를 처음 보는 장면인데, 브론스키는 모스크바에서 오는 자기 어머니를 마중 나간 길이었습니다. 그리고 스치바는 여동생인 안나를 마중하러 나갔죠. 열차가 멈추고 기차에서 내려오던 안나와 브론스키의 시선이 마주칩니다.

이 짧은 시선에서 브론스키는 억눌린 활기를 알아차릴 수 있었다. 그 활기는 그녀의 얼굴에서 춤추었고 반짝이는 눈 사이에서 너울거렸으며, 붉은 입술을 곡선 모양으로 만든 알아볼 듯 말 듯한 미소 속에도 감돌았다. 어떤 충만한 감정이 존재를 채우고 넘치는 듯, 그녀의 뜻과 상관없이 눈길의 반짝임과 미소에 드러나는 것 같았다. 그녀는 눈에 나타났던 환한 빛을 일부러 껐다. 하지만 그 빛은 그녀의 의지에 반해 보일락 말락 한 미소 속에서 다시 켜졌다.

안나에게는 어떤 활기가 있습니다. 생기라고 할 수도 있는 무언가가 넘치고 있어요. 안나가 감추려고 해도 감춰지지 않는 어떤 기운이 뿜어져 나오는 거죠. 가려 있지만 억제되지 않는 겁니다. 말하자면 생명력이 넘쳐나는 거죠. 강한 생명력의 과잉이라는 점에서 톨스토이와도 유사합니다. 브론스키는 그걸 포착했다는 점에서 안나의 파트너로서 최소한의 자격은 갖춘 셈입니다. 이와 달리 레빈은 형이상학적 물음이 과잉된 인물입니다. 안나는 육체적 생기가 과잉된 반면 레빈은 형이상학적 물음이 필요 이상으로 과잉인 셈입니다. 보통 사람이라면 자연스러운 것으로 인정하고 수용하는 것, 가령 죽음에 대해서도 레빈은 왜 죽어야만 하는지 질문을 던집니다.

안나의 생기는 당연히 그녀를 실제 나이보다 젊어보이게 만듭니다.

안나는 사교계 부인이나 여덟 살짜리 아들의 어머니로 보이지 않왔다. 키티를 놀라게 하고 매혹시키기도 하는, 진지하고도 이따금 구슬픈 눈빛이 아니었다면 몸짓의 유연함, 싱그러움, 얼굴에 나타나는 생기, 미소, 시선 등으로 보아 마치 스무 살 처녀 같았다.

아이 엄마인 서른 살의 안나가 스무 살 아가씨로 보인다는 겁니다. 사교계의 무도회에서 열여덟 꽃다운 나이인 키치보다 더 주목을 받을 정도로, 또한 브론스키로 하여금 열두 살이나 더 어린 키치보다 그녀를 선택하게 만들 정도로 안나의 생기는 유혹적입니다. 그리고 이것이 그녀의 운명을 가르게 됩니다. 사실 안나는 세료자의 어머니로서의 정체성과 브론스키에게 사랑받는 여성으로서의 정체성, 두 가지 정체성을 갖습니다. 두 몫의 생명력과 생기가 그녀를 두 가지 정체성을 동시에 갖도록 한 것이죠.
무도회에서 브론스키와 춤을 추며 브론스키가 자신에게 완전히 빠져들게 만들지만, 안나는 아쉬움을 뒤로하고 페테르부르크로 돌아가는 기차 안에서 마음을 정리합니다. 즐거웠지만 일상생활로 돌아가야 한다고 마음을 다독이는데, 중간 정차역까지 따라온 브론스키가 노골적으로 애정 고백을 합니다. 그의 고백은 안나의 자만심과 만족감을 충족해줍니다. 그리고 페테르부르크에 도착하자 안나는 남편을 보고 이렇게 생각합니다.

아, 맙소사! 저이의 귀는 왜 저렇게 생겼을까?

남편의 귀를 낯설게 지각하는 일이 어떻게 가능해진 건가요? 만일 모스크바에서 브론스키를 만나지 않았다면 안나는 평소와 다름없이 마중 나온 남편과 함께 일상으로 돌아갔겠죠. 그런데 안나는 이미 예전의 안나가 아닙니다. 그리고 톨스토이는 이 한마디 스쳐 지나는 생각만으로 안나가 달라졌다는 걸 보여줍니다. 남편 카레닌이 달라진 게 아니라 안나가 달라진 겁니다. 심지어는 그렇게 아끼던 아들 세료자에 대해서도 생각이 달라집니다. 전에는 세료자가 모든 것이었으나 이젠 브론스키가 그 자리를 나눠서 차지하고 만 것이죠. 그리고 나중에 5부에서 두 사람이 이탈리아로 여행을 갈 때는 안나의 마음속에서 브론스키가 세료자의 자리까지 온통 다 차지하고 말 정도로 커지죠.

한편으로 안나가 브론스키의 아이를 낳은 뒤 산욕열로 거의 죽어갈 때는 도덕적 자아를 회복합니다. 안나는 남편과 브론스키를 불러놓고 이렇게 이야기합니다.

> 내 안에 다른 내가 있죠. 그 다른 내가 무서워요. 그 다른 내가 그 사람을 사랑하게 됐고 그래서 난 당신을 증오하려고 했죠.

즉, 안나가 둘입니다. 한 여자는 카레닌의 아내이고 또 다른 여자는 브론스키와 사랑에 빠진 여자입니다. 두 여자가 한 몸에 같이 있는 것이죠. 두 몫의 생기와 열정을 가진 여자인 셈입니다. 그래서 다시 살아나죠. 단지 한 사람의 아내였다면 의사의 진단대로 살아날 수 없었겠지만, 두 사람 몫의 생명력을 갖고 있기에 다시 살아난 겁니다. 죽어가면서는 카레닌에게 용서를 구하지만, 그렇게 되살아나서는 언제 그랬냐는 듯 브론스키와 이탈리아로 여행을 떠납니다. 이것은 안나 개인의 성정과는 무관하게 인간이 갖는 생기, 생명력의 자기운동처럼 여겨집니다. 비인칭적인 열정의 자기 운동이랄까요. 안나 스스로도 억제할 수 없는 운동이죠. 그러니까 생명력이 바닥날 때는 참회를 하지만, 생기를 회복하게 되면 다시 열정에 사로잡히는 거죠. 브론스키와 이탈리아로 여행을 가서는 마치 이보다 더 좋은 남자는 없다는 듯이 열정적인 사랑에 빠져듭니다. 그 열정은 기차에 비유할 수 있는데, 대단히 맹목적이어서 소설의 결말이 그렇듯이 그 열정을 끝낼 유일한 방법은 죽음뿐입니다.

『안나 카레니나』의 아들 세료자와 안나가 이별하는 장면

이 소설 전체를 통해서 안나가 가장 행복했던 시절이 바로 5부에서 둘만 여행할 때이지만, 거꾸로 브론스키는 몹시 따분해하고 지루해합니다. 왜냐하면 남자에겐 사회적 삶이 상당히 중요한데 안나와만 붙어 지내야

하니 지루할 수밖에 없습니다. 하지만 안나에게는 브론스키와의 관계가 전부이고, 그 관계를 향유할 수 있으니 가장 행복한 순간입니다.

더 많이 알수록 그의 성격이 그녀로서는 형언할 수 없이 사랑스러웠다. 군복을 벗은 후 달라진 그의 외모는 사랑에 빠진 젊은 여자 같은 그녀에게 매력적이기만 했다. 그의 말과 생각, 행동에서 언제나 뭔가 고귀하고 고상한 점을 발견하는 것이었다. 그 앞에서 찬탄을 금치 못하는 자신의 모습에 안나는 자꾸 겁을 냈다. 도무지 그에게서 나쁜 점을 찾으려야 찾을 수가 없었다.

안나는 스스로가 놀랄 만큼 브론스키를 사랑합니다. 그만큼 브론스키가 완벽했다는 게 아니라, 그만큼 안나가 모든 걸 브론스키에게 쏟아부었다는 의미겠죠. 브론스키는 늘 같은 브론스키인데 안나가 달라지는 겁니다. 이런 사랑을 브론스키는 감당할 수 없습니다. 과잉된 생기와 열정을 가진 안나의 사랑은 두 몫의 사랑이거든요. 이것이 세료자와 브론스키에게로 나뉘었다가 브론스키에게만 흘러가요. 그건 브론스키로서도 감당하기 어려운 사랑입니다.

남편 카레닌과의 관계에서 안나의 열정은 억압돼 있었죠. 모스크바에서 돌아온 안나가 집으로 온 장면은 이렇게 그려져 있어요.

옷을 벗고 그녀는 침실로 들어갔다. 하지만 그녀의 얼굴에서는 모스크바에 머물 때 눈과 미소에서 번뜩이던 생기발랄함이 자취를 감췄다. 이제 그 불꽃은 꺼졌거나 어디 먼 곳으로 숨어버린 듯했다.

카레닌과의 결혼생활에서는 자기가 원래 가지고 있던 생기를 다 꺼뜨리고 지내야 합니다. 그렇지 않으면 일상적인 결혼생활이 가능하지 않으니까요. 그런데 브론스키와 만나면 다시 생기를 얻고 과잉된 열정에 사로잡히죠. 그 이후엔 안나조차도 감당할 수 없게 됩니다.

죽어 있는 삶과 살아 있는 삶

말하자면 카레닌과의 결혼생활이 그녀에겐 '살아 있는 삶(불륜)'이 아니라 '죽어 있는 삶(결혼)'이었던 것이죠. 삶과 죽음 사이의 선택이라면 따로 고민할 필요가 없겠지만 브론스키와 만난 이후에 안나에게 가로놓인 건 '도덕적이지만 죽어 있는 삶(결혼)'과 '부도덕하지만 살아 있는 삶(불륜)' 사이의 양자택일입니다. 톨스토이는 두 사람이 처음 성관계를 갖는 것을 살인자와 시체의 관계에 비유함으로써 그 부도덕함을 드러내죠. 안나는 자기가 너무 큰 죄를 저질렀다고 생각하며 울고 있고, 브론스키는 살인자가 된 기분으로 서 있어요.

그들이 어떤 결말을 맞게 될지 암시하는 장면이죠. 톨스토이를 존경하면서도 그의 도덕주의는 불만스러워했던 로렌스는 『채털리 부인의 연인』에서 산지기와 채털리 부인이 사랑하면서도 행복감을 만끽하는 것으로 그립니다. 마치 톨스토이에 대한 반복으로도 여겨져요. 그들의 사랑은 결혼이나 제도적 관습의 굴레로부터의 해방이고, 에로스 자체가 해방의 힘을 갖습니다. 톨스토이와는 다른 생각을 보여주는 것이죠. 어쨌든 안나는 두 남자 가운데 한 사람을 선택해야 하는데 사회적으로 허용된 카레닌과의 결혼생활은 죽음과 같습니다. 브론스키와의 관계는 살아 있는 관계이자 자신의 생명력을 과시할 수 있는 관계지만, 법적으로 허용되지 않는 불륜 관계입니다. 이게 안나의 딜레마죠.

안나의 곤경을 가장 잘 말해주는 건 그녀의 소망을 적나라하게 보여주는 꿈입니다. 브론스키와 남편 사이에서 갈등하던 그녀는 밤마다 같은 꿈을 꾸는데, 꿈속에서는 두 사람 모두 그녀의 남편이고 둘이 동시에 그녀에게 애무를 퍼붓습니다. 공교롭게도 두 사람 다 이름이 알렉세이입니다. 알렉세이 브론스키와 알렉세이 카레닌, 두 알렉세이가 자기를 애무해요. 그리고 둘 다 행복해 합니다.

영화 〈안나 카레니나〉(1967)에서 안나 역을 맡은 타치야나 사모일로바

두 명의 알렉세이가 모두 만족스럽다고 하면 그보다 더 간단한 해결책이 없을 테지만, 그것은 불행하게도 안나의 꿈속에서나 가능한 일이죠. 이부일처, 안나에게는 어쩌면 그런 관계가 어울릴지도 모릅니다. 두 사람 몫의 생기와 열정을 지닌 안나에게는 두 남자가 필요한 셈이랄까요. 그런데 현실적으로 한 남자에게만 만족해야 하니 문제가 불거지는 거죠. 두 남자와의 결혼생활이 왜 불가능하단 말인가. 안나는 비록 꿈속에서지만 이게 훨씬 간단하고, 당신들 둘 다 이제 만족하고 행복하지 않느냐고 설명하죠. 하지만 악몽이었다는 것을 깨닫게 됩니다. 이 꿈은 안나를 이해

하는 데 매우 요긴합니다.

안나의 이야기는 안나가 자살하는 것으로 마무리했지만, 톨스토이는 안나에 대해서 이중적입니다. 안나를 완전히 부정적으로만 다루지는 않아요. 안나의 장점은 거짓과 기만에 대한 혐오, 솔직함, 신실함 같은 겁니다. 톨스토이가 강조했던 것이죠. 자신의 일기를 아내에게 다 보여줬다고 했잖아요. 자기를 꾸미지 않고 가장하지 않지요. 안나 또한 톨스토이와 마찬가지로 브론스키와의 관계를 남편에게 털어놓습니다. 브론스키가 몰던 말이 사고로 넘어져 죽게 되는데 그때 안나가 다른 사람들도 다 보고 있는 상황에서 경악하며 과도한 반응을 보입니다. 다른 사람들은 물론 남편도 다 알게 되죠.

남편인 카레닌은 물론 짐작은 하고 있었지만 안나가 그 사실을 공개했다는 데 화를 냅니다. 불륜 관계에 있더라도 몰래 하고 고백하지 않으면 될 텐데 카레닌이 불쾌하게 생각하는 것은 감히 자기에게 털어놓았다는 겁니다. 카레닌은 배신감에 복수를 꾀하지만 실행에 옮기지 못합니다. 마지막에 이혼 요구에도 스스로는 아무런 결정도 내리지 못하는 인물이죠.

비인칭적 열정의 드라마

안나의 경우처럼 욕망이 우리를 파국으로 몰고 간다면, 어떤 해결책이 있을까요? 톨스토이가 중요하게 생각한 것은 육체노동입니다. 인간이 도덕적으로 살기 위해 필요한 것 중 하나가 육체노동이고 또 하나는 육식을 자제하는 것입니다. 이것이 톨스토이의 생각으로, 그래야 육체적 욕망을 제어할 수 있어요. 적게 먹고 노동으로 열량을 소비하면 그만큼 욕정에서 벗어날 수 있다고 본 거죠. 이렇듯 실제적인 처방은 거꾸로 톨스토이가 얼마나 강한 생명력을 가지고 있었던지를 알 수 있습니다.

하지만 육체적 욕망의 충족만으로는 부족합니다. 삶의 유한성 때문입니다. 레빈의 형이상학적 고민은 죽음의 문제, 삶의 의미의 문제에 걸쳐 있습니다. 형 니콜라이의 죽음을 그린 장도 그렇고 키치와 결혼한 이후의 삶도 모두 레빈의 이런 물음과 연결됩니다. 하지만 레빈이 던진 질문은 이 작품에서는 해답을 얻지 못합니다. 그래서 톨스토이는『안나 카레니나』를 쓴 이후에 곧바로『참회록』을 씁니다.『참회록』에서 인생의 진리로 삼는 것이 바로 죽음입니다.

톨스토이는 동양의 우화를 예로 드는데, 나그네가 맹수에 쫓겨 우물에 빠집니다. 빠지는 순간 나무뿌리를 붙잡고 대롱대롱 매달려 있는데, 밑을 보니까 용이 입을 쫙 벌리고 있어요. 밖에서는 맹수가 으르렁거리고. 그러니까 밖으로 나가도 죽고 매달려 있다가 힘이 빠져 떨어져도 죽는 겁니다. 절체절명의 순간인데 관목 가지에 벌집이 있어서 꿀이 흘러내려요. 나그네는 그 꿀을 핥으며 잠시 도취돼 있습니다. 톨스토이는 이게 삶이라고 생각했어요. 여기서 진리는 죽음입니다. 필연적 죽음. 그런데 자기의 이런 현실을 곧 삶의 진리를 직시하는 게 아니라 망각하고 기만하는 겁니다. 그렇게 기만하게끔 만드는 꿀에 해당하는 게 가정과 예술입니다. 후기 톨스토이는 그래서 가정을 부정하고 예술도 부정합니다.

안나의 자살 또한 죽음이라는 문제에서 자유롭지 못합니다. 안나는 솔직함을 미덕으로 갖고 있지만 그녀의 욕망은 삶의 의미에 대한 물음에 해답을 제시하지는 못합니다. 게다가 안나는 브론스키의 관심을 계속 붙잡아놓기 위해 아이를 더 갖지 않으며 딸 안나에 대해서도 무관심한 태도를 보입니다. 이런 모습은 톨스토이가 바람직하게 여겼던 여성상과는 거리가 있습니다. 하지만 그렇다고 해서 안나의 자살이 응징의 의미만 갖는 건 아닙니다.

밀란 쿤데라는 자신의 에세이집 『커튼』에서 안나의 자살을 우발적인 행동으로 해석합니다. 물론 전조는 있었지만 안나는 미리 결심하고 마음의 준비를 한 다음 기차에 몸을 던지는 게 아니라 우왕좌왕하다 충동적으로 투신합니다. 우연히 플랫폼까지 갔다가 문득 떠올린 것이 브론스키와 처음 만났을 때 기차역에서 인부가 치여 죽은 사건이었죠. 그때 비로소 자기가 지금 무얼 해야 하는지 깨닫습니다. 마치 그 사건과 대구를 이루려는 것처럼 행동하려고 해요. 말하자면 이게 예술적 충동입니다. 안나를 자살로 이끈 것은 도덕적 충동이 아니라 예술적 충동이라는 게 쿤데라의 해석이고 설득력이 있습니다.

사실 브론스키와의 관계를 더 끌고 가봐야 지지부진하고 추한 결말에 이르게 될 테니까요. 안나는 점점 늙어갈 것이고, 결국 버림받겠죠. 그런 점을 고려한다면 안나의 자살은 그렇게 부정적인, 어리석은 선택인 것만은 아닙니다.

다만 놓치지 말아야 할 것은 결론적으로 톨스토이가 안나의 죽음을 통해 육체적 열정과 제도적 결혼은 양립 불가능하다는 것을 말해준다는 점입니다. 톨스토이도 열정과 제도로서의 결혼이 화해할 수 있을 것이라고 본 적이 있습니다. 제도로 뒷받침되지 않으면 방탕한 열정이지만 결혼이라는 제도를 통해서 조화를 이룬다면 그게 바로 행복이겠죠. 가정의 행복은 그럴 때 가능합니다. 그런데 톨스토이는 차츰 비관적이게 돼요. 결혼이라는 제도가 열정을 통제할 수 없다고 보면서요. 항상 열정이 초과됩니다. 결혼 제도가 열정을 막을 수 없다면 곧 결혼 제도 안에서는 이 열정

문제가 해소될 수 없다면 비극적인 파국으로 갈 수밖에 없다는 게 톨스토이의 결론입니다.

행복한 가정과 불행한 가정, 좋은 결혼과 나쁜 결혼이 있다는 게 『안나 카레니나』의 서두였지만, 결말은 그런 가능성에 대한 회의로 마무리됩니다. 소설 안에서만 보면 레빈과 키치의 결혼생활이 이상적으로 제시되는 듯하지만 곧 그 가능성도 부정됩니다. 비록 암시일 뿐이지만 이 소설의 결론은 낙관적이지 않습니다. 남녀 간의 욕정적 관계는 파괴적 결말로 치달을 수밖에 없으며 결혼이라는 제도도 감당할 수가 없다는 것이 톨스토이가 이 작품에서 말하는 바입니다. 이런 인식을 경계로 소설가 톨스토이는 설교가 톨스토이로 넘어갑니다.

오늘 강의는 여기까지입니다.

제8강

코믹과 우수의 작가

체호프의 『갈매기』 읽기

당신은 재능이 너무나 뛰어나고 똑똑한 사람이에요.
이 시대 작가들 중에서 최고예요. 당신은 러시아의
유일한 희망이에요. 당신에게서는 진정성과 소박함
과 신선함과 건강한 유머가 넘쳐나요. 그냥 한 줄 획
써내리는 것만으로도 당신은 인물이나 풍경의 가장
중요한 특징을 전달할 수 있어요. 당신 작품의 인물
들은 살아 숨 쉬는 것 같아요. 정말이지, 당신 작품
을 읽으면 열광하지 않을 수가 없어!

『갈매기』 가운데서

체호프에 대하여

오늘은 체호프 이야기를 하겠습니다.

안톤 체호프는 세계적인 단편 작가이면서 셰익스피어 이후 최고로 평가받는 극작가이기도 합니다. 러시아 문학사에서는 푸슈킨에서 시작한 19세기 러시아 문학을 마감하는 작가이기도 하죠. 체호프가 세상을 떠난 해가 1904년인데, 러시아에서 1905년 1차 혁명이 일어난 걸 고려하면, 체호프를 끝으로 19세기 러시아 문학이 정리된다고 할 수 있습니다. 한 시대가 끝나간다는 느낌은 강하게 가지고 있었지만 새로운 시대가 언제 어떻게 도래할지에 대해서는 어떤 전망도 갖지 못했던 작가였고, 1917년 제정러시아가 완전히 몰락하고 소비에트 사회주의로 넘어가게 되는 것 또한 전혀 예상치 못했을 터입니다.

그런 점에서 막심 고리키와 대비되기도 합니다. 체호프가 1860년생이고 고리키가 1868년생이니 나이 차이는 여덟 살밖에 나지 않지만, 문학사적으로 보면 한 세대, 좀 과장하면 한 세기가 차이 납니다. 체호프가 19세기 러시아 문학의 마지막을 장식하는 작가라면 고리키는 20세기 러시아 문학을 여는 작가이기 때문입니다. 게다가 하나의 경계가 그어질 만

체호프와 톨스토이(1901) _
톨스토이를 존경한 체호프는 그를 자주 방문해서 문학 이야기를 나누었다.

큼 두 작가가 상이한 작품 세계를 보여주죠. 간단히 언급하면 고리키의 작품에 에너지 넘치는 인물들이 가득하다면, 체호프의 작품에는 '체호프의 등신들'이라고 표현할 정도로 맥 빠지는 인물들이 남아돕니다.

작가 생활 10년 만에 찾은 돌파구

안톤 파블로비치 체호프는 1860년 타간로그라는 지방 항구도시에서 태어납니다. 『벚꽃 동산』에 보면 등장인물 로파힌의 조부가 농노였던 걸로 나오는데 체호프 가계도 마찬가지로 농노였다가 장사로 성공하게 되죠. 하지만 철로가 개통되면서 아버지가 운영하던 잡화상이 장사가 안 되기 시작해 결국 파산하자 김나지움에 다니던 체호프만 남겨두고 가족은 모두 모스크바로 이주합니다. 그 후 5년 동안 체호프는 혼자 학비를 벌어가며 우리 식으로 말하면 중고등학교 과정을 마치죠.

어린 시절 체호프는 엄격한 아버지 밑에서 많이 맞으며 자랐다고 합니다. 그게 자연스러운 것으로 알았다가 대학에 가서야 자신이 특별한 어린 시절을 보냈다는 걸 깨닫게 되죠. 삐딱해지기 쉬웠을 텐데 성격이 좋아서인지 다 이해합니다. 다정다감하고 관대한 성격이었답니다. 용모에서도 그런 인상을 풍기죠.

공부를 열심히 한 데다 잘하기도 해서 모스크바대학 의학부에 입학합니다. 그러면서 가족과 다시 합류하게 되는데 합류해서도 가족의 생계를 위해 돈을 벌어야 했어요. 학비뿐만 아니라 생활비도 벌어야 했죠. 그래서 쓰기 시작한 게 콩트입니다. 신문과 잡지에 아주 짧은, 한두 페이지짜리 콩트를 쓰기 시작합니다. 짤막한 작품들이 다 코믹하면서도 뭔가 여운을 남깁니다. 이 시기에만 400여 편 이상의 작품을 썼답니다. 국내에 체호프 작품이 아무리 많이 소개됐다 해도 100편이 안 될 테니까 아직 반의 반 정도밖에 소개되지 않은 셈입니다. 아무튼 이 작품들로 체호프는 인기를 얻습니다. 필명을 여러 개 썼는데 그중 자기 이름과 가장 비슷했던 게 '안토샤 체혼테'였습니다. 그래도 가족은 몰랐다고 합니다.

안톤 체호프의 초상(오시프 브라즈) _
체호프는 이 초상화를 마음에 들어하지 않았다.

이력 중 특이한 것은 1890년 그의 나이 30세 때 사할린 섬으로 여행을 간 겁니다. 1880년에 데뷔해서 딱 10년 동안 작가로 활동한 다음이었죠. 1886년에 첫 작품집을 낸 뒤 문학상도 받고 작가로 인기도 얻었을 뿐 아니라 지명도도 있었는데 난데없이 사할린으로 가겠다고 지인들에게 얘기하곤 훌쩍 떠났습니다. 당시는 시베리아 횡단철도가 개설되기 전이어서 사할린으로 가려면 육로로 마차를 타고 가야 했거든요. 가는 데만 3개월이 걸립니다. 3개월 정도 체류하고 돌아올 때는 배를 타고 와서 한 달 정도 걸렸고요. 아무튼 1년을 꼬박 사할린 여행에 바치게 됩니다. 남들은 유배형을 받고 가는 곳을 굳이 고생을 사서 하면서까지 다녀온 데는 그만한 이유가 있었습니다.

체호프는 뭔가 전환점이 필요하다고 생각했죠. 10년 동안 유머 단편을 쓰다 보니 작가로서 매너리즘에 빠진 겁니다. 더는 새로운 것이 나오지 않고 그저 판에 박힌 작품들만 쓰는 것 같다 보니 작가로서 위기의식을 느꼈을 법합니다. 그래서 러시아를 더 알아야겠다고 판단하고 결행한 것이 바로 사할린 섬 여행이었던 거죠. 그런데 그렇게 힘들게 사할린까지 가서 그가 한 작업이 면접 카드를 만드는 것이었어요. 3개월 동안 체류하면서 만든 면접 카드가 8,000장이라니까 거의 하루에 100여 장씩 만든 셈입니다. 그만큼의 사람들을 만났다는 얘기예요. 그렇게 석 달 동안 사람을 만나 면접 카드를 만드는 일만 하고 돌아왔어요. 여행이 목적이 아니었던 거죠. 그러고는 『시베리아 여행』이란 기행문과 『사할린 섬』이라는 보고서를 발표하게 됩니다. 무라카미 하루키의 소설 『1Q84』에도 『사할린 섬』 이야기가 나옵니다.

여담이지만 하루키가 자신의 작품에서 체호프의 책을 언급한 것은 나름의 계보를 떠올리게 합니다. 하루키가 존경하는 작가가 미국의 유명한 단편소설 작가인 레이먼드 카버인데, 그가 가장 위대한 단편작가라고 경탄한 사람이 바로 체호프였기 때문입니다. 그래서 카버는 스스로 미국의 체호프, 즉 아메리칸 체호프로 불리기를 원했고 또 그렇게 불렸습니다.(단편 작가로는 처음으로 2013년 노벨문학상을 수상한 앨리스 먼로는 '캐나다의 체호프'라고 불립니다.)

카버의 마지막 작품 「심부름」은 체호프를 주인공으로 한 소설이죠. 체호프와 아내 크니페르가 1904년 7월 결핵 요양 치료차 독일의 휴양지 바텐바일러로 갔다가 그곳의 호텔에서 체호프가 운명하는 이야기를 다루었습니다. 아내는 체호프의 상태가 갑자기 악화돼 밤중에 급하게 의사를 부르지만 결국 임종을 준비하게 됩니다. 체호프도 자신이 곧 죽게 되리라는 걸 알고 마지막으로 "샴페인 한 잔 마시고 싶다"고 말합니다. 체호프다운 말이었죠. 톨스토이는 "나는 진리를 보았다"라는 유언을 남겼다는데, 체호프는 생의 마지막 순간에 달콤한 샴페인 맛을 한 번 더 기억하고 싶다고 했습니다. 샴페인을 시키고, 호텔 보이가 샴페인 한 병을 가져와서 의사와 체호프 부부가 한 잔씩 마시죠. 그 뒤 체호프는 숨을 거둡니다.

아침이 되자 아내 크니페르가 러시아에 부음을 전하고 이것저것 수습하느라 보이를 불러 심부름을 시킵니다. 그런데 보이가 와서 보니 바닥에 어젯밤 마신 샴페인의 마개가 떨어져 있어요. 미망인이 눈치 채지 않게 보이가 병마개를 주워드는 것이 소설의 마지막입니다. 결국 그게 가장 중요한 심부름이 된 것이죠. 카버도 나중에 지병으로 죽는데 「심부름」이라는 작품을 통해 자기가 평생 해온 문학이 무엇이었던가 묻습니다. 바로 체호프가 마신 샴페인의 마개를 주워서 챙긴 것이라는 거죠. 겸손하면서도 확실한 자기 정체성의 확인이라고 생각됩니다.

문학사가들은 사할린 여행으로 사회적 현실에 대한 체호프의 관심이 더 넓어지고 깊어진 것으로 평가합니다. 사할린 여행 이후에 쓴 작품 중에 대표작이 「6호실」이라는 단편인데, 체호프 작품을 읽어보신 분들은 특이하다는 인상을 받을 수 있을 겁니다. 분량도 길고, 아주 어둡습니다. 말하자면 체호프와 도스토예프스키를 섞어놓은 것 같은 작품이랄까요. 체호프에게는 드문 경우인데 사할린 섬 여행의 영향으로 이해됩니다.

더욱 무거워진 '코믹'과 '우수'

사할린 여행 이후의 체호프를 '중기 체호프'로 분류한다면('후기 체호프'는 『갈매기』 이후 드라마 작가로서의 체호프죠) 이때의 체호프는 '코믹'과 '우수'의 작가 '체혼테'와는 연속적이면서도 좀 다른 체호프입니다. 즉, 그의 코믹과 우수는 비록 비극과 비애라고 말할 수는 없더라도 저울추를 단 것처럼 다소 무거워졌습니다. 한 시골 자선병원의 의사가 자기 생활에 환멸을 느끼던 차에 정신병동에서 유일하게 총명한 청년을 만나 자주 대화를 나누다가 미친 걸로 간주되어 감금되고 결국은 맞아 죽은 이야기를 그린 단편소설 「6호실」과, 자신을 외부로부터 끊임없이 보호하기 위해 애쓰다가 결국은 계단에서 굴러 떨어져 허무한 죽음을 맞은 시골학교 교사를 그린 단편 「상자 속의 사나이」는 이러한 중기 체호프의 대표작들이죠.

「6호실」의 주인공인 의사 안드레이 예피므이치는 시골 자선병원 원장으로 부임하여 아주 불결하고 암담한 병원을 둘러보고는 "이 시설이 비도덕적일 뿐만 아니라 거주자의 건강에도 매우 해롭다는 결론"에 도달합니다. 그래서 "현재로서 가장 현명한 조치는 환자를 퇴원시키고 병원을 폐쇄하는 일"이라고 생각하죠. 그러니까 문제는 환자가 아니라 병원 자체였던 셈입니다. 하지만 그는 곧 그러한 '현실'과 타협하고 결국 체념하게 되며 자신의 체념을 죽음과 고통에 대한 철학적 성찰을 통해서 정당화하죠.

철학적 상념에 빠져서 책읽기에만 몰두하던 안드레이 예피므이치는 그러던 차에 어느 봄날, 정신병동인 6호실을 방문합니다. 그리고 그곳에서 자신의 유일한 대화 상대가 될 만큼 사색적이고 총명한 청년을 만나죠. 피해망상증 환자로 분류돼 6호실에 수용된 이반 드미트리치 그로모프입니다. 보통 사람은 선과 악을 밖에서 구하지만, 생각하는 인간은 자기 자신에게서 구한다는 의사 안드레이의 '철학'에, 환자 이반은 그런 철학은 러시아의 풍토와는 맞지 않는다고 따스한 그리스에 가서나 전파하라고 일갈합니다. 그리고 의사가 늘어놓는 '스토아 철학' 예찬에 대해서 이반은 성난 표정으로 말합니다.

내가 알고 있는 것은 뜨거운 피와 신경을 가지고 신이 나를 창조했다는 사실 그 한 가지입니다. 그렇고말고요! 그런데 유기적인 조직은, 만일 그것이 살아 있다면 온갖 자극에 반응해야 합니다. 그래서 나는 반응하는 겁니다! 고통에 대해서 나는 비명과 눈물로, 속물근성에 대해서는 분노로, 역겨움에 대해서는 혐오로 응답합니다. 내가 보기에 이것이야말로 삶이라 불리는 겁니다. 저급한 유기체일수록 그만큼 덜 민감하며 자극에 대해서 그만큼 덜 반응합니다. 따라서 고등한 유기체일수록 훨씬 더 민감하며 현실에 역동적으로 반응합니다. 어떻게 그걸 모른단 말입니까? 의사가 그런 사소한 것을 모르다니요!

이반이 보기에 안드레이가 고통을 경멸하고 어떤 일에도 놀라지 않는 것은 그가 생활이란 걸 전혀 모르며 이론적으로만 현실을 알고 있기 때문입니다. 그리고 내적인 것과 외적인 것에 대한 구분이나 생활과 고통,

죽음에 대한 경멸 따위는 모두 러시아 놈팡이들의 철학에 불과하다는 거죠. 그러한 놈팡이 철학의 궁극적인 귀결은 같은 6호실에 감금돼 있는, 멍청한 얼굴에 뚱뚱하게 비곗살이 찐 농부인바, 그는 "생각하고 감각할 수 있는 능력을 이미 오래전에 상실해버린 자로서 움직임이 없고 많이 먹으며 불결한 동물 같은 인간"입니다. 결국 안드레이에 대한 이반의 결론은 이렇습니다.

고통은 무시하세요. 하지만 문에 손가락이 끼게 되면 당신도 목이 터져라 아우성치게 될 겁니다!

안드레이 예피므이치는 이러한 이반 드미트리치와의 대화에 감명을 받아 이후 6호실에 자주 드나들게 되며 그로써 주변 사람들로부터 오해를 사 면직되어 결국은 '치료'를 위해서 강제로 6호실에 감금되는 처지가 되죠. 그리고 역설적이지만, 그는 자신의 일상생활과 현실의 '바깥'이었던 이 정신병동에서야 비로소 생활이 무엇인지, 현실이 무엇인지, 고통이 무엇인지를 깨닫게 됩니다. 물론 처우에 항의하다 수위의 구타로 바로 죽게 되기에 너무 뒤늦은 깨달음이었습니다.

모스크바예술극장의 상징
단편을 꾸준히 발표했지만 체호프가 좋아한 것은 극작이고 연극이었습니다. 그래서 극작에 대한 시도를 계속합니다. 그렇게 노력을 거듭하면서도 한편으로 체호프는 자책에 빠지곤 했습니다. 오늘날에는 세계적 작가라는 평을 듣지만 체호프는 늘 자격지심에 빠져 지낸 작가였습니다. '나는 왜 이렇게 글을 못 쓸까?', '이것도 작품이야?' 하면서요. 『갈매기』도 초연에 실패하자 다시는 드라마를 쓰지 않겠다며 실의에 젖기도 했으니까요.

체호프의 책상 _ 체호프와 친했던 차이코프스키의 사진이 왼쪽에 놓여 있다.

단막극부터 쓰다가 처음으로 장막극을 시도한 작품이 「플라토노프」인데 미완성이라 따로 제목도 정해지지 않아 전집에는 '제목 없는 희곡'이라고 들어가 있습니다. 주인공이 플라토노프예요. 그런데 아이러니한 것은 영화화된 체호프 작품 중에서 이 작품이 가장 뛰어나다는 평가를 받았습니다. 연극으로도 성공하죠. 작가가 쓰다가 포기한 미완성 작품인데 사후에 이런 명성을 누릴 줄은 아마 체호프도 몰랐을 겁니다. 영화는 〈피아노를 위한 미완성 희곡〉이라는 제목으로 나와 있는데 니키타 미할코프라는 러시아의 유명 감독이 만들었습니다. 연극은 저명한 연출가 레프 도진이 〈제목 없는 희곡〉으로 무대에 올렸고요.

「플라토노프」는 미완성으로, 남아 있는 분량만 공연해도 8시간이 걸린답니다. 갈등과 클라이맥스 그리고 대단원, 이런 식으로 진행돼야 하는데, 어디서 끝내야 할지 모른 채 중도에 쓰다가 포기한 거죠. 천재적 작가라기보다 시행착오를 거쳐 작품을 만들어내는 노력형 작가라고 봐야 할 것 같습니다.

체호프와 크니페르 _ 크니페르는 모스크바예술극장의 간판 여배우였는데, 두 사람은 1901년 5월에 결혼식을 올린다. 『세 자매』의 마샤 역, 『벚꽃 동산』의 라네프스카야 역은 크니페르를 염두에 두고 집필되었다고 한다.

체호프가 극작가로 비로소 빛을 보게 된 작품은 1895년 작인 『갈매기』입니다. 『갈매기』 이후 『바냐 아저씨』, 『세 자매』, 『벚꽃 동산』 등 4대 장막극을 계속 써나갑니다. 모두 전 세계에서 셰익스피어 작품 다음으로 가장 많이 무대에 오르는 작품들입니다. 국내에서도 해마다 공연되죠.

〈갈매기〉는 1896년 페테르부르크에서 초연됐을 때는 참담하게 실패했지만, 1898년 스타니슬라프스키와 네미로비치 단첸코가 세운 모스크바 예술극장에서 재공연되어 대성공을 거둡니다. 극작가 체호프가 비로소 탄생하게 된 것이죠. 대연출가인 스타니슬라프스키가 트리고린 역을 맡았는데, 연기를 잘 못했다고 체호프가 불만스러워했다는 뒷얘기가 있습니다.

대성공을 거둔 〈갈매기〉는 모스크바예술극장의 상징이 돼버립니다. 아예 갈매기를 극장의 문장으로 삼아 건물 꼭대기에 붙여놓았을 정도예요. 그 이후에 체호프의 모든 작품은 이곳 무대에 오르게 됩니다. 마치 전속작가처럼 작품을 쓰게 되죠. 아내 크니페르도 〈갈매기〉에 아르카지나

모스크바예술극장의 전경

역으로 출연한 배우인데, 체호프가 마음에 들어 사귀다가 결혼합니다. 부부가 나눈 편지만 두툼한 책 한 권 분량이에요. 그럴 수밖에 없는 게 배우인 아내는 공연에 계속 매달려 있을 수밖에 없었고, 남편인 체호프는 요양차 얄타를 비롯해 여러 곳에 가 있었기 때문에 결혼은 했지만 사실 같이 산 기간은 얼마 되지 않습니다. 많은 편지를 주고받게 된 건 그 때문이었죠. 그렇지 않았더라도 체호프는 원래 편지를 많이 썼습니다. 전집이 30권짜리인데 그중에서 12권이 편지 모음일 정도입니다.

아무 사건도 일어나지 않는 드라마

1896년 초연된 〈갈매기〉가 실패했다고 말씀드렸는데, 그 이유는 사실 코미디로 해석하고 연출했기 때문이었습니다. 작가인 체호프가 그렇게 주문을 했기에 연출가를 탓할 수는 없습니다. 〈벚꽃 동산〉도 마찬가지입니다. 체호프가 연출가와 배우들에게 코미디로 공연해달라고 주문했죠. 그런데 막상 무대에 올리자 코미디로서의 효과는 크지 않았습니다. 오히려 스타니슬라프스키처럼 비극으로 해석해서 올렸을 때 반응이 더 좋았어요. 체호프 스스로 희극으로 규정한 드라마를 그대로 희극으로 공연하면 뭔가 이질적이고 낯선 드라마가 된다는 것이 아직도 미스터리입니다.

여러 가지 해석이 있는데 그중 하나는 체호프가 생각하는 코미디가 일반적으로 규정하는 코미디와 다르다는 겁니다. 이를테면 코드가 다르다고 할까요. 가령 무대 밖에서 벌어지는 일이기는 하지만 주인공이 자살하기도 하고, 조연들이 주고받는 코믹한 대사를 체호프 스스로 수정해서 빼버리기도 했거든요. 그러면서도 코미디라고 주장하니 이해하기 어려울 수밖에 없습니다.

톨스토이도 체호프의 단편에 대해선 칭찬을 아끼지 않았지만, 그의 드라마에 대해서는 재능을 낭비하고 있다고 혹평했습니다. 인물들이 힘이 없는 데다 이야기도 딱히 교훈을 주지 못한다는 거죠. 흔히 체호프의 드라마에는 주제도, 플롯도, 사건도 없다고 하는데 그것은 주로 작품의 중심에 놓인 것이 '잘난 놈들'의 이념이나 행동이 아니라 '못난 놈들'의 무능과 불가피한 회한인 것과 무관하지 않습니다. 그가 콩트에서 시작하여 단편과 중편 소설까지는 썼지만 장편소설로까지 나아가지 않은 것은 장편소설을 지탱할 만한 이념이나 행동을 인물들에게 부여할 수 없었기 때문이죠. 그는 톨스토이와 도스토예프스키 같은 '설교적' 작가가 아니었습니다. 단지 세상을 관찰하고 보고 느낀 것을 정확하게 기록하고자 했을 따름이죠.

〈벚꽃 동산〉의 한 장면(모스크바예술극장, 1904)

그러니 체호프가 쓴 드라마들이 '아무런 사건도 일어나지 않는 드라마'라는 건 어쩌면 당연할 수도 있습니다. 왜냐하면 그의 주인공들은 모험에 나설 만한 용기도, 여자를 꾈 만한 재간도 갖고 있지 못하기 때문이죠. 그렇다고 사색가나 사상가도 아닙니다. 대학교수인 처남을 숭배하면서 25년 동안 뒷바라지를 하느라 '도스토예프스키(잘난 소설가)'도 '쇼펜하우어(잘난 철학자)'도 되지 못한 '바냐 아저씨'의 경우가 대표적입니다.

체호프의 인물들은 이처럼 주로 삶의 결정적인 기회를 두 눈 다 뜨고 놓쳐버린 가련한 '등신들'인데, 그걸 확인한 이상 차라리 '자살'이라도 하면 '비극적'일 테지만, 이 '등신들'은 다시 마음을 가라앉히고 아무런 희망 없이 담담한 회한만을 가슴에 안은 채 예전의 일상적 삶으로 돌아갑니다.

가령 초인사상을 주제로 『죄와 벌』을 쓴 도스토예프스키처럼 장편소설의 경우 사상이라든가 이념, 인물의 선언적 행동 등이 필요한데 체호프에겐 그런 것들이 부재했기에 장편소설 대신 장편 드라마를 선택한 겁니다. 그리고 체호프는 마땅한 주인공도 없이 이른바 '등신'들만 데리고도 4막 연극을 끌고 나가는 재능을 보여주면서 새로운 드라마의 세계를 발견한 거죠.

아마도 이는 체호프가 단지 세상을 관찰하고 보고 느낀 것을 정확하게 기록하는 관찰자적 위치를 고수했기 때문일 겁니다. 직업이 의사였던 것과도 무관하지 않을 텐데, 그래서 감정이입도 별로 없습니다. 마치 기름기를 싹 뺀 것처럼 담백하죠. 톨스토이나 도스토예프스키의 작품처럼 핵심이 분명히 드러나지 않는 대신 곱씹어서 음미해가며 읽어야 하는 게 바로 체호프의 작품입니다.

『바냐 아저씨』에 보면 바냐의 매부인 세레브랴코프가 아내가 죽자 옐레나라는 아름다운 여성과 재혼하죠. 세레브랴코프는 은퇴한 노교수로 관절염을 앓는 노인입니다. 바냐가 죽은 여동생과 함께 25년 동안 헌신적으로 뒷바라지를 했습니다. 그런 헌신적인 아내가 죽고 나니까 또 아름다운 여인을 만나 인연을 맺습니다. 이 매부 부부가 자신의 영지에 내려와 지내는데 바냐도 덩달아서 한 달 동안 아무것도 하지 않고 지내게 됩니다. 속으로 옐레나를 연모하고, 그의 친구이자 마을에서 바냐와 함께 유일한 교양인인 의사 아스트로프까지 옐레나한테 푹 빠집니다.

〈바냐 아저씨〉 1막의 한 장면(모스크바예술극장, 1899)

그러다가 세레브랴코프가 죽은 아내의 영지였다가 딸 소냐의 소유가 된 영지를 처분하겠다고 하자 바냐가 분통을 터뜨리면서 총을 들고 와 쏘는데 맞히지는 못합니다. 결국에는 의사 친구의 약통에서 모르핀을 빼내 어떻게 해보려고 하지만 그것도 들통 나서 실패하죠. 바냐는 자신이 마흔일곱이 될 때까지 헛살았다는 걸 깨닫습니다. 25년 동안 처남을 위해 희생하지 않았더라면 자기는 도스토예프스키도 될 수 있었고, 쇼펜하우어도 될 수 있었다면서 울분을 터뜨리죠.

처남 부부는 서둘러 떠나고, 마지막 장면에서 바냐와 조카 소냐가 다시 장부를 정리하면서 일을 시작합니다. 자기들의 희생은 하늘나라에 가서 보상받을 거라고 믿고 그때까지 열심히 일해야 한다는 거죠.

체호프는 이런 게 코미디라고 생각했어요. 말하자면 삶의 코미디랄까요. 이런 인물들이 체호프가 남긴 모든 작품에 무려 2,355명이나 등장하는데, 말 그대로 '러시아 전체'라고 할 수 있죠. 그러므로 작품이나 무대를 통해서 체호프를 읽고 감상하는 것은 그 주인공들의 나약함과 회한을 이해하고 공감하는 일이라고도 할 수 있을 겁니다. 체호프의 대표작『갈매기』로 들어가볼까요?

체호프의『갈매기』읽기

이중의 삼각구도

『갈매기』는 트레플료프와 니나를 주인공으로 하는 코미디입니다. 트레플료프는 여배우 아르카지나의 아들로 새로운 연극을 꿈꾸는 신출내기 극작가이고 니나는 이웃집 처녀로, 그의 작품에 주인공으로 나오는 배우이기도 하죠. 트레플료프는 니나를 사랑하는데 니나는 트레플료프의 어머니인 여배우 아르카지나의 젊은 정부이자 유명한 작가인 트리고린을 사랑합니다. 결국 트레플료프는 실연의 주인공이 되죠.

트레플료프는 니나에게 여러 차례 구혼하지만 사랑받지 못하는 데다 어머니인 아르카지나에게는 약간의 애정 결핍을 가지고 있죠. 그리고 두 여성 모두와 관련된 인물이 트리고린입니다. 이 작품과 연관된 텍스트로 고려할 수 있는 게 셰익스피어의 「햄릿」입니다. 실제 작품 속에 「햄릿」의 대사들이 나오기도 합니다. 햄릿도 부왕이 죽고 어머니와 숙부 사이의 오이디푸스적 삼각구도에 놓이죠. 그런데 트레플료프는 이중의 오이디푸스 콤플렉스를 갖습니다. 어머니인 아르카지나와의 사이에도 트리고린이 놓이고 니나와의 사이에도 트리고린이 끼어들죠. 아버지가 죽고 나자 어머니의 정부가 된 극작가 트리고린에게 우리의 주인공은 어머니를 빼앗기고 사랑하는 여자에게도 버림받는 이중의 삼각구도에 처하게 되는 셈인데, 문학사에서도 보기 드문 경우라고 할 수 있습니다.

이 작품에는 세 유형의 인물군이 나오는데, 트리고린과 아르카지나가 한 부류입니다. 공통점은 이미 둘 다 성공한 배우이거나 작가라는 것이

모스크바예술극장의 배우들에게 『갈매기』를 낭독해주는 체호프

죠. 그렇지만 현재는 삶에 대한 아무런 열정을 가지고 있지 못한, 과거의 추억에 사로잡혀 있거나 매너리즘에 빠져 있는 인물들입니다. 다른 한편에는 트레플료프를 짝사랑하다 포기하고 메드베젠코와 결혼하게 되는 마샤와 트레플료프의 외삼촌 소린이 있습니다. 마샤는 검은 옷을 입고 등장해서 "제 인생의 상복이에요"라고 말할 만큼 이미 죽은 삶을 삽니다.

그런가 하면 소린은 공직에 있었지만 자신이 원하는 것을 아무것도 해본 적이 없습니다. 작가도 되지 못했고, 연애도 한 번 못해봤죠. 결혼도 못했습니다. 마샤는 젊지만 이미 육십대인 소린 세대의 인생관을 가지고 있습니다. 공통점은 둘 다 끝난 인생이라는 겁니다. 그러니까 인생에서 뭔가 이루기는 했지만 이미 과거인 인물들(트리고린, 아르카지나)이거나, 아무것도 이루지 못한 채 끝나버린 인물들(마샤, 소린)인 셈이죠.

그 사이에 있는 게 트레플료프와 니나입니다. 이 젊은 친구들은 꿈과 욕망을 갖고 있죠. 니나는 유명 배우가 되겠다는 강한 욕망을 가지고 있고, 트레플료프는 작가가 되겠다는 욕망이 있습니다. 그런데 둘 다 똑같이 장애를 만납니다. 트레플료프는 니나에게 버림받고, 니나는 트리고린에게 버림받죠. 결국 트레플료프는 자살로 생을 마감하게 되고, 니나는 그럼에도 꿋꿋하게 자신의 삶을 살겠다는 결심을 다지게 됩니다. 인생 행로가 대비되는 이 두 인물이 각각 어떤 삶을 선택하는가가 바로 이 작품의 핵심입니다.

제대로 살지 못한 인물들

트레플료프가 1막에서 새로운 연극을 시도하는 것은 기성의 권위를 가진 인물들, 즉 트리고린이나 아르카지나에 대한 저항의 표현입니다. 하지만 아르카지나에게서 빈정거림을 받자 바로 막을 내리죠. 그만큼 트레플료프는 조급하면서도 자신감이 없습니다. 새롭고 낯선 형식의 드라마를 빌려 어머니에 대한 반항을 시도하지만 인정도 받지 못하고 실패로 돌아간 겁니다. 게다가 주인공인 니나는 트레플료프와 키스를 나누면서도 정신은 온통 다른 곳에 쏠려 있죠. 바로 트리고린입니다. 참으로 딱한 처지에 놓인 트레플료프입니다.

트레플료프와 니나는 둘 다 집안에서 버린 자식들이라는 공통점이 있습니다. 트레플료프도 어머니인 아르카지나에게 사랑받지 못하는 아들이고, 니나도 마찬가지죠. 아르카지나는 은행에 7만 루블이나 예치하고 있지만 오빠인 소린이나 아들 트레플료프에게는 한 푼도 쓰지 않습니다. 니나 또한 어머니가 죽은 뒤 아버지에게 그 유산이 갔다가, 아버지가 재혼한 아내에게 유산을 물려주어 경제적으로 한 푼도 지원받지 못한 신세입니다. 그러니 둘 다 스스로의 힘으로 살아남아야 합니다.

한편 마샤의 어머니 폴리나는 나이 든 의사인 도른을 사랑하죠. 이제라도 어딘가로 함께 떠나자고 조르는데 도른은 이미 나이가 너무 많아서안 된다고 거절합니다. 마샤 또한 도른에게 트레플료프를 짝사랑한다는고백을 하며 "왠지 더 가까운 분이라고 마음속으로 느낀"다고 말하는 것을 통해 둘 사이에 낳은 아이가 마샤일지도 모른다는 암시도 주죠. 어쨌든 도른은 전성기 때 인기가 좋았던 의사였고, 폴리나는 그를 평생 짝사랑했으니 사랑으로 넘쳐나는 인물들인 셈입니다.

2막에서 소린 얘기가 나오는데 '법무부에서 28년을 근무했지만 한 번도 제대로 살아보지 못했다. 아무것도 제대로 경험해보지 못했다'고 되어있습니다. 체호프의 작품엔 이처럼 살 만큼 살았지만 한 번도 제대로 산 것 같지 않은 인물들이 많이 등장합니다. 바냐도 그렇고, 뭔가 폼 나게 살아본 경험이 없어요. 뜨거운 연애를 해본 적도 없고, 대단한 명성을 얻어본 적도 없고, 그저 남을 위해서 살다 보니 어느덧 사십이 되고 오십이 되어 늙어가는 인물들이죠. 소린이 가장 대표적입니다.

『벚꽃 동산』에서도 늙은 하인 피르스가 "인생이 흘러가버렸어, 산 것 같지도 않은데……" 하고 죽는 걸로 끝납니다. 체호프 작품의 바탕에 깔려 있는 정서이기도 합니다. 트레플료프나 니나같이 자신의 삶을 주체적으로 살아보려고 애쓰는 인물, 어려움이 닥치더라도 이겨내겠다는 결의를 가진 인물은 체호프 작품에서 아주 드뭅니다.

〈갈매기〉 공연 프로그램

폴리나의 남편인 샤므랴예프도 그저 속물적인 집사일 뿐이고 나중에 마샤와 결혼해 그들의 사위가 되는 메드베젠코도 마찬가지죠. 모두 오쟁이 진 남자들입니다. 폴리나가 "우리의 시간은 금방 흘러가버려요, 우린 이미 젊지 않다고요. 인생의 끝자락에서만이라도 우리 서로 숨기거나 거 짓말하지 말아요⋯⋯"라고 말하자 도른은 "나는 쉰다섯이에요, 인생을 바 꾸기엔 이미 늦었어요"라고 말하죠. 소린이 약을 달라고 해도 늙으면 아 픈 게 당연하다고 했던 도른이니까요. 쉰이 넘었기 때문에 새로운 인생을 시작할 수 없다고 믿는 거죠. 그나마 이 작품에선 오직 트레플료프와 니 나만이 새로운 인생을 살아가야 할 인물인 셈입니다.

실제 삶을 살아가는 갈매기, 니나

2막에서 트레플료프는 총으로 갈매기를 쏴서 죽인 뒤 그 갈매기 를 니나 앞에 던지며 바로 당신의 모습이라고 말합니다. 니나는 4막에서 트레플료프와 재회할 때 자기 자신이 갈매기라고 얘기하고 편지를 쓸 때 도 항상 갈매기라고 사인을 합니다. 재미있는 것은 갈매기가 트레플료프 와 니나, 트리고린 모두와 관계가 있다는 겁니다. 트리고린은 트레플료프 가 죽인 갈매기를 샤므라예프에게 박제해달라고 부탁합니다. 그러니까 이 작품에서 갈매기는 니나를 상징하거나 니나에게 향해 있는 셈이죠.

하지만 트레플료프의 갈매기나 트리고린의 갈매기는 다 죽은 갈매기 입니다. 두 남자는 니나를 자기가 상상하는 내러티브 속의 갈매기로 고정 시키고자 합니다. 하지만 죽은 갈매기거나 박제된 갈매기죠. 니나는 살아 있는 갈매기, 유일하게 생명력을 가진, 실제 삶을 살아가는 갈매기입니 다. 이런 상징적인 의미를 갈매기라는 제목이 담고 있습니다. 트레플료프 에게 사랑을 받고, 트리고린을 사랑했지만 버림받은 '갈매기' 니나가 어 떻게 자신의 삶을 살아가는지를 보여주는 드라마인 셈이죠.

트레플료프와의 대화 장면 이후에 니나와 트리고린의 대화 장면이 이어집니다. 니나는 트리고린에게 여배우만 될 수 있다면 다락방에 살면서 호밀빵만 먹어도 좋다고 얘기합니다. 비록 작품에서 니나는 지방 극단을 전전하는 무명배우에 그치고 말지만 이런 욕망이 다른 인물들과 니나의 차이를 드러내주는 부분입니다. 한편 트리고린은 갈매기를 소재로 소설을 쓰기 위한 메모를 남깁니다. 마치 자신과 니나의 관계를 예고하는 듯한 줄거리입니다.

어느 호숫가에 당신처럼 젊은 아가씨가 어릴 때부터 살고 있습니다. 그 아가씨는 갈매기처럼 호수를 좋아하고, 갈매기처럼 행복하고 자유롭습니다. 그런데 우연히 한 남자가 찾아왔다가 그 아가씨를 보게 되고, 그저 심심풀이로 그 아가씨를 파멸시키는 겁니다, 여기 이 갈매기처럼.

행복하게 살고 있던 갈매기를 누군가 총으로 쏴서 파괴해버린다는 거죠. 실제로 나중에 니나와 트리고린의 관계가 이런 식이 됩니다. 트리고린은 니나의 삶을 파괴하는 역할을 하게 됩니다. 요컨대 트레플료프나 트리고린은 각자의 갈매기를 갖고 있습니다. 그들이 각자 갖고 있는 갈매기 이미지로부터 빠져나오는 것이 니나의 삶입니다.

트레플료프, 아르카지나, 트리고린
3막에서는 트레플료프가 자살 시도를 해서 머리에 붕대를 감고 등장합니다. 트리고린에게 결투까지 신청하자 트리고린은 아르카지나와 떠나려고 하죠. 중요한 장면은, 트레플료프와 아르카지나의 대화 장면과 트리고린과 아르카지나의 대화 장면입니다. 두 장면 모두 중요하고 흥미롭습니다. 우선 트레플료프가 어머니 아르카지나에게 붕대를 갈아달라고 얘기하는 장면입니다. 자살하기 위해 총을 쐈는데 그만 총알이 빗나가 붕대를 감고 온 겁니다. 어머니가 젊었을 때 사람들을 간호한 경험이 많으니 자기도 해달라는 거예요. 어머니 손에 입을 맞추면서 "어머니 손은 약손이에요. 아주 오래전 일이 기억나요. 난 그때 어린애였고 어머니는 아직 황실극장에서 일하던 시절이었어요"라고 말합니다.

그러면서 어릴 때 기억을 떠올립니다. 옆집에 사는 세탁부가 심하게 얻어맞은 적이 있는데 그 여자를 도와 약도 주고 치료도 해주고 아이도 씻겨주었다고. 그렇게 착한 일을 했는데 아르카지나는 전혀 기억나지 않습니다. 붕대를 감아주다가 둘이 다투기 시작하죠. 트리고린 때문입니다. 아르카지나는 자기 아들이라도 트리고린을 험담하는 것은 참지 못합니다. 트레플료프가 트리고린에 대한 험담을 늘어놓으니까 "그게 바로 질투야. 재능이 없으면서 야심만 가득한 인간들은 진정한 재능을 깎아내리는 것 말고는 할 수 있는 일이 없지"라고 얘기합니다. 그러니까 트레플료프가 발끈하죠.

(비꼬듯이) 참된 재능이라고요! (벌컥 화를 내며) 말이 나왔으니 하는 얘긴데, 나는 당신네들 누구보다 재능이 있어요! (머리에서 붕대를 잡아뜯는다.) 당신들, 구습에 사로잡힌 고집불통들은 예술에서 우선권을 거머쥔 채, 자기들이 하는 것만 정당하고 참다운 것이라 여기며 다른 사람들을 억압하고 질식시키고 있다고요!

그러자 아르카지나도 화를 냅니다.

난 한 번도 그런 연극을 한 적이 없다. 그러니 날 내버려둬! 너야말
로 한심한 보드빌 대본 하나 제대로 쓸 능력도 없으면서. 키예프의 속
물! 밥벌레야!

속물이란 표현은 상인 계급을 가리킵니다. 아르카지나는 귀족이에요.
연극에 빠져서 트레플료프의 아버지와 결혼한 거죠. 그러니까 그 아비
에 그 자식이라고 비아냥거리는 겁니다. 그러자 트레플료프는 소리도 내
지 않고 울먹이죠. 소비에트 시절 이 작품을 연출할 때는 이 부분은 의도
적으로 빼곤 했습니다. 기성의 권위에 반항하는 영웅의 모습이라기엔 지
나치게 나약해보이기 때문이었죠. 하지만 체호프는 분명 이렇게 나약한
모습으로 그렸습니다. 아르카지나가 울지 말라면서 달래주자 트레플료
프가 어머니를 안으면서 "어머니는 모르실 겁니다! 저는 모든 것을 잃었
어요. 그 여자는 절 사랑하지 않아요. 저는 이제 아무것도 쓸 수가 없어
요…… 제 모든 희망이 사라졌어요" 하고 호소합니다. 아르카지나가 좌
절하지 말라며 우리가 화해했으니 트리고린하고도 화해하라고 말하자
트레플료프는 "좋아요. 하지만 어머니, 그 사람과 마주치는 것만은 피하
게 해주세요. 너무 괴로워요……" 하고 나갑니다. 반항적 주인공이라고
하기에는 정말 볼품없는 인물이죠.
　아르카지나와 트레플료프의 2인 장면에서 바로 이어지는 것이 아르카
지나와 트리고린의 2인 장면입니다. 니나에게 자꾸 구애를 받게 되자 마
음이 흔들린 트리고린이 아르카지나에게 며칠 있다 갈 수는 없겠냐고 얘

기합니다. 탁 터놓고 자신에게 사랑이 찾아왔는데 왜 피해야 하냐고 묻습니다. 그러자 아르카지나가 화를 내죠. "내가 벌써 그렇게 늙고 추해졌나요? 내 앞에서 아무 거리낌 없이 다른 여자 얘기를 할 정도로?" 그러고는 어룹니다. 그를 안고 입을 맞추고 무릎을 꿇고 애원하죠.

연극 〈갈매기〉의 한 장면(드라마아카데미극장, 1954)

오, 당신은 잠깐 넋이 나간 거예요! 나의 아름답고 멋진 사람……. 당신은 내 인생의 마지막 페이지예요! (무릎을 꿇는다.) 당신은 나의 기쁨, 나의 자랑, 나의 행복이야. (트리고린의 무릎을 껴안는다.) 당신이 날 버린다면, 난 단 한 시간도 견딜 수 없을 거야, 난 미쳐버리고 말 거예요. 당신은 경이롭고 위대한 나의 지배자야…….

트리고린이 당황해서 그녀를 일으켜세웁니다. 누가 올지 모른다고.

"들어올 테면 들어오라지. 당신을 향한 내 사랑이 부끄럽지 않아." 그의 손에 입을 맞추면서 계속 아부를 합니다. "나의 보물, 분별없는 양반, 당신은 광기를 부리고 싶어하지만, 난 싫어. 그렇게 내버려두지 않을 거야. (웃는다.) 당신은 내 거야…… 내 거야."

상당히 복잡한 감정이라 뛰어난 연기력이 필요한 장면입니다. 맨 마지막에 가서는 아르카지나가 "소중하고 아름다운 내 사람…… 떠날 거죠? 응? 날 버리지 않을 거지?" 하고 다그치자 트리고린은 "나에겐 자신의 의지가 없어……"라고 꼬리를 내립니다. 아르카지나는 그를 붙잡았다는 확신이 들자 '이제 이 사람은 내 거야'라고 혼잣말을 하고는 아무 일도 없었다는 듯이, "그래도 원한다면 더 머물러 계시든가"라고 다시 도도하게 말합니다. 트리고린은 "아니, 같이 갑시다"라고 말하고 함께 떠나죠. 이름난 작가지만 줏대라고는 없는 인물이 트리고린입니다.

체호프에게도 버림받은 인물

2년의 시간이 흐릅니다. 딱히 클라이맥스라고 할 게 없습니다. 원래는 3막에서 클라이맥스를 맞고 뭔가 갈등이 정리돼야 하는데 2년의 시간이 흐른 뒤에 재회하는 것으로 4막이 시작됩니다. 그 2년 사이에 마샤는 메드베젠코와 결혼하여 아이를 낳지만 아이를 돌보려고 하지도 않고, 메드베젠코는 장인에게도 사위로서 대접을 받지 못합니다. 그사이 트레플료프는 작가로 데뷔했고, 니나도 배우가 됐습니다. 인정받는 작가, 인정받는 배우는 아니지만 일단 첫발은 뗀 셈이죠. 니나는 트리고린의 애를 낳았지만 애가 곧 죽고 맙니다. 트리고린은 사랑이 식자 당연하다는 듯이 옛 애인 아르카지나에게 돌아갔습니다. 그리고 2년 만에 트리고린은 아르카지나와 함께 소린의 영지로 내려옵니다. 니나 역시 돌아온 지 며칠 됐죠. 알고 보면 트리고린 때문입니다. 이날 니나는 트레플료프를 찾아오지만 그를 보기 위해서가 아니라 아르카지나와 트리고린이 왔다는 얘기를 듣고 트리고린을 한 번 보기 위해서 또는 그 근처에라도 있기 위해서 찾아온 겁니다. 트레플료프에게는 실상 관심조차 없습니다.

트레플료프와 재회한 니나가 그의 가슴에 머리를 묻고 소리 없이 흐느낍니다. 2년 만에 처음으로 우는 거라고 얘기하죠. 자기 아이가 죽고 트리고린에게 버림받았음에도 한 번도 눈물을 흘리지 않다가 트레플료프를 만나서 비로소 눈물을 흘립니다. 2년 전과는 처지가 달라졌습니다. 그렇지만 배우가 되었다고는 해도 유명 배우는 아니어서 3등 열차를 타고 다니며 지방 극단을 전전해야 하는 처지입니다. 트레플료프가 마음먹고 니나에 대해서 쌓아둔 감정을 얘기합니다.

니나, 나는 당신을 저주하고 증오하며, 당신이 보낸 편지와 사진들을 찢어버렸지만, 그러면서도 내 영혼이 당신과 영원히 결합되어 있다는 생각을 한순간도 떨칠 수 없었어요. 니나, 나는 당신에 대한 사랑을 도저히 버릴 수 없었습니다. 내가 당신을 잃고 작품을 발표하기 시작한 이후부터 내 삶은 견딜 수 없을 만큼 고통스러웠습니다…….

트레플료프는 아직도 니나에 대한 감정을 정리하지 못한 겁니다. 하지만 니나가 생각하는 이는 오직 트리고린뿐이죠. 그래서 트레플료프의 감정에 당혹해합니다. 그러면서 자기 이야기를 하는데, 이 작품의 주제는 바로 니나의 이 대사에서 찾을 수 있을 겁니다.

난— 갈매기예요……. 아니, 그게 아니야. 난— 여배우지. 그래, 맞아! (……) 나는 이제 진정한 배우예요. 나는 희열 속에 연기를 즐기면서 무대에 도취되고, 자신을 아름답다고 느껴요. 난 지금은 여기서 머무는 동안, 내내 걸어다녀요, 걸으면서 생각해요, 나의 정신력이 하루하루 자라나는 것을 생각하고 느껴요. 나는 이제 알아요, 그리고 이해해요, 코스챠, 무대 위에서 연기를 하건 소설을 쓰건 마찬가지예요. 우리가 하는 일에서 중요한 것은 명예가 아니라, 내가 동경하던 그 눈부신 명성이 아니라, 참는 능력이라는 걸 이젠 알아요. 자신의 십자가를 짊어지고 믿음을 갖는 거야. 나는 믿음을 가지고 있기 때문에 그렇게 괴롭지 않아. 그리고 나의 사명을 생각할 때는 인생이 두렵지 않아.

그러니까 주변 사람들이 어떻게 평가하든지 관계없이 무대에 섰을 때 자기 자신이 아름답다고 느낀다는 겁니다. 2년 전의 니나는 명예와 명성이 최고의 가치라고 생각했고, 그런 유명한 배우가 되고 싶어했어요. 그런데 2년이 지난 뒤 니나는 삶에서 중요한 가치가 명예가 아니라 참고 견뎌내는 인내력이라는 걸 알게 된 겁니다. 이와 달리 트레플료프는 여전히 인생을 두려워합니다. 뭘 해볼 생각을 못하죠.

(슬프게) 당신은 자신의 길을 찾았고, 자신이 지금 어디로 가고 있는지를 알고 있군요. 그런데 나는 여전히 백일몽과 환영의 혼돈 속에서, 그것이 무엇을 위해서 그리고 누구를 위해서 필요한지도 알지 못한 채 헤매고 있네요. 나에겐 믿음이 없어요. 나는 내 사명이 무엇인지 모릅니다.

이게 둘의 차이입니다. 불우한 처지에서 출발했고, 각자 작가와 배우의 경력을 시작한 것까지 얼추 비슷해보이지만, 생각은 확연히 다릅니다. 니나는 확실한 신념을 갖고 있지만 트레플료프는 아무런 신념이나 소명도 갖고 있지 못하죠.

그런 트레플료프에게 니나는 트리고린이 아르카지나와 함께 와 있는지 묻고는 트리고린을 이전보다 더 사랑한다고 말합니다. 그러고는 트레플료프를 한 번 껴안아주고 가버립니다. 트레플료프는 마지막까지 "누가 정원에서 니나를 보고 나중에 어머니에게 말하면 곤란한데. 어머니는 알면 속상해하실 거야"라고 한심한 대사를 늘어놓습니다. 니나에게만 버림받은 것이 아니라 작가인 체호프에게도 버림받은 인물이 아닐까 싶을 정도입니다. 그런데 트레플료프의 수난사는 여기서 끝이 아닙니다. 보리스 아쿠닌이라는 현대 러시아 작가가 비극 「갈매기」를 쓰는데 그 작품에서는 트레플료프가 또 자살에 실패하고 어이없게도 살해당합니다. 가히 트레플료프의 잔혹사라고 할 만하죠. 체호프에게도 버림받고 20세기 작가에게도 버림받으니까요. 상당히 불우한 인물입니다.

삶과 예술에 대한 깊은 성찰

결국 『갈매기』는 간단한 구도로 보자면 트레플료프 형과 니나 형 인물의 대조라고 할 수 있습니다. 니나는 『갈매기』에서 자신의 역할을 깨닫는 유일한 주인공인 반면 트레플료프는 삶을 인내하지 못하고 권총 자살을 하는 주인공입니다. "난 생활이란 걸 해본 적이 없어."(소린) "내겐 의지라는 게 없어"(트리고린)라는 식의 한탄이나 좋았던 시절의 추억, 힘에 겨운 삶에 대한 푸념으로 세월을 낭비하는 것과 달리 니나는 적극적으로 삶에 뛰어들었고 뭔가 경험했으며 그래서 자신을 정말 살아 있는 인물로 만든 것이죠. 그리고 이는 트레플료프의 희곡에 대해서 니나가 살아 있는 인물이 없다고 평한 것과 직접 맞물리면서 『갈매기』의 주제를 이루는 것이기도 합니다.

모스크바예술극장 공연 당시 니나 역을 맡은 배우와
트리고린 역을 맡은 스타니슬라프스키

과거에 유명한 작가였던 트리고린이나 배우였던 아르카지나, 신출내기 극작가 트레플료프는 모두 예술 행위에 종사하지만 이들에게서 이미 예술은 행위의 활력을 잃었습니다. 그래서 이들은 한정된 자신의 테두리 안에 자기 자신을 가두어놓을 따름이죠. 하지만 니나는 뭔가 다른 모습을 보여줍니다. 꿈 많고 성공에 대한 열망으로 가득 찬 젊은 처녀로 등장한 니나는 3막이 끝날 때까지는 트리고린에 대한 판타지를 갖는 그저 감상적 여주인공의 형상에서 크게 벗어나지 못했죠. 이러한 형상은 트레플료프가 그녀에게 부여한 형상이면서 동시에 그녀를 읽어내는 독자들이 부여한 형상이기도 합니다. 하지만 4막의 니나는 전혀 예상치 못한 성숙한 모습을 보여줍니다.

자신이 창조한 인물의 이러한 예기치 못한 성숙과 배반은 창조자의 입김이 더는 필요치 않다는 것을 암시합니다. 이제부터 그녀는 자신의 의지에 따른 자기만의 삶을 당당하게 살아갈 것이기 때문이죠. 그래서 트레플료프의 자살은 이렇듯 더는 자신의 품으로 돌아오지 않는 니나에 대한 유일한 대응으로 보이기도 합니다. 이런 시각에서 볼 때 『갈매기』는 성숙한 시기에 작가 체호프의 삶과 예술에 대한 깊은 성찰을 읽을 수 있도록 해준다고 할 수 있습니다.

유한한 삶 속에서 순간순간이라도 제 목소리와 빛을 뿜내는 사소한 즐거움이 있는 것이고, 작가 체호프는 이러한 즐거움의 권리는 충분히 존중되어야 한다고 말합니다. 그것이 바로 자신의 불행한 경험에 유폐되지 않고 더 적극적으로 삶에 대한 의지로 승화시키는 니나 같은 여주인공의 형상으로 나타나는 게 아닐까요.

하지만 체호프의 작품에서 니나는 예외적 인물입니다. 그 이후의 작품들에는 대부분 메드베젠코나 도른이나 소린이나 트레플료프 같은 인물들만 등장하죠. 그런 점에서 보면 『갈매기』는 체호프의 드라마 중에서도 예외적인 경우라고 생각합니다.

체호프와 함께 19세기 러시아 문학 강의는 여기서 마무리됩니다. 저는 20세기 러시아 문학 강의를 통해서 조만간 다시 만나뵙도록 하겠습니다. 끝까지 들어주셔서 감사합니다.

이 책에 인용한 한국어판 번역본

푸슈킨, 『예브게니 오네긴』, 김진영 옮김, 을유문화사, 2009
레르몬토프, 『우리 시대의 영웅』, 김연경 옮김, 문학동네, 2010
고골, 『뻬쩨르부르그 이야기』, 조주관 옮김, 민음사, 2002
투르게네프, 『첫사랑』, 최진희 옮김, 펭귄클래식 코리아, 2008
_____, 『아버지와 아들』, 이항재 옮김, 문학동네, 2011
도스토예프스키, 『죄와 벌』, 김희숙 옮김, 을유문화사, 2012
_____, 『카라마조프가의 형제들』, 김연경 옮김, 민음사, 2012
톨스토이, 『안나 카레니나』, 윤새라 옮김, 펭귄클래식 코리아, 2013
체호프, 『체호프 희곡선』, 박현섭 옮김, 을유문화사, 2012
_____, 『귀여운 여인』, 김규종 옮김, 시공사, 2013
『러시아 명시 100선』, 최선 편역, 북오션, 2013